KB162572

개념뿐 아니라 그 대상이 불러일으키는 개인적 느낌, 아이디어, 태도 등 광범위한 요소들을 경험하게 된다.

독서는 의식뿐 아니라 무의식을 통해서도 이루어진다. 그러기에 우리는 의식을 집중한 독서 중 예기치 못한 상상력이 펼쳐지는 순간을 종종 경험한다. 또한 자신도 모르게 짜릿하고 후련한 전율이나 카타르시스를 경험하기도 한다. 이를테면 무의식이 돌출하는 순간이다. 이때 독자들은 자신의 심층적 내면과의 긴밀한 대화를 나눌 수 있으며 이는 독서에 의한 치유가 이루어지고 있음을 의미한다.

한편 문학 치유에 있어서 무의식에 지나친 비중을 두고 정작 의식에는 소홀히 하는 경향이 있다. 물론 무의식이 우리의 정신세계에 막중한 영향을 끼치는 존재임에는 틀림없다. 그러나 일상적인 반성이나 진리탐구처럼 의식적인 노력을 기울임으로써 자아를 완성해 나가고 마음의 평정과 정화를 꾀하는 방법도 곁들여야 할 것이다.

고전을 통해 이성과 감성의 균형을 맞추고 진지함과 경건함을 일깨우는 독서법은 건강한 의식을 회복하는 지름길이다. 아울러 한 시인이나 작가의 작품을 텍스트로 두고 감성적 접근과 분석적 접근을 동시에 함으로써 의식과 무의식에 대한 효율적 비중을 맞추는 독서법 역시 유효하다.

토론을 통한 문학치유

토론은 다양한 시각과 분석으로 독해의 깊이와 폭을 확장해 그 결실을 공유하기 위한 수단의 하나이다. 우리는 활발한 토론에 의해 혼자서는 미처 읽어내지 못한 정보와 지식을 함께 나누게 된다. 아울러 작품의 깊고 폭 넓은 이해와 포괄적 소통을 통해 건강한 정서적 합의를 도출해 낼 수 있다. 또한 상대의 경험에 비추어 간접적으로 자신의 내면세계를 탐지할 수 있다. 그럼으로써 은연중에 무의식 속의 '억압'을 해소할 수 있다. 그것은 곧 공동 작업에 의해 달성된 문학치유의 일면이다.

토론에는 읽기, 쓰기(토론문 작성 등), 말하기, 듣기에 걸쳐 은연중에 다양한 문학치유의 방법이 동원된다. 거기에 공통의 의사소통이 곁들여 진다. 따라서 토론을 통해 무의식적 감정의 표출이나 감정이입, 감정제어 훈련을 확대 반복함으로써 치유의 가치를 높일 수도 있다. 토론에서 일종의 드라마적 요소가 개입되는 부분 역시 통합

저자_박경자

시인, 문학박사, 한국독서치료학회 정회원.
조선대학교와 동신대학교에서 독서토론, 독서치료, 논리적 말하기,
창의적 글쓰기, 인문학 강의를 하고 있다.

주요 논저

『독서토론과 문학치유』, 『동양문학의 이해와 감상』, 『세계문학의 이해와 감상』,
『김현승 시의 내재적 치유성 연구』, 『한국어 교육실습』.
「문학치유의 미래적 가치 제고」, 「김현승 시의 주술성 연구」,
「중용의 문학치유성 고찰」, 「판소리를 통해 본 통합문학치유」.

시집

『오래 묵은 고요』

E-MAIL : luvpoem@hanmail.net

인문학 독서토론
— 독서토론의 길라잡이 —

초판 인쇄 2018년 8월 22일 | 초판 발행 2018년 8월 30일
저　자 박경자
펴낸이 이대현
편　집 홍혜정
디자인 홍성권
펴낸곳 도서출판 역락 | 등록 제303-2002-000014호(등록일 1999년 4월 19일)
주소 서울시 서초구 동광로 46길 6-6 문창빌딩 2층
전화 02-3409-2058(영업부), 2060(편집부) | 팩시밀리 02-3409-2059
전자우편 youkrack@hanmail.net
역락 블로그 http://blog.naver.com/youkrack3888

ISBN 979-11-6244-297-5 03800

■ 책값은 뒤표지에 있습니다.

■ 파본은 교환해 드립니다.

이 도서의 국립중앙도서관 출판시도서목록(CIP)은 서지정보유통지원시스템 홈페이지(http://seoji.nl.go.kr)와
국가자료공동목록시스템(http://www.nl.go.kr/kolisnet)에서 이용하실 수 있습니다.(CIP제어번호 : 2018026396)

인문학 독서토론

-독서토론의 길라잡이-

박경자

역락

머리말

　　인문학(人文學, humanities)은 인간의 ... 삶의 ...추구하는 학문으로 인간다운 삶과 뗄 수 없는 관계를 지니고 있다. 그럼에도 ... 들이 경제적 실용 분야에만 지나치게 치우치고 인문학에는 소홀한 현상이 심각한 문제로 제기되어 왔다. 다행히 최근에는 도처에서 인문학의 부활이 눈에 띄게 활발해지고 있다. 그리고 그 흐름은 보다 실질적이며 생활과 밀착된 방향으로 대중화 되어가는 추세다.

　　인문학 독서의 궁극적 목적은 ...에서 익힌 지식과 지혜를 실생활에 적극적으로 활용하는 데 있다. 인문학이 인문학적 삶으로 구체화 될 때에야 마침내 인문학은 본격적 가치를 실현하게 되는 것이다. 이를 위해서는 인문학과의 만남을 자기 발전의 계기로 삼고, 이를 사회적 과제로 확장하는 실천적 지혜가 뒤따라야 한다. 이런 기류에 발 맞춰 이 책은 문학·예술·자기계발·여행·영화에서 미래 문명·사회·경제·역사·교육과학·철학에 이르기까지 다양한 분야에 걸친 주제를 유용하면서도 재미있게 다루고자 했다. 딱딱하고 ...게 흥미 있게 풀고, 가볍게 읽을 수 있는 내용에도 인문학적 폭과 사색의 깊이를 더했다. 각 장르 간에는 조화와 균형의 미를 다지고 그 이면에는 독자들의 성찰을 북돋우기 위한 세심한 배려를 담았다.

　　독서는 단순한 지식 쌓기 수준을 뛰어넘어 의미 있는 성찰에 이를 때 비로소 제 몫을 다하게 된다. 성찰을 통해 인격을 가다듬고 사회생활을 원만하게 할 수 있기 때문이다. 따라서 이 책은 인문학적 성찰을 통해 사회적 교양을 쌓고, 단편적 지식을 실천적 지혜로 내실화하는데 초점을 맞추고 있다. 그 구체적 방법으로는 폭넓고 창의적인 독서와 진지하고 활발한 토론에 중점을 두었다.

　　독서는 각자의 성향에 따라 개별적으로 이루어지지만 토론은 서로의 지식과 경험, 의견을 함께 나누고 그 결실을 공유한다. 독자적 학습인 독서는 합동 작업인 토론 과정을

『빅데이터가 만드는 제4차 산업혁명』을 읽는 다섯 개의 코드

통해 보다 생산적 방향으로 구체화 되는 것이다. 그런데 토론을 위해서는 다양한 독서가 앞서야 한다. 이 책은 독서와 토론을 한 묶음으로 다루고 있다. 여기에 문학치유가 곁들여진 독서·토론·치유는 인문학을 자기발전과 처세의 발판으로 삼는 현대사회 교양의 세 꼭짓점을 이루게 된다.

1. 인류의 미래
2. 미래사회의 인간형
3. 정보화 사회의 장단점
4. 자성판의 빅데이터
5. 빅데이터의 창의적 활용

현대사회란 ... 며 명멸하는 정보와 지식의 홍수 시대다. 어제의 정보와 지식은 ... 밀려 자취를 감춘다. 그러나 아무리 세월이 흘러도 변함없이 인류의 삶을 선도하는 지식도 있다. 이처럼 '변화와 불변'을 동시에 추구하는 정보와 지식이 어우러져 인문학의 요체를 이룬다. 그런데 기존의 보편적 지식 위에 시대적 변화의 산물인 새로운 정보와 지식이 무분별하게 쌓여 감에 따라 인문학의 부피와 영역을 무질서한 포화상태를 이룬다. 따라서 이를 효과적으로 소화하고, 교수-학습에 소요되는 시간을 ... 위해서는 나름의 전략이 필요하다. 독자와 학습자의 수준에 맞추어 인문학 지식을 익히게 하는 선택과 집중이 요구되는 것이다. 이 책은 이 점을 고려해 다양한 장르의 ...

'제4차 산업혁명시대'의 다섯 가지 키워드

소셜 미디어(Social media)

온라인상에서 ... 정보를 ... 서로 공유할 수 있는 ... 개방적인 플랫폼 ...

모바일 기기(mobile device)

... 컴퓨터 장치를 말한다. 컴퓨터의 편리함과 도움이 필요하면서도 컴퓨터를 갖고 다니기가 실질적으로 쉽지 않은 사람들에게 인기가 있다.

차 례

따라서 빅데이터가 만능의 요술단지로 인식되는 경향은 경계해야 한다.

어떤 부분에서는 이미 제4차 산업혁명은 시작되었다고 본다. 1, 2, 3차 산업혁명보다 제4차 산업혁명은 비교할 수 없으리만치 발전 속도가 빠르다. 직업과 삶의 양식이 크게 바뀌고 사업분야뿐 아니라 교육, 의료, 문화 등 사회 전반에 영향을 미칠 것으로 예측된다.

기에 인문학적 가치와 깊이를 지닌 인물과 저서들을 적절히 배치했다. 그 특징은 다음과 같다.

정보화 사회

가 잠시도 감시의 눈길을 멈추지 않는다. 마트에서 마신 탄산음료 하나, 컴퓨터에서 찾아본 검색 내용 하나도 지도의 도로망처럼 익명의 저장 공간에 입력된다. 그리고 이것들은 거대한 자료로 차곡차곡 쌓인다. 자신도 모르는 사이에 일거일동이 데이터베이스화된다. 정보와 사전 데이터베이스는 다양한 데이터 처리 작업을 할 때 데이터의 검그리고 추가, 삭제가 쉬우며 저장하고 통계 계·표·재무자료·과학기술자료 등의 수치 값을

더 나아가 빅데이터는 데이터베이스로는 감당하기 어려운 방대한 자료를 집합해 놓는다. 정보를 제공하는 순발력도 함께 갖추고 있다.

그리고 정보를 제공 빠르게 현대의 이제 자원 창고에 미래의 변화와 보조를 맞추어야 한다. 그러기 위해서는 시시각각으로 메모하며 자료를 정리하는 습관을 길러야 한다. 그리고 자신의 독창적 자료를 활용해야 토론의 많은 자료를 활용해 실제로 잘 활용하는가에 따라 기업이나 개인의 미래가 결정되기 때문이다. 보는 차원에서 자료를 얼마나 이용하기 쉽게 정리하는가? 자료를 얼마나 유용하게 창의적으로 활용하는가? 하는 질문

을 날마다 좌우명처럼 되새겨야 할 것이다.

길을 가다 문득 떠오르는 착상, 이웃과의 사소한 대화 속에서 발견한 기발한 아이디어, 얼마 아니면 사라지고 말 현대사의 현장을 가슴 속에 간직하고 있는 시골 노인들의 산 증언, 책이나 이웃과의 대화에서 얻게 된 중요한 내용 등 세상은 유용하게 활용할 수 있는 자료로 넘친다. 이처럼 다양한 정보를 끊임없이 메모하고 이를 체계적으로 정리해서 언제든 찾아 쓸 수 있도록 저장해 놓아야 한다. 그리고 이를 창의적으로 활용해야 한다.

지금은 미시적 관찰과 분석이 유효한 디테일의 시대다. 그리고 미래사회는 물샐틈 없이 수록된 방대한 자료를 바탕으로 사고하고 처리하는 빅데이터의 시대다. 다양하고 창의적인 사고에도 빅데이터의 치밀함이 전제된다. 자료를 활용하지 않고는 공신력을 담보할 수 없기 때문이다. 또한 자료를 활용하는 데도 종전의 안일한 처리 능력과는 판이한 기능이 요구된다. 섬세함과 치밀함이 승부의 관건이기 때문이다. 한치의 오차도 허용치 않는 완벽성이 컴퓨터와 함께 세상을 살아가는 방식이다. 인공지능 알파고는 이세돌의 미세한 착오를 용납하지 않았다. 컴퓨터, 즉 빅데이터와 인간과의 차이를 한 눈에 증명한 것이다.

이는 치밀함과 섬세함이 좌우하는 미래사회 적응의 방정식을 가리킨다. 업무를 처리할 때는 실수 없이 마무리하는 이성적 기술이 요구된다. 그렇다고 기계적인 완벽만이 전부는 아니다. 이를 보완하기 위해서는 동화와 공감을 불러일으킬 수 있는 감성이 절실하게 필요하다. 다시 말해 이성적인 일처리와 감성적인 휴머니즘이 조화를 이루는 것이 미래의 바람직한 인간상이다. 어느 편보다도 현명하고 균형 잡힌 인간이 미래사회를 이끌어 가야 하는 것이다.

미래는 혁명의 시대라고 한다. 그것도 일찍이 경험해보지 못한 파격적인 세상이 올 것이라고 한다. 이성과 감성의 균형을 꾀하는 한편, 늘 자료를 모아 체계적으로 정리하고 이를 잘 활용하는 자만이 미래의 주인이 될 수 있는 시대인 것이다.

왜 인문학인가?

문자가 인간의 의사를 표현하는 공통의 약속 기호라고 할 때, 넓게 보면 알타미라 동굴의 벽화도 일종의 상형문자라고 할 수 있다. 알타미라 동굴의 벽화는 일련의 집단적 문화를 표현한다. 또한 종교적 주술이 담겨있다. 나아가 그림 자체가 기본적으로 예술성을 내포하는 점에서 나름대로 인문학적 요소를 갖추었다고 볼 수 있다. 이처럼 인문학은 인류사와 걸음을 함께한 장구한 역사를 지니고 있다. 그리고 인간적 삶의 방식과 인류가 나아가야 할 방향을 꾸준히 제시해 왔다. 이는 인문학이 미래에도 인류에게 삶의 가치관과 방법론을 제공하는 텍스트로 기능할 것이라는 사실을 말해준다.

흔히 르네상스를 인문학의 시대라고도 부른다. 르네상스는 중세 신 중심의 침울한 획일성에서 벗어나 인간의 고유한 활기를 되찾아 인문학의 꽃을 피운 시기였다. 인본주의적 사고에 뿌리를 둔 르네상스 시대의 인문학은 인간이 누구의 구속도 받지 않고 인간 본연의 역량을 발휘해 스스로의 가치를 높이는 데 선도적 역할을 했다.

현대사회 역시 다양성을 통해 새롭게 인문학이 부활한 시대로 볼 수 있다. 현대의 인문학은 역사, 철학, 예술 등을 발판으로 넓게는 사회과학과 자연과학까지도 그 영토로 거느리고 있다. 그리고 르네상스시대에 비해 사회적이고 대중적인 속성을 띠며, 그 전파 속도가 빠르고 파급효과도 크다.

현대사회에서 독서는 단순한 읽기가 아니라 인문학 지식과 사회생활 정보 습득의 원천이 된다. 그리고 문화를 전달하고 향유하는 수단으로 기능하고 있다. 독서는 어떤 첨단 매체도 지니지 못한 인간만의 사고와 감성, 판단을 통해 이루어지기 때문이다.

인문학은 다양한 채널을 통해 사회에 기여한다. 그중에서도 토론은 인문학을 활성화하는 중요한 수단에 속한다. 토론을 통해 독서의 지평을 넓히고, 다양한 지식과 정보를 주고받으며 결론을 공유하기 때문이다. 따라서 독서와 토론 과정을 거친 지식은 사회적 메시지와 교양으로 현대인의 필수 자산을 이룬다.

이 책은 인문학의 다각적 교양 쌓기 수단으로서 뿐만 아니라, 문학치유적 시각에서 독서와 토론을 추구하는 데 별도의 가치와 변별성을 두고 있다. 어떤 책이든 내면화 과정을 통해 나름의 치유적 효능을 지니고 있다. 이를 보다 확장해 사회지향적인 시각에서 다룬 것이 이 책의 특징이라고 볼 수 있다.

독서토론의 방법

창조적 독서

생각이든 일이든 집중력이 필요하다. 창작 역시 집중의 산물이다. 독서에는 그런 작가의 몰입이 전이되기 쉽다. 따라서 창작 못지않은 집중력은 효과적 독서의 왕도이며 작가에 대한 이해의 핵심 수단이기도 하다. 독서 중 정독은 집중력을 필요로 한다. 많은 책을 읽는 것도 많은 경험을 쌓는 것처럼 필요하지만 한 권의 책을 제대로 깊이 읽는 것은 하나의 우물을 깊이 파는 것과 같다. 정독의 습관이 몸에 익으면 다독을 통해 시야를 넓혀야 한다. 그리하여 다양한 생각이나 지혜, 경험을 모아야 한다. 많이 알고 깊이 느끼는 것이야말로 독서의 이상적인 목표이기 때문이다.

그러나 독서의 최종 목적은 책에서 읽고 느낀 점을 직접 실천에 옮기는 데 있다. 읽는 재미 못지않게 실생활에 응용하는 재미를 더할 때 책에서 얻은 간접 경험과 지식은 비로소 자기 것으로 육화된다. 독후감은 실천으로 쓰여 질 때 최고의 가치를 지니게 되는 것이다.

독서는 작가뿐 아니라(외국서적은 역자를 포함) 작품의 배경, 작품에 동원된 인물의 심리, 사물이나 사건, 어휘와 문장, 지식과 정보 그리고 독자의 상상력과의 광범위한 소통을 의미한다. 한 권의 책 속에는 동서고금의 집단무의식, 창조적 세계, 우주의 혼과 언어가 담겨 있을 수 있다. 그러기에 읽을 만한 책은 그 속에 하나, 혹은 몇 개의 세계를 간직하고 있게 마련이다. 그 책은 보이지 않는 세계를 펼침으로써 현실의 경계를 훌쩍 뛰어넘어 독자의 정신세계를 무한대로 확장한다.

독서는 제2의 창작이다. 남의 작품을 읽으며 시종 박수만 칠 수는 없다. 아무리 벅찬 공감을 선물하는 작품이라도 그 속에 얼마든지 독자 자신의 의견을 대입하고 덧붙일 수 있다. 빼어난 고전일수록 그 독해에 관한 토론이 무수히 되풀이되 여기에서 독서는 자신만이 누릴 수 있는 시간과 무한대의 공간을 제공한다. 그렇게 우리는 창조적 독서를 통해 잃어버린 자신을 되찾고 현실 너머의 광활한 세계를 누빌 수 있다.

실천적 독서토론

한 관계를 유지한다. 독서는 토론의 전제 … 토론은 독서의 활성화를 위한 수단으로 전략적 기능을 한다. 토론을 위해서는 먼저 심층적 독서가 필요하다. 독서는 주제에 대한 정밀한 연구와 토론의 논리적 근거를 제공하기 때문이 … 대한 이해의 폭을 넓히고 깊이를 더한다. 그리고 토론 참가자들과 새로운 지식, 정보, 경험을 공유하게 된다.

4차 산업혁명을 어떻게 볼 것인가

… 상당부분은 실현되지 않았다는 사실에 주목할 필요가 있는 것이다.

생략적명 독 상요론이 크고 작은 혁명을 추구해 왔다. 그러나 그 과정에 있어서 인류의 의사를 묻는 합리적 절차 따위는 없었다. 혁명의 들뜬 열기를 소수 과학자와 독점자본, 무책임한 지식인, 특정 정치세력이 결합해 끌고 가면 일반 대중은 맹목적으로 뒤따를 뿐이었다.

그런데 전쟁의 수단으로 특정 정치세력과 소수의 과학자가 결탁해 개발한 핵무기는 현재까지도 전 세계를 핵전쟁의 공포에 떨게 하고 있다. 이처럼 제4차 산업혁명의 핵심인 인공처능과 빅데이터 역시 열부의 무분별한 이기심이나 호기심에 의해 잘못 사용될 경우, 인류의 준비단계 중 각자 심각한 위험에 직면할 수 있는 것이다.

돌이켜보면 제4차 산업혁명은 일반 시민은 물론 여타 학계의 합의조차 이루어진 것이 아니다. 그럼에도 거정차철언 것처럼 그 기운이 확전되고 있다. 따라서 그 부작용을 우려하는 목소리에도 귀를 기울여야 한다. 겉으로만 보면 지금까지 1차, 2차, 3차 산업혁명은 인류문명의 올라운 발전을 이룩했다. 그러나 과연 인류의 삶의 질과 행복지수를 높이는 데도 기여했는가에 대한 질문에는 선뜻 수긍하기 어렵다. 이는 제4차 산업혁명에 대응함에 있어서 반드시 눈여겨보아야 할 과제다.

한편 자신의 논리가 미흡한 부분은 솔직히 인정하고 상대의 논리를 통해 보완하려는 성의를 보이는 것이 바람직하다. 토론 중에 자신이 먼저 결론을 내리거나 자신의 논리에 유리하게 결론을 유도하는 자세는 삼가야 한다. 반면, 유익한 토론을 위해서는 지루하지 않게 적당한 긴장을 유지하는 분위기를 조성해야 한다. 나아가 토론의 결론을 일상생활에 유용하게 활용해야 한다.

토론의 방법

1 먼저 수업할 전체 도서목록을 검토하고 그 내용에 대해 포괄적으로 숙지한다.
2 강의 전까지 해당 주제와 관계된 작품을 집중적으로 독해한다.
3 미리 발제자와 토론자를 정한다.
4 강의 2-3일 전까지 토론의 주제를 숙지하고 발제문을 제출한다.

5 교수자는 토론에 앞서 토론할 텍스트의 작가와 줄거리를 소개하고 작품에 대한 개략적 수업을 마친다.

6 토론은 발제자와 토론자, 참관자의 세 그룹으로 나누어 실시한다. 참관자도 수시로 자신의 의견을 개진함으로써 토론에 적극적으로 참여한다.

7 사회자는 능률적이고 생산적인 토론이 될 수 있도록 진행한다. 발표의 기회는 고르게 배분하되 발표자의 수준과 성향을 적절히 고려해야 한다.

8 교수자는 토론의 내용을 정리하고 총평을 한 후, 피드백을 한다.

▌ 문학치유와 함께하는 인문학 독서

문학치유란 무엇인가?

문학치유는 문학을 통해 마음의 상처를 씻어내고 평정을 되찾아 온전한 인격을 갖추는 것을 이른다. 그 연원은 멀리 고대 그리스까지 거슬러 가지만 본격적으로 활성화 단계에 이른 것은 근래의 상황으로 그 체계적 성취는 아직 미흡한 편이다. 문학치유는 의사들이 병원에서 문학적 수단을 차용해 실시하는 경우와, 심리적 위기 즉 정서나 행동의 장애 등 신경증적 병인을 치료하는 보조적 차원에서, 문학의 치유적 수단을 문학 치료사나 의사들이 공유하는 형태로 시행되고 있다. 이때 글쓰기, 읽기, 말하기, 듣기 등 다양한 장르들이 그 수단으로 동원된다. 책읽기를 통한 <독서치료>도 이에 해당한다고 볼 수 있다.

문학치유는 정신분석치료와 긴밀한 공조를 이룬다. 무의식 깊이 도사리고 있는 억압을 해소함으로써 건강한 심신을 회복하게 하는 정신분석치료기법을 차용하기 때문이다. 그러나 치료사가 정신분석 치료 기법에 대한 이해와 기술이 부족할 경우, 심도 있는 치유가 불가능하다. 이점에서 문학치유는 한계를 지닐 수밖에 없다. 따라서 문학치유의 당면 과제는 정신분석 치료 기법에 의존하지 않고 독자적인 치유를 할 수 있는 기법을 개발하는 점이다. (박경자(2016), 『독서토론과 문학치유』)

광의의 시각에서 볼 때 일상적 문학치유는 쓰기와 읽기를 통해 이루어진다. 이를테면 각각 작가와 독자의 역할을 통해 치유에 이른다. 작가는 글쓰기를 통해 억압된 무의식적 감정을 이끌어 내어, 내면의 실상을 파악하고, 독자는 읽기를 통해 정서를 순화하고 안정과 활력을 찾는다. 그러기에 문학치유는 그 연원을 독서치유에 둔다. 이는 중간 치료사를 거치지 않을 뿐더러 때와 장소, 도구나 자료에 구애받지 않고 손쉽게 직접적으로 이루어지는 문학치유를 의미한다. 이 때 우선적으로 요구되는 사항은 작품의 텍스트적 기능과 독자의 심층적 독해이다. 새롭게 감동을 줄 수 있는 작품과, 독자의 적극적이고 창의적인 독서가 함께 어우러져야 하는 것이다.

프로이드가 발견한 무의식의 실체는 언젠가 경험한 것인데도 의식적인 기억 속에서는 존재하지 않으며 내면에 도사리고 있는 집요한 억압(抑壓)을 가리킨다. 우리는 심각한 상황에서 고통스런 사실을 왜곡하고 망각하려는 경향을 보인다. 한편 잡다한 사물과 부딪치며 미처 그 사실을 알아채지 못하는 경우도 있다.

그러나 무의식은 그 내용을 왜곡해 무의식의 창고 속에 겹겹이 저장한다. 그리고 이유 모를 우울, 죄의식, 불안, 잡념, 자학 등 불유쾌한 복병으로 잠복해 우리에게 잘 보이는 것을 보지 못하게 하거나 감정의 기복을 통해 사실을 날조하는 등 감각기관을 통해 들어오는 정보를 왜곡한다.

한편, 잠재된 억압은 작가의 창조적 욕망에 의해 외부세계로 표출된다. 내면의 갈등과 충동이 외부 사물이나 사건과의 접촉으로 인해 억제된 감정을 자극하고 창조에 대한 열정을 부추겨 창작이 이루어지게 되는 것이다.

독자는 독서를 통해 작가의 내면세계를 간접 체험하며 거기에 자신의 내재적 억압까지 곁들여 살펴보게 된다. 이때 작가나 독자는 내면세계의 왜곡된 언어를 기호화된 사회적 언어로 재해석한다. 그럼으로써 부정적 존재로 위축되고 기피되어 온 무의식적 억압과 상처가 새롭게 본래의 모습을 되찾고 나아가 자아의 인격적 발전을 돕는 긍정적 존재로 부활하게 된다. 이로써 작가와 독자는 자신도 모르게 치유를 경험하게 된다. (박경자(2016), 「김현승 시의 내재적 치유성 연구」)

문학은 인접예술처럼 창작의 고통이 따른다. 그러나 창작이 마무리 되었을 때의 상황은 다르다. 산모가 갓 태어난 아기를 지켜보듯 시인이나 작가는 한 편의 흡족한 작품격을 높임과 창조자의 희열을 맛본다. 창작의 희열을 통해 획기적인 자기치유를 경험하게 되는 것이다. 그 작품을 읽는 독자 역시 그와 유사한 경험을 하게 된다. 이는 활동으로서의 문학치유가 지향하는 임상적 혹은 치유적 심리학적 치유와 깊은 관련이 있다. 문학치유의 목적은 창작과 독서라는 문학 활동을 통해 분산되고 혼란스러운 마음을 가다듬어 정신세계의 균형과 조화, 평정을 이룩하는데 있다. 그리고 나아가 전인적 인격 완성을 이루는데 있다.

메를로 퐁티의 치유적 효과에 대한 논의는 비평가인 심리와 결혼의 문학치유를 이야기하며 관련성 해주었다. 이것은 문학에 대한 이해를 바꾸어 놓은 것이다. 문학을 인간 활동의 결과물로만 이해하지 않고 주체를 대상에서 가시고 활동하면 자연히 문학에서 치유적 의미를 읽을수 있어야 한다. 그것이 잘 추수 없게 못된 것이다.(Mieke Bal, 한영환·강덕화 옮김(1999)라고 했다. 이는 문학이 본격적으로 인간을 위한 학문으로 기능하는 정신 치유의 실용적 가치에 대한 자각이다. 문학의 적극적 활성화 방안을 치유의 시각으로 본 것에 대한 자각인 셈이다.

독서를 통한 문학치유

우리는 책 속에서 다양한 지식과 정보를 접취하여 실생활을 윤택하게 하고, 교양인으로서 사회적 역량을 강화한다. 또한 체계적이고 깊이 있는 진리를 발견하여 지성의 품격을 높인다. 문제와 갈등 외형적서생과 개발속에서 인문을 읽어 제 체계의 바 연체계를 주게 한다. 우리는 독서를 통해 감동을 받고 생의 활력을 회복하며 한 권의 책, 한 구절의 시를 읽고 운명의 나침반을 바꾸기도 한다. 혼탁한 영혼을 정화하고 나약하고 안일한 의지를 바로 일으키는 발동이 바로 독서간 우리에게 선물하는 직접적인 치유의 효력이다.

책 읽는 자체가 목적이 되는 심미적 관점에서 보면 독자는 이야기와 관련된 자유로운 상상, 감정이입, 가상놀이가 가능해진다. 이때 독자는 단어가 가리키는 추상적 개념뿐 아니라 그 대상이 불러일으키는 개인적 느낌, 아이디어, 태도 등 광범위한 요소들을 경험하게 된다.

독서는 의식뿐 아니라 무의식을 통해서도 이루어진다. 그러기에 우리는 의식을 집중한 독서 중 예기치 못한 상상력이 펼쳐지는 순간을 종종 경험한다. 또한 자신도 모르게 짜릿하고 후련한 전율이나 카타르시스를 경험하기도 한다. 이를테면 무의식이 돌출하는 순간이다. 이때 독자들은 자신의 심층적 내면과의 긴밀한 대화를 나눌 수 있으며 이는 독서에 의한 치유가 이루어지고 있음을 의미한다.

한편 문학 치유에 있어서 무의식에 지나친 비중을 두고 정작 의식에는 소홀히 하는 경향이 있다. 물론 무의식이 우리의 정신세계에 막중한 영향을 끼치는 존재임에는 틀림없다. 그러나 일상적인 반성이나 진리탐구처럼 의식적인 노력을 기울임으로써 자아를 완성해 나가고 마음의 평정과 정화를 꾀하는 방법도 곁들여야 할 것이다.

고전을 통해 이성과 감성의 균형을 맞추고 진지함과 경건함을 일깨우는 독서법은 건강한 의식을 회복하는 지름길이다. 아울러 한 시인이나 작가의 작품을 텍스트로 두고 감성적 접근과 분석적 접근을 동시에 함으로써 의식과 무의식에 대한 효율적 비중을 맞추는 독서법 역시 유효하다.

토론을 통한 문학치유

토론은 다양한 시각과 분석으로 독해의 깊이와 폭을 확장해 그 결실을 공유하기 위한 수단의 하나이다. 우리는 활발한 토론에 의해 혼자서는 미처 읽어내지 못한 정보와 지식을 함께 나누게 된다. 아울러 작품의 깊고 폭 넓은 이해와 포괄적 소통을 통해 건강한 정서적 합의를 도출해 낼 수 있다. 또한 상대의 경험에 비추어 간접적으로 자신의 내면세계를 탐지할 수 있다. 그럼으로써 은연중에 무의식 속의 '억압'을 해소할 수 있다. 그것은 곧 공동 작업에 의해 달성된 문학치유의 일면이다.

토론에는 읽기, 쓰기(토론문 작성 등), 말하기, 듣기에 걸쳐 은연중에 다양한 문학치유의 방법이 동원된다. 거기에 공통의 의사소통이 곁들여 진다. 따라서 토론을 통해 무의식적 감정의 표출이나 감정이입, 감정제어 훈련을 확대 반복함으로써 치유의 가치를 높일 수도 있다. 토론에서 일종의 드라마적 요소가 개입되는 부분 역시 통합문학치유 중의 드라마 치유 효과를 기대할 수 있게 한다. "자발적인 표현에 대한 자유로운 분위기는 치유 효과를 증대시킨다."는 머피의 주장은 (변학수(2006), 『통합적 문학치료』) 토론의 치유적 가치와 토론문화의 중요성과 토론의 치유적 가치를 일깨워 준다.

미래문명에 대한 희망과 불안

02 빅데이터가 만드는
제4차 산업혁명

Chapter

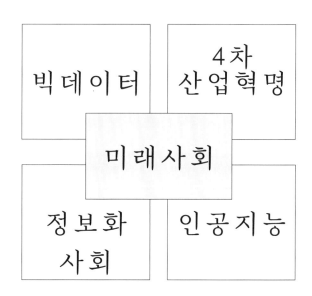

빅데이터가 만드는
제4차 산업혁명

개인과 기업은 어떻게 대응할 것인가?

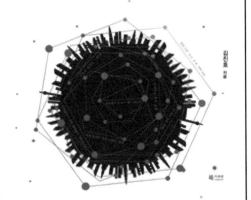

김진호 지음

북스힐

구글은 왜 직원 채용을 위한 수학적 알고리즘을 개발했는가?
인공지능 모그IA는 어떻게 도널드 트럼프의 승리를 예측했는가?
하림은 왜 '501 양계농장'에 사물인터넷을 도입했는가?

미리 보기

『빅데이터가 만드는 제4차 산업혁명』을 읽는 다섯 개의 코드

1 인류의 미래
2 미래사회의 인간형
3 정보화 사회의 장단점
4 자신만의 빅데이터
5 빅데이터의 창의적 활용

'제4차 산업혁명시대'의 다섯 가지 키워드

소셜미디어(Social media)

온라인상에서 개인들이 자신의 생각과 의견, 경험, 정보 등을 서로 공유하고 상호 관계를 형성하거나 이를 확장시킬 수 있는 개방적인 플랫폼을 말하며, 텍스트, 이미지, 동영상 등 다양한 형태의 것들을 공유한다.

모바일 디바이스(mobile device)

주머니에 들어갈 만한 크기의 컴퓨터 장치를 말한다. 컴퓨터의 편리함과 도움이 필요하면서도 컴퓨터를 갖고 다니기가 실질적으로 쉽지 않은 사람들에게 인기가 있다.

사물인터넷(Internet of Things. 약자로 Iot라고도 함)

인터넷을 기반으로 모든 사물을 연결하여 사람과 사물, 사물과 사물 간의 정보를 상호 소통하는 지능형 기술 및 서비스를 말한다.

빅데이터(Big Data)

과거 아날로그 환경에서 생성되던 데이터에 비하면 그 규모가 방대하고, 생성 주기도 짧다. 형태도 수치 데이터뿐 아니라 문자와 영상 데이터를 포함하는 대규모 데이터를 말한다.

디지털 경제의 확산으로 우리 주변에는 규모를 측정할 수 없을 정도로 많은 정보 데이터가 생산되는 '빅데이터' 환경이 다가오고 있다.

클라우드 서비스(cloud service)

사진·문서·동영상 등 각종 콘텐츠를 클라우드 서버에 저장한 뒤 인터넷으로 접속해 노트북·스마트폰 등 다양한 기기로 이용할 수 있는 서비스를 말한다. 2011년 애플사가 시작한 '아이클라우드(iCloud)'가 대표적으로, 국내에서는 '네이버 N드라이브' 등이 개인용으로 제공하고 있다. 저장된 콘텐츠가 많을수록 더 많은 사용자를 확보할 수 있기 때문에 인터넷 업체에서 차세대 서비스로 주목하고 있다.

▌▌ 제4차 산업혁명

통상적으로 '제1차 산업혁명'은 1784년 영국의 방적기계, 철도와 증기기관의 발명 이후, 기계에 의한 생산이 시작된 시기를 말한다. '제2차 산업혁명'은 1870년 발명된 전기를 에너지로 대량생산이 이루어진 시대를 말한다. '제3차 산업혁명'은 1969년 인터넷이 이끈 컴퓨터 정보화 및 자동화의 비약적 발전을 통한 정보 기술의 혁신 시대를 말한다.

그런데 '제4차 산업혁명'의 주창자인 클라우스 슈밥은 4차 산업혁명에 대해 3차 산업혁명을 기반으로 한 디지털과 바이오산업, 물리학 등 3개 분야의 융합된 기술들이 경제체제와 사회구조를 급격히 변화시키는 기술혁명으로 정의한다. 그리고 그의 저서 『제4차 산업혁명』에서 "우리는 지금까지 우리가 살아왔고 일하고 있던 삶의 방식을 근본적으로 바꿀 기술 혁명의 직전에 와 있다. 이 변화의 규모와 범위, 복잡성 등은 이전에 인류가 경험했던 것과는 전혀 다를 것이다."라고 말하고 있다.

현재 일어나는 놀라운 변화들은 '제3차 산업혁명'인 정보화 혁명의 연장선에 불과하다는 제레미 리프킨 등 일부의 비판도 있지만 그의 4차 산업혁명론은 미래문명의 대세로 떠오르고 있다. 앨빈 토플러의 『제3의 물결』이 미래의 메시지로 전 세계를 떠들썩하게 할 때에도 이와 비슷한 현상이었다.

클라우스 슈밥의 주장처럼 '제3차 산업혁명'을 발판으로 전개될 '제4차 산업혁명'은 초연결성(Hyper-Connected)·초지능화(Hyper-Intelligent)·사물인터넷(IoT)·정보통신기술(ICT)이 핵심 코드를 이룬다. 그리고 이들을 언어로 인간과 인간, 사물과 사물, 인간과 사물이 서로의 영역을 뛰어 넘어 상호작용을 하게 된다. 빅데이터와 인공지능 등의 활약으로 고도로 지능화된 사회가 새롭게 열리게 되는 것이다. 또한 초연결과 초지능을 특징으로 하기 때문에 종전의 산업혁명에 비해 더 넓은 범위에 더 빠른 속도로 크게 영향을 끼친다.

『빅데이터가 만드는 제4차 산업혁명』에서도 제4차 산업혁명 시대와 빅데이터를 한 데 묶고, 빅데이터가 제4차 산업혁명을 주도할 열쇠임을 강조하고 있다. 이는 빅데이터를 어떻게 효율적으로 활용하느냐에 미래가 달려 있다는 메시지로, 시의적절한 주장일 수 있다. 그러나 빅데이터에 지나치게 의존하는 경우, 인간의 창의력과 지능을 감퇴시킬 수 있는 후유증에 대해서도 고민해 보아야 할 것이다.

기계는 인류에게 편리를 선물한 대신 인류의 섬세한 손기술을 퇴화 시키는 부작용을 낳았다. 예를 들면 전자계산기는 인간의 암산 능력을 현저히 떨어뜨리고 있다. 스마트폰에 입력된 전화번호부로 인해 가까운 사람의 전화번호도 외우지 못한다.

따라서 빅데이터가 만능의 요술단지로 인식되는 경향은 경계해야 한다.

어떤 부분에서는 이미 제4차 산업혁명은 시작되었다고 본다. 1, 2, 3차 산업혁명보다 제4차 산업혁명은 비교할 수 없으리만치 발전 속도가 빠르다. 직업과 삶의 양식이 크게 바뀌고 산업분야뿐 아니라 교육, 의료, 문화 등 사회 전반에 영향을 미칠 것으로 예측되는데 그 중에는 빈부의 격차가 심해질 수 있다는 학계의 우려도 깔려 있다.

▍ 정보화 사회

건물에는 CCTV가 도처에 있고, 한 걸음만 나가면 사방의 차 안에 설치된 블랙박스가 잠시도 감시의 눈길을 멈추지 않는다. 마트에서 마신 탄산음료 하나, 컴퓨터에서 찾아본 검색 내용 하나도 지도의 도로망처럼 익명의 저장 공간에 입력된다. 그리고 이것들은 거대한 자료로 차곡차곡 쌓인다. 자신도 모르는 사이에 일거일동이 데이터 베이스화되는 세상이 온 것이다. 편리하면서도 한편 두려운 세상이다.

데이터베이스는 다양한 데이터 처리 작업을 할 때 데이터의 접근과 조작, 삭제가 쉽도록 조합해 놓은 자료의 살아있는 저장고다. 수치의 표시에 있어서도 통계·표·재무자료·과학기술자료 등의 수치 존을 정밀하게 내장하고 있다. 한 걸음 더 나아가 빅데이터는 데이터베이스로는 감당하기 어려운 방대한 자료를 집합해 놓는다. 또한 자료를 분석한 정보를 단시간 내에 제공하는 순발력도 함께 갖추고 있다. 그리고 갈수록 그 자료의 양은 확대되고 정보의 제공 속도는 빨라진다.

이제 개인도 자신만의 빅데이터를 스스로의 자료 창고에 저장해 시대의 변화와 보조를 맞추어야 한다. 그러기 위해서는 시시각각으로 메모하며 자료를 정리하는 습관을 길러야 한다. 자신에 관한 세부 사항과, 외부세계의 객관적 자료, 그리고 자신의 독창적 시각으로 세상을 읽은 자료를 데이터베이스화해야 하는 것이다. 누가 더 많은 자료를 확보해 실제로 잘 활용하는가에 따라 기업이나 개인의 미래가 결정되기 때문이다. 이에 따라 필요한 자료를 얼마나 많이 모으는가? 모은 자료를 얼마나 이용하기 쉽게 정리하는가? 자료를 얼마나 유용하게 창의적으로 활용하는가? 하는 질문을 날마다 좌우명처럼 되새겨야 할 것이다.

길을 가다 문득 떠오르는 착상, 이웃과의 사소한 대화 속에서 발견한 기발한 아이디어, 얼마 아니면 사라지고 말 현대사의 현장을 가슴 속에 간직하고 있는 시골 노인들의 산 증언, 책이나 이웃과의 대화에서 얻게 된 중요한 내용 등 세상은 유용하게 활용할 수 있는 자료로 넘친다. 이처럼 다양한 정보를 끊임없이 메모하고 이를 체계적으로 정리해서 아무 때나 손쉽게 찾아볼 수 있도록 저장해 놓아야 한다. 그리고 이를 창의적으로 활용해야 한다.

지금은 미시적 관찰과 분석이 유효한 디테일의 시대다. 그리고 미래사회는 물샐틈 없이 수록된 방대한 자료를 바탕으로 사고하고 처리하는 빅데이터의 시대다. 다양하고 창의적인 사고에도 빅데이터의 치밀함이 전제된다. 자료를 활용하지 않고는 공신력을 담보할 수 없기 때문이다. 또한 자료를 활용하는 데도 종전의 안일한 처리 능력과는 판이한 기능이 요구된다. 섬세함과 치밀함이 승부의 관건이기 때문이다. 한 치의 오차도 허용치 않는 완벽성이 컴퓨터와 함께 세상을 살아가는 방식이다. 인공지능 알파고는 이세돌의 미세한 착오를 용납하지 않았다. 컴퓨터, 즉 빅데이터와 인간과의 차이를 한 눈에 증명한 것이다.

이는 치밀함과 섬세함이 좌우하는 미래사회 적응의 방정식을 가리킨다. 업무를 처리할 때는 실수 없이 마무리하는 이성적 기술이 요구된다. 그렇다고 기계적인 완벽만이 전부는 아니다. 이를 보완하기 위해서는 사회적 공감을 불러일으킬 수 있는 감성이 절실하게 필요하다. 다시 말해 이성적인 일처리와 감성적인 휴머니즘이 조화를 이루는 것이 미래의 바람직한 인간상이다. 어느 때보다도 현명하고 균형 잡힌 인간이 미래사회를 이끌어 가야 하는 것이다.

미래는 혁명의 시대라고 한다. 그것도 일찍이 경험해보지 못한 파격적인 세상이 올 것이라고 한다. 이성과 감성의 균형을 꾀하는 한편, 늘 자료를 모아 체계적으로 정리하고 이를 잘 활용하는 자만이 미래의 주인이 될 수 있는 시대인 것이다.

미래사회를 예측한 학자들

앨빈 토플러 - 『제3의 물결』

미국의 문명비평가이자 미래학자로 일컬어지는 앨빈 토플러는 그의 저서 『제3의 물결』에서 지금까지와는 전혀 새로운 형태를 띤 대변혁의 시대가 올 것이라고 주장한다. 그는 지금까지의 인류 문명을 두 차례의 물결로 파악한 다음, 이제 새로운 패러다임의 물결이 밀려 올 것을 예언하며 이를 '제3의 물결'이라고 부른다. 그가 말한 '제1의 물결'은 농업혁명에 의해 이룩된 문명을 말하며 '제2의 물결'은 산업혁명에 의해 비약적 발전을 해온 근 현대 문명을 말한다. 그리고 1, 2차 혁명을 훌쩍 뛰어넘어 밀려오는 '제3의 물결'은 컴퓨터에 의한 다양한 정보의 범람, 일렉트로닉스 혁명, 고도의 과학기술에 의한 탈산업주의 성격을 띤 문명을 가리킨다.

자급자족의 터전에서 유지 되어온 '제1의 물결'은 현재에는 기본적으로 소멸되었다. '제2의 물결'은 기계화 전기에너지, 전자장치에 의한 대량생산으로 생산과 소비가 분리되어 세계시장을 형성하고 그 영역을 급속도로 확장해 왔다. 그러나 대량생산은 사회적 양극화를 낳고, 전쟁도 종전과는 비교할 수 없는 대량 파괴의 참상을 빚는다.

앨빈 토플러에 의하면 '제3의 물결'은 기존의 가족관계를 깨뜨리고, 경제의 기반을 흔들며, 전에 없이 획기적인 가치체계의 변화를 가져오게 된다. 그리고 지적 정보로 가득 찬 빅데이터 시대를 연다. 그러나 대량생산된 정보의 수명은 극도로 짧아져 새 정보를 받아들임과 동시에 또 다른 새 정보를 찾게 된다. 끊임없이 이미지를 새롭게 바꾸지 않으면 적응하기 어려운 변화무쌍한 세상이 온 것이다.

한편 뇌 활동의 강화를 통해 새롭게 펼쳐질 미래의 정보화 사회는 개개의 특성이 방대한 정보의 틀 속에 갇힌 몰개성화 시대를 우려하게도 한다. 그런데도 앨빈 토플러는 인류가 제3의 물결에 대해 올바른 자세를 가진다면, 새로운 정신 체계를 재구축하여 훌륭한 미래사회에 다다를 수 있다는 긍정적 메시지로 결론을 맺고 있다.

컴퓨터의 움직임은 인간의 감각과 신경으로는 느낄 수 없는 정보처리를 가능하게 한다. 현재 컴퓨터 제어에 의하면 1분에 1만~2만 행을 타자하는 마이크로 프린터가 있다. 이 속도는 인간이 읽는 속도의 200배 이상이지만 20년 후에는 현재의 1,000분의 1초로 진보해, 10억 분의 1초로 정보처리가 가능할 것으로 보고 있다. 인간의 평생 노동 시간을 1년에 2,000시간으로 계산했을 때 40년에 8만 시간이 되지만 이것이 불과 4.8분으로 단축되는 것이다.

— 앨빈 토플러(1996) 『제3의 물결』

윌리엄 카노크 - 『21세기 쇼크』

윌리엄 카노크는 세계 문명을 1차원·2차원·3차원·4차원 세계로 분류하며 이제 4차원 세계로 진입하고 있다고 주장한다. 그의 주장에 의하면 '1차원 세계'는 지구상에서 약 5,000년간 지속되었다. 그리고 이어서 바다를 정복하며 시작된 '2차원 세계'는 500년 동안 이어졌다. 그런데 항공의 발달에 크게 힘입어 획기적으로 전개된 '3차원 세계'는 겨우 50년 간 지속되었을 뿐인데도 발전 속도는 더욱 빨라져 벌써 '4차원의 세계'에 진입하고 있다는 것이다.

그는 현대사회는 컴퓨터의 동시통역 기능을 통해 지금까지 인간 세상을 갈라놓았던 언어의 장벽을 뛰어넘고 있으며, 인류는 컴퓨터 혁명이 몰고 온 혁신의 홍수에 맞닥뜨려져 있다고 진단한다. 그리고 미래사회는 새로운 정보의 습득, 다양한 관리능력이 성공과 실패를 좌우하는 만큼, '4차원 세계'에 늦게 진입한 지각생은 상대적 빈곤에 허덕일 것이라고 경고하고 있다.

다니엘 벨 - 『정보화 사회와 문화의 미래』

다니엘 벨은 『정보화 사회와 문화의 미래』에서 과학 기술 분야에서 정보를 얻을 수 있는 거대한 '데이터뱅크'가 설립될 것이며, 의학 분야에서는 신진대사 활동을 모니터하고 혈액이나 여타의 화학적 샘플을 자동적으로 진단 검진하는 서비스가 확산될 것이라고 주장한다. 또한 컴퓨터를 이용하는 교육 자료가 이미 과잉 판매되고 있지만 앞으로도 계속 활용될 것으로 보며 사무서류를 기록·저장·검색하며 실무에 적용하고 교환하는 일들이 자동화될 것을 예측한다.

그리고 독서를 통해 자신만의 색인을 만들 것을 주문한다. 흔히 책을 읽을 때 책 뒤편에 있는 색인을 이용하는데 이를 보다 효과적으로 활용하기 위해서는 책에서 사용된 언어들을 새로 정리하고 범주화해 '자신만의 색인'을 만들어야 한다는 것이다. 그는 창조성의 본질은 개념과 경험, 그리고 사상을 새로운 형태와 의식 속으로 재배열, 재배치, 재조직하는 데 있는 것이기 때문임을 주지시킨다.

> 병원에서 집중 치료를 요하는 중환자의 병실에는 전자음과 경적, 깜빡이는 불빛, 그리고 비디오 감시 장치가 간호사를 대신하게 된다. 예전에 간호사가 담당했던 작업이 이제 정교한 전자장치와 마이크로 소프트웨어의 조합으로 행해진다. 이 시스템은 신체 기능을 탐지하고 위험 기준 값과 비교해 응급 사태가 발생하면 간호사나 의사에게 경보신호를 보낸다. 이 장치는 간호사가 밤낮을 지키며 환자를 돌보아야 하는 힘든 작업에서 해방시켜 주며 환자도 정교한 장치의 계속적인 보호를 받게 되어 보다 안전할 수 있다.
> — 노봉남·김태연·김종덕 편저(1997) 『멀티미디어 정보사회』

█▌ 4차 산업혁명을 어떻게 볼 것인가

산업혁명은 과학적 지식뿐만 아니라 과학을 실용화하는 방식에서도 과감한 변화를 초래한다. 따라서 이에는 동조하지 않는 반대 세력이 있게 마련이다. 그러나 혁명의 거센 물결에 밀려 반대편의 목소리는 묻히기 쉽다.

'제4차 산업혁명'이라는 낯선 용어가 미래세계의 대세인 것처럼 지구촌을 강타하며 확산되고 있다. 국내에서도 정치계, 경제계, 학계 등 도처에서 구호처럼 번지고 있다. 문명의 변화에 대한 발 빠른 대응은 문명이 주도하는 세계화 시대를 살아가는 효과적 전략일 수 있기 때문일 것이다. 그러나 여기에서 잠시 첨단문명에 대한 환상과 서구지식에의 맹목적 추종에 따른 공허한 과잉반응이 아닐까도 한번쯤은 되새겨보아야 한다. 앨빈 토플러를 비롯한 미래학자들의 산업혁명에 관한 예언이 부분적으로는 맞았을지 몰라도 상당부분은 실현되지 않았다는 사실에 주목할 필요가 있는 것이다.

과학문명은 끊임없이 크고 작은 혁명을 추구해 왔다. 그러나 그 과정에 있어서 인류의 의사를 묻는 합리적 절차 따위는 없었다. 혁명의 들뜬 열기를 소수 과학자와 독점자본, 무책임한 지식인, 특정 정치세력이 결합해 끌고 가면 일반 대중은 맹목적으로 뒤따를 뿐이었다.

그런데 전쟁의 수단으로 특정 정치세력과 소수의 과학자가 결탁해 개발한 핵무기는 현재까지도 전 세계를 핵전쟁의 공포에 떨게 하고 있다. 이처럼 제4차 산업혁명의 핵심인 인공지능과 빅데이터 역시 일부의 무분별한 이기심이나 호기심에 의해 잘못 사용될 경우, 인류의 미래는 심각한 위험에 직면할 수 있는 것이다.

돌이켜보면 제4차 산업혁명은 일반 시민은 물론 아직 학계의 합의조차 이루어진 것이 아니다. 그럼에도 기정사실인 것처럼 그 기운이 확산되고 있다. 따라서 그 부작용을 우려하는 목소리에도 귀를 기울여야 한다. 겉으로만 보면 지금까지 1차, 2차, 3차 산업혁명은 인류문명의 놀라운 발전을 이룩했다. 그러나 과연 인류의 삶의 질과 행복지수를 높이는 데도 기여했는가에 대한 질문에는 선뜻 수긍하기 어렵다. 이는 제4차 산업혁명에 대응함에 있어서 반드시 눈여겨보아야 할 과제다.

톺아보기 —김진호(2016) 『빅데이터가 만드는 제4차 산업혁명』

빅데이터

인공지능

> 미래학자 케빈 켈리는 "앞으로 로봇과 얼마나 잘 협력하느냐에 따라 연봉이 달라질 것"이라고 말했다. 이제 우리는 약한 인공지능이라는 도구를 유용하고 현명하게 사용하려는 시각과 태도를 가져야 한다. 하지만 영화에서 많이 등장하는 인간 수준의 강한 인공지능이 탄생하려면, 아직 넘어야 할 산이 많고 가야 할 길도 멀다. 나는 영화에서 자주 등장하는 인간 수준의 인공지능이 현실적으로 실현될 가능성을 거의 '제로'로 보고 있다. 모든 사람이 누구나 갖고 있는 지능이란 무엇일까? 지능의 실체는 너무 다양해서 제대로 정의하기 어렵다. 따라서 인공적으로 지능을 만들 수는 없다. 우리가 알지도, 파악하지도 못하는 것을 만들어낼 수는 없기 때문이다.
>
> — 김진호(2016) 『빅데이터가 만드는 제 4차 산업혁명』

> 구글, 페이스북, 마이크로소프트, IBM 등의 글로벌 기업들이 인공지능에 적극적으로 투자하고 있는 이유는 명확하다. 빅데이터 시대의 화두는 기계학습을 통해 데이터 속에서 인사이트를 캐내는 것이라는 비전을 갖고 있기 때문이다. 우리나라 대기업들이 이 분야에 적극적으로 뛰어들지 않는 이유는 바로 이런 전략적 비전을 갖고 있지 않아서다. 더욱이 인공지능은 어떤 하나의 발견이나 기술로 해결할 수 있는 분야가 아니라 컴퓨터공학을 넘어 생명과학과 뇌과학 등 여러 분야의 연구가 동시에 이루어져야 한다.
>
> 따라서 인력 양성과 투자가 장기적인 관점에서 지속적으로 수행되어야 하지만, 단기적인 투자수익률에 매몰되어 있는 우리나라 대기업의 현실적인 상황에서는 '제4차 산업혁명'의 핵심 화두인 인공지능 분야가 조연에 그치게 될 공산이 크다. 따라서 우리나라 대기업들은 빅데이터와 기계학습이 새로운 전장(next frontier)이라고 명확하게 인식하고 분발해야 한다. 또한 인공지능의 발달에 필요한 생태계를 조성하려는 정부의 정책적인 노력과 지원도 시급하다.
>
> — 김진호(2016) 『빅데이터가 만드는 제 4차 산업혁명』

사람은 작고 둔한 곤충 하나도 만들지 못하지만 동물 중에서도 가장 머리가 뛰어난 인간과 비슷한 인공지능을 만드는 데는 성공했다. 그리고 그 위력과 활용 가치에 대한 기대감으로 충만해 있다. 바둑 천재 이세돌과의 대국에서 존재 가치를 입증한 알파고의 위력은 대단했다. 인간의 지능을 기계에 입력해 그 엄청난 능력을 확인한 결과는 새삼 인공지능에 대한 세상의 관심을 불러일으켰다.

그러나 오래 전부터 인공지능은 빅데이터의 핵심 화두로 떠올랐다. 인공지능이 있기에 빅데이터도 가능하고 제4차 산업혁명도 그 시동을 걸 수 있었다. 인공지능은 사람이면 1,000년 이상 걸릴 100만 번의 대국 기보를 단 몇 주 만에 입력할 정도로 그 속도가 빠르다. 더구나 그 정확도는 한 치의 오차도 허락지 않는다. 문제 해결을 초고속으로 신속하고 정확하게 해 내는 것이 인공지능의 힘이다. 거기에다 한 번 주입한 지식은 결코 잊는 법이 없는 초인간적 기억력을 더하게 된다.

아직 인간처럼 복합적이고 다양한 사고는 못하지만, 기업이나 과학자들에게는 인간 수 만 배의 기능을 발휘하는 보배덩어리다. 아무리 복잡하고 방대한 계산도 인공지능의 머릿속에만 집어넣으면 순식간에 정확히 해결해 주기 때문이다. 인공지능은 인간의 머리로 100년도 더 걸릴 것을 한 순간에 말끔히 처리해 준다.

시간을 줄일 수 있다는 것은 그만큼 시간을 벌 수 있음을 말한다. 이는 경제적으로 그만한 가치가 있음을 뜻한다. 또한 단축한 속도에 맞먹는 시간의 여유를 인간에게 선물할 수 있다. 다만 인간이 그 특혜를 제대로 누리지 못할 따름이다. 인공지능은 인간의 마음먹기에 따라 삶의 질을 높이고 여가를 누리는 데 획기적으로 활용할 수 있는 문명의 이기인 것이다.

한편 『빅데이터가 만드는 제4차 산업혁명』에서는 컴퓨터 공학뿐 아니라 생명공학과 뇌과학 등 다양한 방향에서 인공지능의 무한한 가능성을 확장해야 한다고 역설한다. 그리고 한국의 기업들이 인공지능의 활성화에 대해 보다 깊은 관심을 기울일 것을 적극적으로 권한다.

확률과 수치

확률이란, 불확실한 것을 재는 것이다. 확률은 0에서 1까지의 값을 갖는데(그래서 퍼센트로 많이 표시된다), 그 값이 커질수록 일어날 가능성이 높아진다. 확률이 0이라면 절대적으로 불가능하다는 것을 의미한다. 예컨대 사람이 헤엄을 쳐서 지구를 한 바퀴 돌 확률은 0이다. 반대로 확률이 1이라면 반드시 일어난다는 의미다.

— 김진호(2016) 『빅데이터가 만드는 제4차 산업혁명』

에밀리는 기 치료 효과를 실험을 통해 테스트하고 싶었고, 간호사인 엄마는 여러 조언을 하며 격려해주었다. 기 치료가 정말 효과가 있는지 검증하려면 정교하고 복잡한 임상실험이 필요하므로 비용과 시간이 많이 든다. 하지만 에밀리는 좀 더 근본적이고 간단한 의문에 초점을 맞추었다. 즉, 기 치료사들이 주장하는 대로 기 치료가 효과가 있다면 그들은 최소한 에너지장, 즉 기(氣)를 느낄 수 있어야 한다. 그들이 기조차 느끼지 못한다면 치료 효과가 있다는 주장에는 근거가 없다. 에밀리는 기 치료사들이 과연 기를 느끼는지 실험하기로 했다.

— 김진호(2016) 『빅데이터가 만드는 제4차 산업혁명』

그가 찾아간 몬테카를로의 한 유명한 카지노에는 룰렛이 6대 있었다. 그는 조수 6명을 고용해 각 룰렛에서 나온 숫자들을 몰래 기록하게 했다. 조수들은 kwlsh가 열려 있는 12시간 동안 각 룰렛에서 나온 숫자들을 모두 기록했다(룰렛에서 각 숫자가 나올 확률은 수많은 시도를 했을 때 수렴하는 35분의 1이다. 이를 '대수(大數)의 법칙'이라고 한다. '수많은 시도'에 해당하는 자료를 모으기 위해 하루 종일 조사한 것이다). 조수들이 수집한 자료를 분석하는 것은 간단했다. 룰렛에서 각 숫자가 나온 비율이 이론적인 확률인 37분의 1에 근접하는지 확인하면 되었다. 룰렛 6대 중 5대는 이상이 없었지만, 룰렛 1대에서 중대한 오차가 나타났다. 숫자 9개(7, 8, 9, 17, 18, 19, 22, 28, 29)가 다른 숫자보다 많이 나왔다. 그 룰렛은 어떤 이유에선지 모르지만 평형이 깨진 것이다.

다음 날 그는 문제의 그 룰렛으로 가서 그 9개 숫자에만 돈을 걸었다. 첫날에는 그는 엄청난 돈을 땄다. 그의 계속된 행운을 의심한 카지노 측에서 그날 밤 룰렛의 위치를 바꾸었다. 다음 날 그는 딴 돈을 잃기 시작했다. 돈을 거의 다 잃었을 때 그는 룰렛이 바뀐 사실을 알게 되었다. 원래의 룰렛을 찾아낸 그는 다시 엄청난 돈을 벌었다.

— 김진호(2016) 『빅데이터가 만드는 제4차 산업혁명』

잘못될 가능성이 있는 것은 우연에 의해 잘못될 수 있다. 그러나 사람들은 잘못되었던 경우만 주로 기억하며 심지어는 잘못될 가능성이 있는 것은 반드시 잘못되고야 만다고 착각까지 하는 것이다. 따라서 '머피의 법칙'보다는 '머피의 오류'가 적합하다고 할 수 있다.

— 김진호(2016) 『빅데이터가 만드는 제4차 산업혁명』

"어느 날 세종이 한양의 북극 고도가 얼마냐고 물었을 때 관료 중 유일하게 이순지가 38도 강이라고 대답하자 세종이 이를 의심했다. 나중에 중국에서 온 사신이 역서를 바치고 '한양은 북극에서 나온 땅이 38도 강입니다'하므로 세종이 기뻐하시고 마침내 명하여 이순지에게 천문역법을 교정하게 했다."

이순지가 세종에게 발탁된 것은 우연이나 운이 아니다. 임금이 우리만이 역법을 세우려는 뜻을 갖고 있음을 알고 가장 기본이 되는 한양의 위도를 미리 고민한 결과다. 이미 계산을 끝내고 준비한 이순지에게 세종의 느닷없는 질문은 오히려 그를 돋보이게 하는 기회로 작용했다.

— 김진호(2016) 『빅데이터가 만드는 제4차 산업혁명』

숫자에 대한 의심은 다음의 2가지 차원에서 이루어진다.

첫째는 관련성이다. 숫자가 중요한 의미를 가지려면 해당 주제나 무제와 직접적으로 관련되어야 한다. 우리가 토론하거나 해결하려는 문제와 직접적으로 관련된 숫자가 아니라면 그 숫자는 무의미한 것이다.

둘째는 정확성이다. 문제와 관련된 숫자라도 정확하지 않으면 없느니만 못하다. 숫자의 정확성은 누가 어떻게 그 숫자를 만들어냈고, 왜 그런 방법을 사용했는지, 혹시 어떤 의도가 개입되어 있지는 않은지를 생각함으로써 판단이 가능하다. 이런 의문을 설득력 있게 설명하지 못하는 숫자는 효용가치가 없다.

— 김진호(2016) 『빅데이터가 만드는 제4차 산업혁명』

숫자는 다량의 정보를 제공하므로 숫자를 어떻게 분석하고 사용하는 것인가가 빅데이터를 다루는 요건이다. 통계 자료는 수치의 비교 견적이다. 통계의 근거는 수치가 말한다. 따라서 수치가 없는 통계는 무의미하다. 인간은 유독 수치에 대해 민감하다. 자신의 나이, 전화번호, 학교에서의 등수나 시험 점수, 직장에서의 고과점수, 데이트 시간 등 일상사는 수치를 기준으로 이루어진다.

그래프도 그림으로 시각화한 수치의 표시다. 특히 수치를 시각화한 경우에는 그 정황을 한 눈에 파악할 수 있다. 이것이 그래프가 가진 강점이다. 이를테면 복잡한 내용을 유별나게 돋보이는 한 마디로 요약해 비교 설명하는 최고의 언어인 셈이다. 퍼센트도 분수와 더불어 수치를 통해 비율이나 확률로 나타낼 때 사용한다. 이처럼 수치는 여러 가지 형태로 자신을 드러내 통계와 자료를 이루며 비교 견적, 비율과 확률의 핵심 내역이 된다. 현대문명사회에서 수치는 곧 정보다. 빅 데이터의 핵심적 기제로 기능한다. 이는 곧 '제4차 산업혁명'에도 수치가 막강한 역할을 한다는 것을 의미한다.

그런데 수치가 조작되거나 오남용 되기도 한다. 상대가 구체적 수치를 제시할 때 진위 여부도 따지지 않고, 수치를 악용한 상대의 전략에 말려 들 수도 있다. 따라서 상대가 수치를 들어 자료로 제시하거나 어림수를 자신의 주장에 대한 근거로 사용하는 경우, 그 신빙성에 대한 검토부터 철저히 해야 한다. 그리하여 자신이 사용하는 빅데이터의 정확도에 대한 확률을 높여야 한다. 확률의 정확도는 수치 사용의 정확성과 일치하기 때문이다.

분석

빅데이터를 활용한 분석의 첫 단계는 구체적으로 어떤 문제를 해결하기 위해 빅데이터 분석을 할 것인지를 명확히 하는 것이다. 그런 다음에 관련된 데이터를 수집·창출해 분류·저장하고 문제 해결에 적합한 기법을 사용해 분석한 뒤 그 결과에서 인 사이트를 추출해 의사 결정자 혹은 경영층에 전달하는 것이다. 이런 과정은 고리로 연결된 체인과 같아서 모든 고리가 제대로 연결되어야만 효과를 발휘한다.

이전의 모든 과정을 완벽하게 수행했더라도 마지막 단계인 '전달'이 잘되지 않으면 분석이 효과를 낼 수 없다. 분석가들은 전통적으로 분석 기법 자체에만 너무 초점을 맞추었고, 분석 결과를 어떻게 효과적으로 전달할 것인지는 심각하게 고려하지 않았다.

— 김진호(2016) 『빅데이터가 만드는 제4차 산업혁명』

'평균적인 사람', 즉 모든 면을 고려할 때 중심이 되는 사람은 존재하지 않는다. 그러나 사회는 '평균적인 사람'을 표준으로 놓고 획일적으로 그것에 맞추도록 강요할 때가 많다. 사회는 다양한 사람이 함께 어울려 살아가는 곳이므로 획일적인 기준들은 사라져야 한다. 평균에 맞추는 것이 아니라 평균에서 떨어져 있음이 인정되고 고려되는 분위기, 다양성이 존중되는 사회를 만드는 것이야말로 사회 속에서 모두가 행복하기 위한 필요조건이다. 적합한 평균을 골라 사용하는 일 못지않게 중요한 것은 평균을 남용하지 않는 일이다.

— 김진호(2016) 『빅데이터가 만드는 제4차 산업혁명』

빅데이터를 효과적으로 활용하기 위해서는 먼저 자료를 정확히 분석해야 한다. 개인이든 기업이든 성공을 위해서는 숫자와 통계를 바탕으로 한 분석능력을 길러야 한다. 인터넷의 게시물, 동영상, 사진, 음악, 일상적으로 주고받는 스마트 폰 문자, 페이스북 등 SNS 게시물도 많은 정보를 보유한 빅데이터다.

빅데이터 시대에 가장 중요한 것은 수많은 데이터를 분석하고 이를 효과적으로 활용하는 능력이다. 이를 위해서는 문제 인식, 관련 연구 조사, 모형화, 자료 수집, 자료 분석, 결과, 제시로 이어지는 분석을 통해서 숫자와 통계가 제시하는 정보를 정확하게 파악하고, 이를 적극 활용하는 습관이 필요하다. 사회적 분위기가 집단적으로 나타난 분석적 오류를 지적하고 이를 극복하기 위해 분석적 역량을 집중해야 한다.

『빅데이터가 만드는 제4차 산업혁명』에서 '제4차 산업혁명시대'에 어떻게 대응할 것인가에 대한 문제 제기에서 출발해 그 해답을 숫자와 통계, 빅데이터를 분석하고 이를 효과적으로 활용하는 데서 구하고 있다. 제4차 산업혁명 시대의 빅데이터 분석은 다양하고 광범위한 데이터를 인공지능 알고리즘으로 자동 분석해 통찰을 끄집어내는 것이다. 구글, 페이스 북, 마이크로소프트, IBM 등의 글로벌 기업들이 인공지능에 적극적으로 투자하고 있는 이유는 빅데이터 시대의 신속 정확하고 다양한 정보와 그 분석을 제공받기 위해서다.

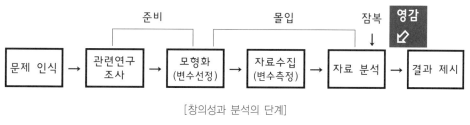

[창의성과 분석의 단계]
— 김진호(2016) 『빅데이터가 만드는 제4차 산업혁명』

오류 수정 및 데이터의 활용

19세기 영국의 경제학자이자 철학자인 존 스튜어트 밀은 인과관계 성립조건으로 다음의 3가지를 제시했다. 첫째, 원인이 결과보다 시간적으로 앞서야 하고, 둘째, 원인과 결과는 관련이 있어야 하며, 셋째, 결과는 원인이 되는 변수만으로 설명되어야 하고 다른 변수에 의한 설명은 제거되어야 한다는 것이다. 그러나 이런 조건들이 만족되었다고 하더라도 그것은 인과관계를 추론하는데 합리적인 근거가 될 수는 있지만, 인과관계의 존재가 입증되었다고는 할 수 없다. 다른 데이터에서 축적된 유사한 결과와 연구자의 경험적인 판단이 인과관계를 확인하는데 중요한 추가적인 역할을 한다. 이 과정에서 사람들은 단순한 상관관계를 인과관계로 해석하는 오류를 많이 범한다.
— 김진호(2016) 『빅데이터가 만드는 제4차 산업혁명』

한 의학논문에서 우유를 마시면 암에 걸릴 확률이 높아진다는 놀라운 결과를 발표한 적이 있다. 우유가 많이 생산되고 소비되는 미국 동북부와 중부, 남부의 여러 주, 스위스에서는 암이 놀랄 만큼 자주 발생하는데 우유를 마시지 않는 스리랑카에서는 암이 거의 발생하지 않는다는 것이 이 논문의 근거자료였다. 또한 우유를 많이 마시는 영국 여자들이 거의 마시지 않는 일본 여자들보다 18배나 많이 암에 걸린다는 사실이 증거에 추가되었다. 그러나 조금만 파헤쳐 보면 이런 결과는 다른 요인으로 설명할 수 있다는 것을 알 수 있다. 암이란 중년 이후에 걸리기 쉬운 병이다. 예를 든 미국 여러 주나 스위스는 평균 수명이 길어서 노년층이 많다는 공통점을 갖고 있었다. 조사 당시 영국 여자들의 평균수명도 일본 여자들보다 12년이나 길었다. 평균수명이 길면 당연히 암에 걸리는 사람 수가 많아질 수밖에 없다.

— 김진호(2016) 『빅데이터가 만드는 제4차 산업혁명』

조사 결과를 대할 때는 우선 누가(조사기관), 어떤 목적으로 조사한 것인지를 반드시 확인해야 한다. 조사비용을 부담한 후원자가 있다면 후원 동기도 미루어 짐작해야 한다. 그다음은 표본이 적절한지 판단해야 한다. 모집단의 정의, 표집 방법, 응답률, 표본의 크기 등을 기준으로 표본의 대표성이 유지되었는지도 확인한다. 설문에 대해서도 비판적인 시각을 가져야 한다. 질문과 응답항목을 만드는 데 조사자의 주관적인 의도가 개입되지 않았는지 보아야 한다. 해석과정에서는 구체적인 해석의 명확한 근거를 확인해보면 좋다. 숫자와 제시된 결론 사이에 논리적인 틈이 없는지도 살펴본다.

— 김진호(2016) 『빅데이터가 만드는 제4차 산업혁명』

일반적으로 창의성은 문제인식 → 준비 → 몰입 → 잠복 → 영감 → 문제해결의 6단계를 거친다. 문제를 인식하면 문제해결과 관련된 모든 사전 지식을 검토하는 준비 작업에 돌입한다. 인식한 문제가 평소에 접하지 않은 생소한 것이라면 이 단계에서도 많은 노력이 필요하다. 몰입은 구체적으로 문제를 해결하기 위해 머리를 싸매고 궁리하는 단계로 가장 많은 노력이 집중된다. 천재는 99퍼센트의 노력과 1퍼센트의 영감이라는 토마스 에디슨의 일갈 중에 99퍼센트의 노력이 집중되는 단계가 바로 이 준비와 몰입이다. 하지만 아무리 애를 쓰고 죽어라 파고들어도 문제가 해결되지 않으면 거의 포기 상태에 이른다. 여기가 잠복단계다. 문제에서 손을 거의 뗀 상태지만 그동안 흘린 99퍼센트의 땀 덕분에 무의식 속에는 여전히 문제를 곱씹고 있다. 그러다 우연한 기회에 불현듯 영감이 떠오른다. 문제를 단번에 해결할 수 있는 통찰력이 순간적으로 번뜩이는 것이다. 이것이 바로 창의성의 발현이다.

— 김진호(2016) 『빅데이터가 만드는 제4차 산업혁명』

"빅데이터 시대에 경쟁의 승부는 누가 더 많은 데이터를 갖고 있고, 누가 그것을 다른 사람들보다 잘 활용하는지에 달렸다"는 것이다. 이제 직원들이 자신들의 경험이나 감에 의존해서 의사결정을 하는 기업들은 살아남을 수 없다. 이러한 사실을 직시해 조직 문화와 직원들의 마인드를 분석 지향적으로 이끌며 데이터 분석을 위한 인프라에 지속적으로 투자하려는 리더의 의지가 절실하게 필요한 시점이다.

— 김진호(2016) 『빅데이터가 만드는 제4차 산업혁명』

시시각각으로 발표되는 일기예보는 그 정확도에 감탄하게 한다. 그러나 잘 맞추다가도 한 번의 오보로 농작물 관리에 심각한 피해를 입힐 때가 있다. 자료의 정확성이 얼마나 중요한가를 실감하게 하는 사례다. 여론조사도 그 정확도가 들쭉날쭉할 때가 있다. 그러나 아직도 대중의 의사를 물어야 할 경우, 대부분 여론조사를 통해 결정한다. 달리 마땅한 방법이 없어서이기도 하지만 아직까지도 여론조사에 대한 신뢰도가 높은 편이어서다.

질문의 내용과 응답자 선별에 최신 과학적 방식을 도입하고 객관적 결과를 도출해 내는 작업은 여론조사 기관에게 필수적으로 요구되는 사안이다. 여론조사나 통계 자료는 작성자의 필요에 의해 그 내용이 달라질 수 있다. 심한 경우는 정반대의 결과로 나타나기도 한다. 이것이 빅데이터로 활용된다면 그 피해는 때로 상상을 초월한다. 자료로 인해 결정될 사안이 시간을 다툴 때는 지나고 나서 바로잡아 봐야 아무런 소용이 없게 된다. 가짜 뉴스의 경우도 마찬가지다.

잘못 이용한 자료는 심각한 오류를 안은 채 사회적 정보로 전파될 수 있다. 이 경우, 자료를 이용한 자의 지명도가 높을수록 그 자료는 사회 일반의 상식이나 지식으로 널리, 그리고 빠르게 굳혀지게 되는데 이는 심각한 사회적 과실이다. 그러므로 자료를 만들 때는 객관적 시각으로 수집하고 정확한 사실에 근거해 신중하게 작성해야 한다. 자료를 이용할 때도 먼저 자료의 출처와 작성자의 성향에 대한 면밀한 검토가 있어야 한다. 자료를 이용한다는 것은 빅데이터를 통한 사회적 참여를 의미하며, 빅데이터의 전달자 역할을 수행하는 것이기도 하기 때문이다.

빅데이터에 관한 구글의 수석 경제학자 할 베리언의 다섯 가지 강조 사항

① 데이터를 분석·활용하는 능력
② 데이터를 처리하는 능력
③ 가치를 뽑아내는 능력
④ 시각화하는 능력
⑤ 전달하는 능력

정보공해

'빅데이터 시대'는 정보의 홍수 시대다. 이는 인간 생활과 업무, 학문 등에 필요한 자료와 정보를 찾는데 걸리는 시간을 급속도로 단축해 주고, 다양한 편리를 제공해 주는 이점이 있다. 그러나 이로 인해 발생하는 후유증이나 부작용 등 정보 공해 또한 만만치 않다. 다음은 정보공해가 인간에게 미칠 부정적 사항들이다.

✓ 자신의 취향에 맞는 정보만 골라서 집중함으로서 일상적인 정보에 어둡게 될 가능성이 있다.

✓ 정보의 편중 현상은 중대한 결정을 내려야 하는 시점에 여론 형성을 어렵게 한다.

✓ 일반 정보와 홍보용 정보를 구분하기가 쉽지 않다.

✓ 정보화 사회에서 어려서부터 컴퓨터에 익숙해진 세대들은 기억력과 사고력, 판단 능력까지 컴퓨터에 의존하게 된다.

✓ 폐쇄된 공간에서 컴퓨터와의 대화에만 익숙해 실제 생활과 인간관계에는 잘 적응하지 못할 수 있다.

✓ 정보화 사회에서는 사생활이 노출되기 쉽다.

✓ 컴퓨터가 범죄에 사용될 위험성이 높다.

✓ 제대로 검증이 안 되어 부실하고 잘못된 정보를 무심코 이용하기 쉽다.

✓ 정보가 독점적으로 악용되거나 권력에 종속될 수 있다.

✓ 불법복제 문제가 자주 발생할 수 있다.

✓ 인터넷이 상업화에 이용당하는 경향이 자주 발생한다.

✓ 국가나 이해 집단의 정보 검열 대상이 될 수 있다.

바로 보기

1 제4차 산업혁명은 1차, 2차, 3차 산업혁명보다 조용히 진행되고 있다. 그러나 그 파장은 크고 넓다.

2 빅데이터는 살아 움직이는 감시 체계일 수 있다.

3 여론조사나 통계 자료는 작성자의 필요에 의해 왜곡될 수 있다.

4 자료를 활용하려면 자료의 신빙성에 대한 조사부터 마쳐야 한다.

5 평소의 분석적 습관이 유능한 분석 전문가를 만들어 준다.

거꾸로 보기

1 컴퓨터는 인간 지능의 산물이다. 그런데 인간의 지능을 퇴화시키기도 한다.

2 제4차 산업혁명을 구호처럼 외치는 자들은 그 문명이 초래할 수 있는 위험에 대해 제대로 고민해 보았을까?

3 지금까지 문명은 그 빛만큼의 그늘을 만들어 왔다. 그리고 발달한 문명일수록 그 그늘의 고통도 컸다

4 미래는 불확실성의 시대다. 제4차 산업혁명의 불확실성을 제거할 수 있는 방법은 무엇일까?

새롭게 보기

1 제4차 산업 혁명을 인류를 위해 활용할 경우 한층 삶의 질을 높일 수 있다.

2 제4차 산업 혁명에서 자본주의적 욕망이 차지하는 비중은 어느 정도일까? 그리고 이것이 미래의 사회에 미치게 될 영향은 어떨까?

3 빅데이터 시대에 인간은 데이터의 일부로 편입된다. 자신을 데이터 자료로 제

공하고 그 자료(자신이 포함된)를 활용한다.

4 빅데이터 시대에 데이터의 부실이나 오류 부분에 대한 책임은 결국 자료를 골라서 사용하는 자신이 져야한다.

5 세상엔 아직도 잘못된 상식과 정보가 넘친다. 따라서 그 원인을 찾아내는 데서부터 빅데이터를 사용해야 한다.

함께 읽으면 좋을 책

1 문명의 충돌 (김영사)

2 디테일의 힘 (올림)

3 21세기와의 대화 (한겨레신문사)

문학치유적 독해

'제4차 산업혁명'이란 단어가 주요 시사용어로 떠오르고, 빅데이터가 소리 없이 세상을 지배하는 시대가 눈앞에 다가왔다. 현대인은 이제 자신의 의지와 상관없이 시대의 변화에 적응해야 한다. 그런데 여기에서 인류가 놓친 중요한 사실이 있다. 1차, 2차, 3차 산업혁명을 거치는 동안 그에 상응하는 정신혁명은 제대로 이루어진 적이 없었다는 점이다.

사람은 정신과 육신이 조화를 이루어야 건강하듯이 물질문명의 발달에는 정신문화의 발달이 보조를 함께해야 사회도 온전할 수 있다. 정신과 육신이 따로 움직이는 것처럼 정신문화가 함께하지 못하는 물질문명의 독주는 불구일 수밖에 없기 때문이다. 물질문명은 필요에 의한 욕망의 산물로 적절한 범위 내에서는 인간 생활에 도움이 된다. 그러나 인간의 욕망이 한계를 벗어날 때는 오히려 인류에게 해를 끼친다. 문명을 무기 삼아 무수히 반복되어 온 침략 전쟁이 그 사실을 증명한다.

지구의 면적과 인구가 한정되어 있듯이 세상의 재화도 한정되어 있다. 그러기에 필요 이상의 재화를 소유하는 것은 자본주의적 시각에서는 정당한 권리일지 몰라도 사회전체의 시각에서 볼 때는 반사회적 일탈일 수 있다. 사회 전체에 고루 돌아가야 할 몫을 대신 차지하고 있기 때문이다. 그러나 문명은 이 부분에 대해 신경을 쓰지 않는다. 분배의 정의는 사회정의를 추구하는 지성과 양심세력 그리고 제 몫을 찾아 누리지 못하는 사회적 취약 층의 목소리에 그치기 쉽다. 문명은 사회 구성원 간의 균형을 배려한 재산보다 총량의 확대에만 집중하며 욕망의 절제보다 무한 확대를 추구하는 세력에 의해 발달해 왔기 때문이다.

'제4차 산업혁명'은 지금까지의 문명과는 비교할 수 없이 막강한 위력을 지니고 있다. 만약 이를 인류를 위해 활용하지 못한다면 인간의 삶은 엄청난 재앙에 직면할 지도 모른다. 그러기에 미래의 문명은 소수의 독점물이 아니라 인류 전체의 복리를 위한 절제와 균형 감각 속에서 추구되어야 한다. 미래 문명의 가치와 운명은 문명에 의해 주어지는 편리와 시간적 여유가 인간의 삶의 질을 얼마나 높이느냐에 달려있는 것이다.

오늘의 과제

❶ 이 책에서 가장 기억에 남는 구절 고르기

❷ 각자 자신의 데이터수첩 만들기

03

여성과 현대사회
82년생 김지영

Chapter

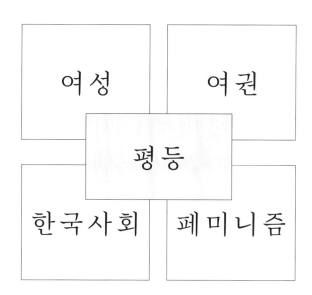

여성	여권
평등	
한국사회	페미니즘

오늘의 젊은 작가 13

82년생
김지영

조남주
장편소설

민음사

| I | ## 미리 보기 |

『82년생 김지영』을 읽는 다섯 개의 코드

1 한국 현대사회에서의 여성의 삶
2 가부장적 전통과 관습
3 남성중심 사회의 폭력성
4 진정한 페미니즘
5 여성과 가정, 그리고 사회

한국 현대사회에서 여성으로 살기

과거 한국 여성은 결혼을 계기로 그 운명이 결정되었다. 그러나 점차 여성의 위치가 강화되고 남녀평등이 사회적 과제로 보편화 되면서 여성들은 자신들의 주체적 삶을 독자적으로 추구하기 시작했다. 그중에는 가정생활에 구애받지 않고 독신의 삶을 유지하며 자신의 능력을 자유롭게 발휘하려는 층들이 점차 늘어나고 있다.

한편 결혼 후에도 가사와 사회적 활동을 동시에 수행하려는 경향도 활발해지고 있다. 이를테면 가정의 안정과 사회적 성취를 함께 추구하며 엄마나 아내, 여성으로서의 다양한 세계를 창조적으로 누리려는 진취적 가치관의 일단인 것이다.

그러나 가정과 사회에서 한국 여성의 위치는 아직도 관습적 불평등 구조를 벗어나지 못하고 있다. 그것은 진정한 민주주의는 물론 원만한 사회적 화합을 위해서도 적극적 담론과 실천을 통해 시급히 해결해야 할 중대한 과제다.

가정생활의 중요성

사회생활의 첫 출발지인 가정은 사회생활을 위한 준비 장소이자 일과를 마친 후 돌아가 휴식을 취하는 안식처다. 가족은 혈연관계를 기초로 한 집단으로 일반사회와는 성격이나 배경이 다르다. 가족 구성원으로서의 긴밀한 관계는 일상적 희생과 헌신이 자연스럽게 바탕을 이루고 있다. 가족끼리는 아무리 소중한 것도 기꺼이 나눈다. 나를 바쳐 가족을 위하는 희생도 자연스럽게 이루어진다.

그러나 그 흠허물 없는 자연스러움 속에는 자신도 모르게 쌓인 일방적 횡포와 이기심이 잠재되어 있을 수 있다. 그것이 해소되지 않고 누적될 경우, 가정의 불행과 더불어 가족 개개인의 장기적 신경증으로 악화될 수 있다. 따라서 상대에 대한 배려와 관심은 가족에서부터 비롯되어야 한다. 그것은 공존을 위한 유기적 협동체로써의 상대방에 대한 인격적 존중을 의미한다. 따라서 객관적 관점에서 수시로 자신을 돌이켜보는 것은 가족에 대한 배려의 일환으로 심각한 갈등 구조를 미연에 해소하는 효과적 대비책일 수 있다. 가정은 인격이나 사회적 적응력의 기초를 다지는 기본 장소인 만큼 그에 상응하는 정성과 노력을 습관적으로 기울여야 하는 것이다.

페미니즘은 현재에도 꾸준히 계속되고 있다

페미니즘은 사회 제도 및 관습에 의해 억압되고 차별을 당해 온 여성들의 사회현실에 대한 반성과 자각에서 출발한다. 가부장적 전통의 남성중심 사회에서 탈피해 사회적 인격체로서 여성의 권리 실현에 목표를 둔다. 사회적, 정치적 운동을 통해 전개되는 페미니즘은 진정한 민주주의 발전에도 중요한 역할을 한다. 최초의 페미니즘으로 여성의 사회적 참여에 대한 시도는 로마 공화정에서부터 시작된다. 그리고 19세기부터 20세기 초반 영국과 미국, 프랑스 등지에서 활발히 전개된다.

페미니즘은 노예제도, 인종차별 정책, 계급제도 등 사회의 구조적 불평등과 모순의 타파 운동과 맞물려 발전해 왔다. 민주주의와 함께 여성의 참정권, 경제활동, 교육 기회의 평등, 인간다운 삶을 누릴 수 있는 권리 증진을 위해 노력해 온 것이다. 그리고 더욱 완벽한 남녀평등을 위해 현재까지도 페미니즘 운동은 꾸준히 사회 곳곳에서 계속되고 있다. 이는 그만큼 여성의 인권이 불평등과 모순으로 점철된 뿌리 깊은 역사적 과제임을 의미한다.

페미니즘 운동의 선구적 존재로 버지니아 울프와 시몬 드 보부아르를 꼽는다. 버지니아 울프는 소설『자기만의 방』(1929년)에서 역사의 주역은 대부분 남성들이 독점하며 역사는 남성들만의 잔치요 전유물인 점을 지적해 여성들의 분발을 촉구한다. 싫거나 좋거나 간에 결혼만 하고 나면 상대방이 어떤 남자든 그 남자의 노예가 되어 버리는 현실을 타파해야 한다는 것이다. 그는 여성의 교육 및 사회 활동이 제한된 빅토리아 시대의 남성 중심사회에 대한 비판적 강연을 통해 사회적, 경제적 측면에서 여성의 권리 향상에 열정을 쏟는다.

시몬 드 보부아르는 페미니즘의 성서로 일컬어지는『제2의 성』(1949년)을 발표해 여권운동의 후폭풍을 일으킨 선구자다. 당시의 심각한 남녀 불평등 구조를 살펴볼 때 여성의 입장에서 부당한 차별과 부조리를 타파하는 운동은 동등한 인격체로서의 자유와 권리를 회복하는 절실하고도 당연한 인간선언이었다.

그는 "여자는 자기 초월의 확립과 자기 소외 사이에서 어느 쪽을 선택하지 않으면 안 되는 존재"라고 말한다. 여성이 주체적으로 자신의 진화, 즉 여권확립을 위해 끊임없이 분발할 것을 촉구한 것이다.

▌▌ 여성문제에 대한 해법

✓ 여성문제는 가정에서 부터 해결되어야 한다. 따라서 여성 스스로 가정에서 주체적 위치를 확고히 다져야 한다.

✓ 사회적 편견이나 불합리에 대처하는 여성들의 연대가 필요하다.

✓ 여성문제를 일상적 담론으로 꾸준히 제기하고 점검해야 한다.

✓ 여권 신장에 대한 체계적인 기획과 명확한 실천이 중요하다.

✓ 여성문제를 민주주의와 평등사회 구현의 시각에서 풀어나가야 한다.

✔ 여성들의 적극적인 사회진출이 필요하다.

✔ 여성들이 당당한 경제 주체로 활동해야 한다.

✔ 여성문제에 대한 법과 제도적 미비점을 개선해야 한다.

✔ 남녀가 서로 상대의 가치를 존중하고 특성에 대해 배려해야 한다.

✔ 여성의 전략적 정치참여가 필요하다.

✔ 남성도 적극적으로 남녀평등의 사회화에 동참해야 한다.

✔ 남성 중심의 관습과 전통을 과감히 타파하는 사회적 분위기를 조성해야 한다.

▌ 버지니아 울프의 『자기만의 방』

나만의 방

> 만약 우리가 앞으로 백년을 살아서 – 나는 참된 생활인, 고통스런 사회생활을 말하고 있는 것이지, 우리들 개개인이 이루는 개별적인 작은 생활을 말하는 것은 아닙니다. – 우리들 누구나가 1년에 5백 파운드의 돈과 자기만의 방을 가질 수 있게 된다면, 만약 우리가 자유에 대한 습관과 자기 생각을 그대로 쓸 용기를 갖게 된다면, 만약 우리가 공동의 거실에서 조금이라도 벗어나 인간을 언제나 상호간의 관계가 아니라 현실과의 관계로 볼 수 있다면, 그래서 하늘이나 나무나 그 밖의 모든 것을 그 자체대로 볼 수 있다면, 그렇게 해서 우리가 사실을 사실대로 볼 수 있다면, 즉 우리들이 매달려야 할 팔은 없으며, 완전히 우리는 혼자서 가는 것이라는 사실, 그래서 우리의 관계는 현실 세계와의 관계이지 남녀 세계의 관계는 아니라는 사실, 이러한 엄연한 사실과 그대로 마주 칠 수 있다면,
>
> — 버지니아 울프(1995) 『자기만의 방』

위의 글은 눈에 익은 구절이다. 그만큼 많은 사람들이 공감하기 때문이다. 1년에 5백 파운드의 돈과 자기만의 방을 가질 수 있게 된다면 여자만의 생이 보장된 길을 갈 수 있다는 소박하면서도 절실한 소망이다.

이 글을 쓰던 당시는 여성들의 경제적 자립이 힘들기 때문에 남성에의 예속은 숙명적이었다. 버지니아 울프는 그런 악조건 속에서 "우리들이 매달려야 할 팔은 없으며, 완전히 우리는 혼자서 가는 것이라는 사실, 그래서 우리들의 관계는 현실 세계와

의 관계이지 남녀세계의 관계는 아니라는" 사실을 일깨운다. 여기에서 '우리들'이란 일상의 도처에서 핍박받고 소외당하기 일쑤인 여성들을 가리킨다.

경제적 여건과 자기만의 공간, 그리고 자유로운 자기만의 시간이 주어진다는 것은 얼마나 다행스런 축복인가? 많은 것들을 필요로 하는 무리한 욕구가 아니다. 최소한의 희망사항이다. 그러나 이는 그때나 지금이나 만만치 않은 과제이다.

왜 남자들은 포도주를 마시고 여자들은 물을 마실까?

왜 남자들은 포도주를 마시고 여자들은 물을 마실까? 왜 남성들은 그렇게도 번창한데 여성들은 그렇게도 빈곤할까? 가난이 소설에 어떤 영향을 미칠까? 예술 작품을 창작하기 위해서는 어떤 조건이 필요할까? 숱한 질문들이 번개처럼 머리를 스쳤습니다. 그러나 우리가 필요한 것은 해답이지 질문이 아닙니다. 그런데 그 해답은 말싸움이나 육체적 혼란을 초월한 냉철한 추론과 연구의 결과를 대영박물관에서나 발견할 수 있는 위대한 책들로 엮어낸 유식한, 편견 없는 사람들과 대화를 함으로써만 얻을 수 있는 것입니다.

— 버지니아 울프(1995) 『자기만의 방』

버지니아 울프는 이 유려한 산문 투의 강연에서 "왜 남자들은 포도주를 마시고 여자들은 물을 마실까? 왜 남성들은 그렇게도 번창한데 여성들은 그렇게도 빈곤할까" 하는 질문을 한다. 이어서 한 해 동안 여자에 관해서 쓰여 진 책이 얼마나 되는지, 여자들이 이 세상에서 가장 많은 논란이 되고 있는 생물학적 성의 대상이라는 사실을 아느냐는 질문을 덧붙인다. 그리고 그 논란의 중심에 놓인 성에 대해서 의사나 생물학자들뿐 아니라, 그들이 여자가 아니라는 사실 외에는 특별한 자격을 갖고 있지 않은 남성들까지도 큰 관심을 쏟고 있는 점을 상기시킨다.

그러나 이 관심은 여성들에게 고맙지도, 희망적이지도 않다. 여성들의 인격적 권익에는 실질적 도움이 되지 못할 뿐더러, 자칫 여성의 동물적 성문제로 사건의 본질인 여권 신장 문제를 덮어버릴 수 있기 때문이다. 사방에서 여자들에 대해 많은 관심을 가지고 있는데도 불구하고 정작 여성들의 직접적 지위 향상과는 거리가 멀어서 여성들의 세계는 여전히 열악하고 부당한 것이다. 그러기에 그녀가 찾은 결론은 잡다한 질문보다 남녀평등을 위한 명확한 해답을 찾아야 한다는 냉

엄한 현실론이었다.

보부아르의 『제2의 성』

여성이기 이전에 한 인간을 추구한 실존적 지성

사르트르와 함께 대표적 실존주의 작가로 일컬어지는 보부아르는 실존의 문제에 대해 관심을 기울인다. 『타인의 피』, 『군식구들』, 『제 2의 성』, 『위기의 여자』는 타인과의 관계 속에서 실존의 문제를 추구한 작품들이다. 아래의 글은 그 부분을 돌이켜보게 하는 구절이다.

> "당신이 나를 사랑하고 내가 당신을 사랑해야 해요. 그래야 당신은 여기에서 존재하고, 나도 당신이 있는 곳에 존재하게 되는 것이에요"
>
> — 보부아르, 정병희 옮김(1994) 『인간은 모두 죽는다』

보부아르는 타자와의 관계를 이루는 데 필요한 사랑의 가치와 기능을 위의 글에서처럼 강조한다. 타인에 대한 사랑은 궁극적으로 자신의 실존을 위한 가장 본질적이자 실질적인 대책이기 때문이다. 그러나 그의 사랑은 일방적인 것이 아니라 함께 주고받는 평등한 사랑이다. 사랑의 평등에서부터 그의 페미니즘은 시작되는 것이다.

사르트르를 비롯한 프랑스 실존주의자들이 정치나 사회, 문화 분야에 뛰어들어 적극적으로 활동한 것처럼 보부아르는 실존적 과제를 여성의 주체성 회복에 둔다. 그리고 『제2의 성』을 발표한다. 페미니즘 역사상 한 획을 그은 것으로 평가되는 『제2의 성』은 비판과 지지가 혼합된 격렬한 반응 속에서 여성운동에 불을 지핀다. 『제2의 성』에 실린 아래의 글은 그의 페미니즘에 대한 철학을 반영하고 있다.

반 여권론자들은 역사의 예(例)에서 다음의 두 가지 모순된 논법을 이끌어 내고 있다. 첫째, 여자들은 지금까지 위대한 것을 아무것도 만들어 낸 일이 없다는 것과, 둘째, 여성의 처지가 위대한 여성을 출현시키는 것에 조금도 방해되지 않았다는 것이다. 이 주장 속에는 기만(欺瞞)이 있다. 몇몇 특권 여성들이 성공했다고 해서 그것으로 전체적인 수준의 일반적인 저하를 메울 수도 변명할 수도 없는 것이다. 여성들의 성공이 수적(數的)으로 미미하고, 또 제한되어 있다는 것은 환경이 여성들에게 불리하다는 것을 명확히 증명하는 것이다.

— 보부아르, 변광배 옮김(2007) 『제2의 성』

보부아르는 여자는 자기 초월과 자기 소외 사이에서 어느 쪽을 선택하지 않으면 안 되는 존재이기에 여성이 주체적으로 자신의 진화, 즉 여권확립을 위해 끊임없이 분발할 것을 촉구한다. 그리고 여성으로서의 주체적 삶을 살기 위해 보부아르는 사르트르를 비롯해 카뮈, 피카소, 장 콕토, 장 그르니에, 쟈코메티, 메를로 뽕티 등 남성 석학들과 대등하게 어울리며 지성의 폭을 넓히고 그 실천에 열정을 쏟는다.

아내와 주부라는 이름의 굴레

여자는 잘 타협되지 않는 여러 가지 관심이 산산조각으로 분리되는 것이 문제이다. 악순환 논법이 여기서 생긴다. 흔히 놀라운 것은 여자가 한 남편을 발견하게 되면 음악·연구·직업 등을 쉽사리 포기해 버린다는 것이다. 그것은 여자가 자신의 계획에 자기를 소극적으로 밖에 참가시키지 않음으로써 그다지 커다란 이익을 얻어 낼 수 없기 때문이다. 모든 것이 다투어 그녀의 개인적인 야망을 제한하려고 한다. 게다가 또한 사회적인 거대한 압력은 그녀를 결혼 속에서 하나의 사회적 지위와 하나의 정당성을 발견하도록 권유한다.
그녀는 이 사회 속에서 자기의 지위를 스스로 창조하려고 노력하지 않으며, 혹은 노력을 한다 해도 고식적인 정도에 그친다. 사회에 완전한 경제적 평등이 실현되지 않고, 사회 풍습이 아내나 주부로서의 여성에게 일부 남성들에 의해 독점되고 있는 특권을 이용할 수 있게끔 허락하지 않는 한, 피동적 형태로서의 성공의 꿈은 여자의 마음속에만 머물러 있을 것이고, 그녀 자신의 자기완성은 억제될 것이다.

— 보부아르, 변광배 옮김(2007) 『제2의 성』

보부아르는 자신의 결혼에서부터 남녀평등을 실천한다. 그는 사르트르와의 계약결혼으로 세계적 관심을 끈다. 통상 계약엔 자유보다는 의무가 따르기 마련이다. 아무리 자유분방한 서구식 윤리를 감안해도 그들의 동거는 불안한 모험일 수 있었다. 그러나 그들은 서로의 개성이 존중된 일상 속에서 공동의 철학적 명제인 실존적 자유를 성실히 추구했다. 그리고 그 이면에는 한결같은 애정과 신뢰가 자리 잡고 있었다. 그들은 페미니즘의 일차적 과제인 남녀평등과 이차적 과제, 즉 각각의 차이를 조화롭게 보완해 그 실질적 효과를 한층 더 높여 나갔다.

보부아르는 여자들이 남편을 만나자마자 사회참여에 따른 개인적인 욕구를 포기하고 너무 쉽게 아내이자 주부로 자진해서 순응해 버리는 사태에 대해 불만을 토로한다. 아내와 주부라는 굴레에 얽매여 사회 속에서 자기의 지위를 스스로 창조하려고 노력하지 않으며, 노력을 한다 해도 그 능력을 충분히 발휘하지 못하기 때문이다. 그것은 자신의 여러 가지 계획 혹은 절실히 성취하고 싶은 꿈의 실현에 적극적으로 참여할 수 있는 기회를 스스로 봉쇄해버린 것이다.

따라서 여성이 인간 본연의 위치를 회복하려면 남성들에 의해 독점되고 있는 특권이 배제된 사회적, 경제적 평등을 자연스럽게 실현할 수 있어야 한다. 그렇지 않고선 온전한 자기 성취의 꿈은 여자들의 마음속에만 머물러 있게 된다.

제2의 성에서 제1의 성으로

여권 신장론자들의 논의도 신뢰를 가지고 고려할 것이 못 된다. 열띤 논쟁은 도리어 그들에게서 가치를 죄다 떨어뜨리는 수가 종종 있기 때문이다. 여성문제가 전혀 무익하다고 하는 것은, 남성들의 오만에 의해 그 문제가 논쟁을 위한 논쟁으로 끝나기 때문이다. 서로 싸우게 되면 더는 사리를 분별하지 못한다. 지칠 줄 모르고 애써 증명하려고 한 것은 여자가 남자보다 우수하냐, 열등하냐, 아니면 동등하냐 하는 것이었다. 아담 후에 창조된 여자는 명백하게 제2차적인 존재라고 혹자는 말했고, 이와 반대로 혹자는 아담은 초벌 작품에 불과하므로 신은 이브를 창조했을 때 비로소 인간을 성공적으로 완성하였다고 말한다. 그렇듯 어떤 논의든지 즉시 그 반대 주장을 일으킨다. 문제를 파악하려면 이런 구태에서 벗어나지 않으면 안 된다. 모든 토론을 왜곡시키는 우수성, 열등성, 평등성이라는 막연한 관념을 거부하고 새로이 출발하지 않으면 안 된다.

— 보부아르, 변광배 옮김(2007) 『제2의 성』

보부아르는 평생에 걸쳐 소설가, 철학자, 여성운동가로 폭넓고 진취적인 자기세계를 개척한다. 『제2의 성』은 방대한 양의 인문학적 텍스트이다. 이 책을 보부아르는 여자의 존재에 대한 질문으로부터 시작한다. 여자는 과연 독립된 개체로서 존재하는가 하고 스스로에게 묻는다. 단순히 남자라는 존재의 대위구조, 즉 남자의 상대적 입장에서만 존재하는 여자라면 그는 타자적 존재에 그칠 뿐이다. 이브는 아담의 갈비뼈로 만들어졌다는 신화적 허구에서부터 여자의 존재는 은연 중 남자에 대한 부속물로 여겨져 왔기 때문이다.

인간의 보편적 지위를 남자라는 '제1의 성' 영역에 빼앗긴 여자는 '제2의 성'으로 밀쳐진 것이다. 이때의 '2'라는 수는 단순한 서열이 아니다. 통상적 인간으로부터 도태되고 소외된 열외의 수준을 의미한다. 이를테면 주제에서 제외된 '기타'나, 중심부에서 밀려난 주변부처럼 남성이란 주체의 객체에 지나지 않는다. 얼마 전까지 만해도 예술계에서 남자들은 그냥 작가나 화가로 통하는데 여자들은 여류작가, 여류화가 등 꼭 앞에 여류라는 수식어를 붙여 사용했다. 여자는 그 언어적 관행이 상징하듯 남자의 고유 영역에 끼어드는 특별한 덤으로 인식되어 온 것이다.

따라서 여자는 더 이상 '제 2의 성'에서 머뭇거리지 말고 '제1의 성'으로 당당히 복귀해야 한다. 진정한 민주주의를 위해서는 남녀가 일방적 차이의 대상이 아니라 공존의 파트너여야 하기 때문이다. 여성이 당당히 사회적 주체로 재탄생할 때 민주주의는 보다 완벽해지고, 지상 인구의 절반이 마침내 '제2의 성'에서 '제1의 성'으로 입성하게 되는 것이다.

가족

가족 사회 속에 깃든 불평등

그리고 어머니는 갑자기 김지영 씨에게 물었다.
"얘, 너 힘들었니?"
순간 김지영 씨의 두 볼에 사르르 홍조가 돌더니 표정이 부드러워지고 눈빛은 따뜻해졌다. 정대현 씨는 불안했다. 하지만 화재를 돌리거나 아내를 끌어낼 틈도 없이 김지영 씨가 대답했다.
"아이고 사부인, 사실 우리 지영이 명절마다 몸살이에요." 잠시 아무도 숨을 쉬지 않았다. 거대한 빙하 위에 온 가족이 앉아 있는 것 같았다. 정수현 씨가 길게 한숨을 쉬었는데 찬 입김이 나와 하얗게 흩어졌다.
"지, 지원이 기저귀 갈아야 하지 않나?"
정대현 씨가 급히 아내의 손을 잡아끌었지만 김지영 씨는 그 손을 찰싹 쳐 떼 냈다.
"정 서바앙! 자네도 그래. 매번 명절 연휴 내내 부산에만 있다가 처가에는 엉덩이 한 번 붙였다 그냥 가고. 이번에는 좀 일찍 와."
그러고는 또 오른 눈을 찡긋했다.

— 조남주(2017) 『82년생 김지영』

정대현 씨와 김지영 씨는 서울로 올라오는 차 안에서 내내 싸웠다. 김지영 씨는 자신이 무슨 큰 신체적 결함이라도 있는 것처럼 취급받는 동안 남편이 입을 꾹 다물고 있었다는 사실에 너무 실망했고, 정대현 씨는 괜히 나섰다가 어른들 눈 밖에 나서 일을 더 키울까 봐 참은 거라고 했다. 김지영 씨는 정대현 씨의 논리를 이해할 수가 없었고, 정대현 씨는 김지영 씨가 너무 예민하게 받아들이는 거라고 했다. 김지영 씨는 예민하다는 말이 또 서운했다. 변명하려는 말들이 빌미가 되어 싸움은 계속 도돌이표를 찍고 있었다.

— 조남주(2017) 『82년생 김지영』

가족이라는 혈연사회는 일반사회와는 다른 특징을 지니고 있다. 고부간의 갈등은 한국 여성의 고질적인 고통이었다. 이는 남녀 차별과 동시에 여성들이 감내해야 하는 이중고였다. 시어머니가 일방적으로 아들의 편을 들어 성의 불평등 구조를 굳혀 온 것이다. 이처럼 같은 여성의 처지이면서도 여성이 여성을 괴롭히는 자학적 폭력은 한국적 페미니즘의 골을 한층 깊게 했다. 그러나 대가족 제도가 붕괴되고 핵가족 시대로 바뀌면서 이 부분은 눈에 띄게 개선되었다. 그런데 아직도 비슷한 상황이 일어나는 경우가 있다. 특히 명절이나 부모의 생일 등 가족이 한 데 모이는 자리에서는 이러한 사태가 재현되기 쉽다. 이때 며느리 입장인 여성들은 명절증후군의 피해자로 남는다.

▌▌ 아들 선호

뿌리 깊은 남성중심 가치관

"은영이 때도, 지영이 때도, 입덧이라고는 안 하더니 이번에는 웬 입덧이 이렇게 요란하다니? 쟤들하고는 다른 애가 들어 섰는갑다."
 어머니는 화장실에서 나오지도 못하고 한참을 더 울면서 토했다. 딸들이 모두 잠든 늦은 밤, 어머니는 뒤척이는 아버지에게 물었다.
"만약에, 만약에, 지금 배 속에 있는 애가 또 딸이라면, 은영 아빠는 어쩔 거야?"
무슨 그런 질문이 다 있냐고, 아들이든 딸이든 소중하게 낳아 키워야 한다고 말해 주길 기다렸지만 아버지는 대답이 없었다.
"응? 어쩔 거야, 은영 아빠?"
아버지는 벽을 향해 돌아누우며 대답했다.
"말이 씨가 된다. 재수 없는 소리 하지 말고 얼른 자."
어머니는 아랫입술을 깨물고 소리 없이, 베개가 흠뻑 젖도록, 밤새 울었다. 아침이 되자 입이 다물어지지 않아 침이 줄줄 흐를 정도로 입술이 퉁퉁 부었다.
— 조남주(2017) 『82년생 김지영』

"그래도 내가 아들을 넷이나 낳아서 이렇게 아들이 지어준 뜨신 밥 먹고, 아들이 봐 준 뜨끈한 아랫목에서 자는 거다. 아들이 못해도 넷은 있어야 되는 법이야."
뜨신 밥을 짓고, 뜨끈한 아랫목에 요를 펴는 사람은 할머니의 아들이 아니라 며느리이자 김지영씨의 어머니인 오미숙씨였지만 할머니는 늘 그렇게 말했다.
— 조남주(2017) 『82년생 김지영』

딸보다 아들을 원하는 아들선호 사고 관습은 한국 사회의 뿌리 깊은 폐단이었다. 여기에는 여성의 가치에 대한 심각한 저평가와 비하가 숨어 있다. 그런데도 한국의 역사는 이처럼 강압적인 성차별을 전통적으로 당연시 해 왔다. 그런데 이 야만적 이데올로기에 여성들도 적극적으로 가세했다. 자신도 피해자이면서 그 고통을 수용하고 옹호해 온 것이다. 딸은 출가외인일 뿐, 아들은 부모와 농사일을 함께하고 노후에는 부모를 봉양하고 사후에는 제사를 모시는 막중한 실질적 가치가 그 배경이었다. 그러나 지금은 핵가족시대여서 부모와 자식이 따로 살며, 부모의 생계와 노후를 부모 스스로 책임져야 한다. 따라서 아들과 딸은 명목가치뿐 아니라 실질가치 면에서도 별다른 차이가 없게 되었다.

▌▌ 직장

법과 제도, 가치관에 대한 회의

"여러분이 거래처 미팅을 나갔단 말입니다. 그런데 거래처 상사가 자꾸 좀, 그런, 신체 접촉을 하는 겁니다. 괜히 어깨를 주물주물 하고, 허벅지도 슬쩍슬쩍 만지고, 엉? 그런 거? 알죠? 그럼 어떻게 하실 겁니까? 김지영 씨부터."
김지영 씨는 바보 같이 당황하는 모습을 보여도 안 될 것 같고, 너무 정색하는 것도 좋은 점수를 받지 못할 것 같아 그 중간 정도로 답했다.
"화장실에 다녀오거나 자료를 가지고 오면서 자연스럽게 자리를 피하겠습니다."
두 번째 면접자는 명백한 성희롱이며 그 자리에서 주의를 주고, 그래도 고쳐지지 않는다면 법적 조치를 취하겠다고 강한 어조로 대답했다. 질문했던 이사가 눈썹을 한 번 올렸다 내리고는 파일에 뭔가 적었는데 괜히 김지영 씨가 움찔했다. 그리고 가장 오래 모범 답안을 고민했을 마지막 면접자가 대답했다.
"제 옷차림이나 태도에 문제는 없었는지 돌아보고, 상사분의 적절치 못한 행동을 유발한 부분이 있다면 고치겠습니다."
두 번째 면접자가 하! 하고 어처구니없다는 듯 큰소리로 한숨을 쉬었다. 이렇게까지 해야 하나 김지영 씨도 씁쓸했는데, 한편으로는 저런 대답이 높은 점수를 받을 것 같다는 생각이 들면서 조금 후회했고, 그런 자신이 한심했다.
며칠 후 김지영 씨는 면접 전형을 통과하지 못했다는 메일을 받았다.

— 조남주(2017) 『82년생 김지영』

"아, 안녕하세요. 저 지영이 회사 동기인데요……."

— 지영이는요?

"예, 지영이가 지금 잠 들어서 제가 전화를 받은 건데요…….

— 잠은 자요? 뭐야? 당신 누구야?

"아뇨! 아뇨! 그런 게 아니고요! 뭔가 오해를 하신 거 같은데, 지영이가 술을 …….

— 지영이 당장 바꿔!

김지영 씨는 남자 친구에게 업혀 무사히 집에 들어갔다. 하지만 두 사람 사이는 무사하지 못했다.

— 조남주(2017) 『82년생 김지영』

가해자들이 작은 것 하나라도 잃을까 전전긍긍하는 동안 피해자들은 모든 것을 잃을 각오를 해야 했다.

— 조남주(2017) 『82년생 김지영』

"아직은 아빠 성을 따르는 사람들이 대부분이긴 하지. 엄마 성을 따랐다고 하면 무슨 특별한 사정이 있다고 생각하겠지. 설명하고 정정하고 확인해야 할 일들도 많이 생기겠지."

김지영 씨의 말에 정대현 씨는 깊이 고개를 끄덕였다. 자신의 손으로 '아니요' 칸에 표시를 하는 김지영 씨의 마음이 왠지 헛헛했다. 세상이 참 많이 바뀌었다. 하지만 그 안의 소소한 규칙이나 약속이나 습관들을 크게 바뀌지 않았다. 그래서 결과적으로 세상은 바뀌지 않았다. 김지영 씨는 혼인신고를 하면 마음가짐이 달라진다는 정대현 씨의 말을 다시 한 번 곱씹었다. 법이나 제도가 가치관을 바꾸는 것일까, 가치관이 법과 제도를 견인하는 것일까.

어른들은 계속 '좋은 소식'을 기다리셨다. 부모님과 주변 어른들은 돌아가면서 심상치 않은 꿈을 꾸었고, 그런 아침이면 김지영 씨에게 전화를 걸어 안부를 물어 왔다. 그렇게 몇 달이 지나자 김지영 씨의 건강 상태를 염려하는 듯 의심하기 시작했다.

— 조남주(2017) 『82년생 김지영』

아직도 직장에서나 사회에서는 여성을 성적 관심과 유희의 대상으로 여기며 그 부작용을 용인하는 풍조가 사라지지 않고 있다. 그리고 그 심각성에 대해서는 과잉반응이라고 대수롭잖게 지나친다. 사회문화의 주도층인 지식인 사회도 예외는 아니다. 그러나 피해 당사자에게는 씻기 어려운 모욕감이나 상처를 준다는 데 문제가 있다. 그런데 이 부분은 법률이나 제도 등의 제재만으로는 해결하기 어려운 현실적 한계가 있다. 남성들의 의식구조와 정서가 거기에 따르지 못하는 것이 문제인 것이다.

이 폐단이 바로 잡히지 않는 한 여성은 성차별의 사각지대에 놓일 수밖에 없다. 이 문제는 직장의 상하 구조, 남성들의 의식, 치안문제 등 다양한 분야에서의 개선을 위한 동시다발적 사회운동이 펼쳐져야 한다. 이와 함께 자신에게는 관대하면서도 아내에게는 정숙한 몸가짐을 바라고 강요하는 남성들의 이기적 횡포도 사라져야 한다. 무엇보다도 가족으로서의 권리를 함께 나누며 함께 키워가는 사랑과 지혜가 필요하다.

언어 습관

언어 습관 속에 담긴 남성중심 사고

> 정대현 씨는 진심이었고, 그런 남편의 뜻을 잘 알면서도 김지영 씨는 불쑥 화가 났다.
> "그놈의 돕는다 소리 좀 그만할 수 없어? 살림도 돕겠다, 애 키우는 것도 돕겠다, 내가 일하는 것도 돕겠다, 이 집 오빠 집 아니야? 애는 오빠 애 아니야? 그리고 내가 일하면, 그 돈은 나만 써? 왜 남의 일에 선심 쓰는 것처럼 그렇게 말해?
> 어려운 결정을 잘 마무리해 놓고 갑자기 화를 낸 것 같아 김지영 씨는 조금 미안했다. 당황한 얼굴로 더듬거리는 남편에게 먼저 미안하다고 말했고, 정대현 씨는 괜찮다고 대답했다.
> — 조남주(2017) 『82년생 김지영』

> 은영 아빠가 나 고생시키는 게 아니라 그냥 우리 둘이 고생하는 거야. 미안해하지 않아도 되니까 혼자 이 집안 떠메고 있는 것처럼 앓는 소리 좀 하지 마. 그러라고 한 사람도 없고, 솔직히, 그러고 있지도 않잖아.
> — 조남주(2017) 『82년생 김지영』

『82년생 김지영』에서 남편은 아내를 이해하고 나름대로 협조적인 착실한 가장에 속한다. 그러나 그에게는 아직도 관습적 차별 의식이 남아있다. 그 미해결의 숙제는 은연중에 일상적 대화 속에서 튀어나온다. 이제 가사와 육아는 부부 공동의 과제가 되었다. 그런데도 남편은 당연한 의무사항에 해당되는 사안에 대해 도와주겠다고 선심 쓰듯 말한다. 이는 오랜 사회적 관습이 일상 속에서 제대로 걸러지지 못한 결과다. 아내는 남편의 의식세계에 도사리고 있는 구조적 모순이 불만이다.

남성들은 남녀 불평등 구조를 개선해야 할 당사자인 점을 감안하고 평상시 말과 행동에 세심한 주의를 기울여야 한다. 현대인은 남성과 여성이라는 차별적 경계가 사라지고 부부와 부모라는 공용의 가치관을 함께 가꾸어 가는 지점에 이르렀기 때문이다.

육아

공동의 과제

그런데 왜 어머니는 힘들다고 얘기하지 않았을까. 김지영 씨의 어머니뿐 아니라 이미 아이를 낳아 키워 본 친척들, 선배들, 친구들 중 누구도 정확한 정보를 주지 않았다. TV나 영화에는 예쁘고 귀여운 아이들만 나왔고, 어머니는 아름답고 위대하다고만 했다. 물론 김지영 씨는 책임감을 가지고 최대한 아이를 잘 키울 것이다. 하지만 대견하다거나 위대하거나 하는 말을 정말 듣기 싫었다. 그런 소리를 들으면 힘들어 하는 것조차 안 될 일처럼 느껴졌기 때문이다.

— 조남주(2017) 『82년생 김지영』

김지영 씨는 뜨거운 커피를 손등에 왈칵왈칵 쏟으며 급히 공원을 빠져나왔다. 중간에 아이가 깨서 우는데도 모르고 집까지 정신없이 유모차를 밀며 달렸다. 오후 내내 멍했다. 아이에게 데우지도 않은 국을 먹였고, 깜빡 기저귀를 안 채워 옷을 다 버렸고, 세탁기 돌려놓은 것을 까맣게 잊고 있다가 지원이가 잠든 후에 꾸깃꾸깃해진 빨래들을 널었다. 회식을 하고 12시가 넘어서 들어온 정대현 씨가 붕어빵 봉지를 내려놓고서야 점심도 저녁도 먹지 않았다는 사실을 깨달았다. 종일 밥을 먹지 않았다고 말하자, 정대현 씨가 무슨 일이 있느냐고 물었다.

"사람들이 나보고 맘충이래."

김지영 씨의 대답에 정대현 씨는 길게 한숨을 내쉬었다.

"댓글 다 초딩들이 쓴 거야. 그런 말 인터넷에나 나오지 실제로 쓰는 사람 없어. 아무도 그런 생각 안 해."

"아니야, 아까 내가 직접 들었어. 저기 길 건너 공원에서 서른쯤 된 양복 입고 회사 다니는 멀쩡한 남자들이 그랬어."

김지영 씨는 낮에 있었던 일들을 남편에게 얘기했다. 그때는 그저 당황스럽고 수치스럽고 도망치고 싶은 마음뿐이었는데 다시 상황을 복기하고 있으려니 얼굴이 달아오르고 손이 떨렸다.

— 조남주(2017) 『82년생 김지영』

> 아이를 남의 손에 맡기고 일하는 게 아이를 사랑하지 않아서가 아니듯, 일을 그만두고 아이를 키우
> 는 것도 일에 열정이 없어서가 아니다.
>
> — 조남주(2017) 『82년생 김지영』

육아는 종전에는 여성이 전담해야 했다. 그러나 산업사회와 핵가족사회로 접어들면서 부부가 함께해야 하는 공동의 과제로 떠오르고 있다. 예전에 여성들은 대개 가정에서 가사와 육아를 도맡아서 행하는 전업주부로 각인되어 왔다. 그러나 이젠 맞벌이 부부라는 새로운 사회적 용어가 가리키듯이 가사와 육아에만 전념할 수 없게 되었다.

이는 남성들도 가사와 육아에 참여해야 하는 새로운 사회 풍습을 의미한다. 점차 육아는 직장과 정부가 참여하는 사회복지의 아이콘으로 자리 잡아 가고 있다. 이에 따라 부모가 직장생활에 큰 무리가 없게 교대로 육아를 분담하는 등 현실에 맞는 육아 대책이 개발되어야 할 것이다.

█ 편견

편견 속에 도사린 불평등

> 아주머니는 대놓고 두리번거리며 주위에 앉은 사람들을 불편하게 했고, 김지영 씨는 더욱 마음이
> 불편했다. 괜찮다고, 됐다고, 몇 번 말하다가 안 되겠어서 자리를 옮기려는데, 아주머니의 옆자리에
> 앉아 있던 대학마크가 새겨진 점퍼를 입은 아가씨가 짜증스러운 얼굴로 자리를 박차고 일어섰다.
> "배불러서까지 지하철을 타고 돈 벌러 다니는 사람이 애는 어쩌자고 낳아?"
> 김지영 씨는 갑자기 눈물이 왈칵 쏟아졌다. 나는 그런 사람이구나. 돈 벌러 다니는 사람, 지하철을
> 타고, 배가 불러서까지. 숨기거나 가리지도 못하게 굵은 눈물이 쉴 새 없이 흘러내려서 김지영 씨
> 는 다음 역에서 급하게 내려버렸다.
>
> — 조남주(2017) 『82년생 김지영』

여성문제를 두고 일상의 곳곳에서 예기치 않은 편견과 마주치게 된다. 임신부가 직

장에 나가는 것이 사회적 시선으로 볼 때 거슬린 것이다. 이 부분은 워킹 맘의 사회 활동이 아직도 완벽한 공감대를 이루지 못한 데 그 원인이 있다.

임신한 몸으로 직장에 나가는 것이 비정상적으로 보이는 사회는 정상적인 사회라고 할 수 없다. 임신은 여성에게는 자연스러운 현상이다. 오히려 자랑스러운 경사다. 그리고 출산 휴가가 주어지기 전까지 직장에 출근하는 것 역시 당연히 보장되어야 하는 여성의 권리다. 그런데 사회 일각에서는 격려는 못해 줄망정 짜증을 내며 비난하고 있다. 같은 여성의 처지에서 차별의 시각을 보이는 것이다.

어쩌면 그 속에는 취업난에 허덕이는 경쟁자의 시각이 담겨 있는지 모른다. 이때 취업난은 여권 신장보다 절실한 생존권, 즉 사회적 문제로 떠오른다. 그러나 지금 임신부는 자신과 아이의 미래를 위해 최선을 다하고 있다는 사실을 기억해야 한다.

Ⅲ   다시 보기

바로 보기

1. 인권에 대한 사회적 관심은 점차 높아져 가고 있다.

2. 근래에 들어 여성들이 주체적으로 자신의 권리를 찾아 누리기 시작했다.

3. 남성들도 여권 신장에 대해 당연시하는 풍조가 보편화 되어가고 있다.

4. 그러나 아직도 사회 곳곳에는 관습적인 남성중심 사고가 자리 잡고 있다.

5. 남녀평등 사회에 이르기 위해서는 아직도 시간이 더 필요하다.

6. 여권신장을 위해서는 여성들의 적극적인 사회적 연대가 필요하다.

거꾸로 보기

1. 현대 한국사회에서 페미니즘을 논할 때 남성들의 입장은 어떤 것일까?

2. 남성들에 대한 여성들의 역차별이 있다면 그 구체적 사례는 무엇인가?

3. 대가족사회는 가사와 육아에 있어서 효율적인 점이 있었다.

4. 남녀불평등 구조에 있어서 여성들의 책임도 있다.

5. 현대사회에서 부부 공존의 가장 이상적인 모습은 무엇일까?

새롭게 보기

1. 역차별이란 표현이 등장한 것은 여성문제가 본격적으로 개선되고 있음을 뜻한다.

2. 핵가족사회는 종전의 대가족 사회에 비해 여성들의 부담을 눈에 띄게 덜어준 부분이 있다.

3. 민주주의와 페미니즘은 동시에 이루어지지 않았다.

4. 여권이 신장되자 여성들의 사회적 기여가 활발해지고 있다.

5. 『82년생 김지영』에서 발생한 문제를 사회적 공감대에 의해 해결할 방법은 무엇일까?

함께 읽으면 좋을 책

1 제 2의 성 (동서문화사)

2 페미니즘 소설 읽기 (한국문화사)

3 모두를 위한 페미니즘 (문학동네)

4 자기만의 방 (펭귄클래식 코리아)

문학치유적 독해

이 책에서 김지영은 정신과 치료를 받는다. 그런데 병명이 모호하다. 의사도 정확한 진단을 내리지 못한다. 그런데 그 원인은 명확하다. 할 말을 삼킨 결과로 생긴 병이다. 평소에 하고 싶은 말, 해야 할 말을 스스로 가로막고 덮어버렸기 때문이다. 그가 말을 못한 이유는 말을 해보았자 실현될 가능성이 없었기 때문이다. 말이 제대로 받아들여지지 않는 사회에서 여성들은 벙어리나 다름없다. 그러나 멀쩡한 사람이 벙어리 노릇을 하자니 병이 생길 수밖에 없다. 그것이 김지영 정신은 치료를 받게 된 내역이다.

김지영은 가족, 남편, 육아, 직장, 사회에서 여성이라서 감당해야 하는 편견과 차별에 직면한다. 이는 비단 김지영 혼자만의 문제는 아니다. 누구나 한국 현대사회에서 여성이라는 사실만으로 겪을 수 있는 황당한 차별은 널려있기 때문이다. 아직도 직간접적으로 행해지는 차별은 사회 곳곳에서 찾아볼 수 있다. 그리고 그 차별은 폭력적 구조를 띠고 있다. 가해자는 대부분 개인이지만 그 배후에는 사회적 통념이 관습으로 자리 잡고 있음을 발견하게 된다. 따라서 늘 승산 없는 전쟁을 치러야 하는 것이 지금까지 한국 사회에서 여성에게 주어진 운명이었다. 가해자는 관습법처럼 질서의 탈을 쓰고 압력을 행사한다. 가해는 거리낌 없이, 지극히 자연스럽게 진행된다. 때로는 가해자가 여성일 때도 있다. 아들과 딸을 구분하며 일방적으로 아들의 편을 드는 엄마, 아이 갖기를 재촉하는 시어머니가 그 경우다.

이처럼 사회 곳곳에 전통과 관습의 탈을 쓰고 잠재해 있는 차별적 요소들을 어떻게 해결해야 할까? 이는 개인을 떠나 여성 전체, 나아가 남성을 포함한 사회 전체의 과제다. 개인으로서는 어찌할 수 없는 사회적 병폐이기 때문이다.

그 문제가 단시일 내에 개선되리라는 보장은 없다. 하루 이틀에 해결되기는 어려운 과제이기에 시간을 필요로 한다. 그렇다면 방법은 하나다. 김지영의 엄마가 대물림해준 여성 문제를 딸에게는 물려주지 않는 것이다. 이제 할 말은 다 해야 한다. 혼자가 아니라 여럿이 최대한 큰 목소리로 사회를 향해 외쳐야 한다. 이는 곧 자신의 병을 치유하는 최선의 처방이기도 하다.

오늘의 과제

❶ 현대 한국사회에서의 페미니즘에 대해 정리해 보기

❷ 결혼의 장단점에 대하여 생각해 보기

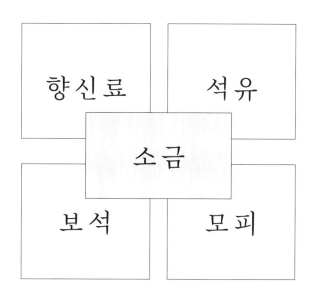

세상을 바꾼 다섯 가지 상품 이야기

소금, 모피, 보석, 향신료 그리고 석유

홍익희 지음

행성B잎새

미리 보기

『세상을 바꾼 다섯 가지 상품 이야기』를 읽는 다섯 개의 코드

1 인류 생활에 절대적으로 필요한 상품
2 문명의 발달에 필요한 상품
3 문화를 향유하기 위해 필요한 상품
4 『세상을 바꾼 다섯 가지 상품 이야기』에서 꼽은 다섯 가지 상품의 성격
5 세상을 바꾼 상품으로 다섯 가지 외에 추가할 상품

물질의 원소

우주의 기본을 이루는 원소로 탈레스는 물을 꼽는다. 반면 헤라클레이토스는 불이라고 한다. 이를 보다 세밀하게 나눈 엠페도클래스는 우주를 구성하는 네 가지 원소로 물·불·흙·공기를 주장한다. 우주의 모든 물질은 불·공기·물·흙, 4가지 본질적 원소들이 비율에 따라 서로 형태를 바꿀 뿐 어떤 사물도 새로 탄생하거나 소멸하지 않는다고 본 것이다. 이후 플라톤과 아리스토텔레스에 의해 보완된 4원소설은 현재의 원자론이 나오기 전까지 2,000년 동안 과학의 기초를 이룬다.

동양에서도 원소에 대해 비슷한 시각을 보인다. 불가에서는 인간의 몸을 위에서 제기한 4원소의 결합으로 본다. 그리고 죽음에 의해 4원소로 되돌아간다고 한다. 우주와 인간 몸을 구성하는 원소를 동일한 것으로 본 것이다. 한편 유가에서는 음양오행설에서 오행 즉 5원소 설을 통해 철학의 체계를 세운다. 물·불·나무·쇠·흙, 다섯 가지 원소가 음양을 이루며 끊임없이 운행한다는 것이다.

이렇듯 인간은 우주의 원소에 대해 동서를 가리지 않고 연구를 거듭해 왔다. 한편

우주의 생성 원리와 구조에 대한 관심 못지않게 인간의 생활에 필요한 요소에 대해서도 관심을 기울여 왔다. 그리고 그 실질적 노력이 세상을 바꾸어 왔다. 돌이켜보면 인류의 문명과 문화는 인류생활에 필요한 것들에 대한 연구와 창조의 결실이다.

상품의 가치와 문화

『세상을 바꾼 다섯 가지 상품 이야기』의 서문에서 저자는 물·불·식량·땔감 그리고 소금을 인간 생활의 필수요소로 꼽고 있다. 그리고 강 부근이나 식량을 구하기 쉬운 장소를 중심으로 모여 살기 시작했음을 밝힌다. 앞에서의 원소가 우주 즉 인류를 비롯한 생명체가 존재할 수 있는 배경적 요소라면 물·불·식량·땔감·소금은 생명을 유지하는 데 결정적 역할을 하는 생활요소인 것이다.

그런데 이들은 모두가 식생활과 관계되는 요소다. 이처럼 인간생활의 3대요소인 의식주 중에서도 가장 치밀하고 왕성하게 발달한 것이 음식이다. 생명체에게 옷과 집보다도 먹을 것이 우선순위에서 앞선다. 그러기에 의식주에 관한 것들 중에서도 식생활에 관한 종류가 압도적으로 많다.

『세상을 바꾼 다섯 가지 상품 이야기』 본론에서는 세상을 바꾼 다섯 가지 상품으로 소금·향신료·석유·모피·보석을 꼽고 있다. 그리고 그 중에서도 소금을 맨 첫 장에서 다루고 있다. 그런데 가만 보면 다섯 가지 상품 중 소금 말고 인간의 생명과 직결되는 상품은 없다. 인간 생활에 필요한 것들이지만 당장에 없으면 목숨을 유지할 수 없는 상품은 소금뿐이다. 그런데도 향신료, 석유, 보석, 모피는 각각 세상을 바꿀 만큼 중요한 역할을 해 왔다. 세계 지도를 바꿔놓고, 국가의 흥망을 좌우해온 것이다. 인류 역사는 생명과 직접적 관계가 없는 것들을 위해 다투어 생명을 바쳐온 셈이다.

인류가 섭취하는 기호식품 중에는 당장의 생명 유지와는 관계없는 상품들이 대부분을 이룬다. 과용했을 경우, 오히려 건강을 해치기 쉬운 것들이 많다. 술, 담배, 커피, 차 등이 여기에 속한다. 그런데 이것들은 동서고금에 걸쳐 없어서는 안 될 생활필수품으로 기능하고 있다. 소금이나 식량이 절대적 생활필수품이라면 이들은 상대적 필수품으로 나눌 수 있다. 그런데 문화가 발달할수록 절대적 필수품보다도 상대적 필수품의 비중이 커진다. 문화는 인간이 단순한 생계의 굴레에서 벗어나 다양한 욕구와 취향을 향유하는 데서 생성되기 때문이다.

한편 다섯 가지 상품 중 소금과 향신료, 석유는 절실히 필요한 생활필수품들이다. 그러나 모피와 보석은 실용적 가치에 있어서는 있으나 마나한 것들이다. 오히려 손질과 보관에 신경만 더 쓰게 된다. 그런데도 모피와 보석은 소금, 향신료, 석유와는 비교할 수 없는 환금가치를 자랑한다. 둘 중에서도 보석은 최고의 가치를 지닌다. 가장 불필요한 것이 가장 비싼 셈이다. 이것이 다른 동물과 다른 인간의 모습이다. 정작 필요한 것보다도 실질적으로는 불필요한 것들이 귀한 대접을 받고 있는 것이다.

인간 생활의 이용품

3대 요소	의(衣)·식(食)·주(住)	인간 생활에 절대적으로 필요한 세 가지 기본 요소로 문명과 문화의 발달에 따라 다양하게 그 모습과 내용이 변화해 왔다.
절대적 필수품	물·불·공기·햇빛·흙·연료·식량·옷·집·도구·소금	인간 생활에 없어서는 안 되는 물품. 이들이 없이는 생활을 유지할 수 없다.
가변적 필수품	병원·약·안경·지팡이	평소에는 불필요하나 때에 따라 없어서는 안 되는 물품.
상대적 필수품	향신료·설탕·고기·가구·필기구·신발·칫솔과 휴지 등 일용잡화	이들이 없이도 생명을 유지할 수는 있지만 없으면 심각한 지장이 있는 물품.
문명적 일용품	석유·자동차·전기·전화·시계	문명의 발달에 따라 생활에 필수적 비중을 차지하게 된 물품.
문화적 일용품	예술·책·커피·술·차·TV·컴퓨터·스마트 폰	일상적으로 사용하며, 문화생활을 향유하기 위해서는 꼭 필요한 물품.
과시적 치장품	모피·보석·명품 가방	인간의 사회적 가치를 드러내기 위해 사용하는 물품.

의식주 차원에서 살펴본 세상을 바꾼 다섯 가지 상품

구분	품목	기능	단점
식(食)	소금	· 조리의 기본 요소 · 주요 영양소	과다 섭취 시 고혈압 등 질병 유발
	향신료	· 조리의 주요 · 첨가물	과다 사용 시 식품 본래의 맛 상실
의(衣)	보석	· 치장	사치
	모피	· 보온 · 치장	사치
주(住)	석유	· 난방 연료 · 이동시 연료 · 주거용품 원료	공해, 석유파동

소금

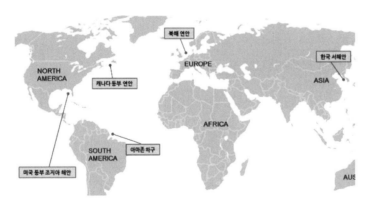

세계 5대 갯벌

- 유럽 북해연안
- 케나다 동부
- 미국 동부
- 아마존 강 유역
- 한국 서해 갯벌

(아시아 유일의 갯벌)

유대인들은 예배 때 소금을 신에게 바쳤다. 그리고 신에게 바치는 짐승의 고기는 소금으로 짜게 했다. 이런 풍습은 그리스나 로마에도 있었다. 또한 소금이 물건의 부패를 방지하고 변하지 않게 하는 힘이 있다 해서 고대인은 소금을 변함없는 우정·성실·맹세의 상징으로 여겼다. <성경>의 '소금의 맹세'는 여기서 유래한 것이다. 아랍인은 함께 소금을 먹은 사람을 친구로 여기는 풍속이 있다. 이들은 소금을 더불어 먹음으로써 약속이나 계약의 신성을 보증했다.

아랍뿐 아니라 중세 유럽에서도 귀한 손님이 오면 소금으로 조리한 음식을 대접하며 그 앞에 그릇을 놓았다. 레오나르도 다빈치의 명화 <최후의 만찬>에서 배신자 유다가 돈주머니를 움켜쥐고 있고 그 앞에 소금 그릇이 엎어진 채 있는 것을 볼 수 있다. 유다가 예수와의 약속을 어기고 배신하리라는 것을 엎어져 있는 소금으로 상징한 것이다.

소금은 기독교에서 신과 인간, 인간과 인간과의 불변의 약속을 상징해 세례 때 소금을 썼던 때도 있었다. 『구약성경』의 '민수기'에는 신과 사람의 영원히 변하지 않는 거룩한 인연을 '소금의 계약'이라고 표현했다.

— 홍익희(2015)『세상을 바꾼 다섯 가지 상품 이야기』

인간은 소금 없이는 살 수 없다.

인체의 혈액은 0.9%가 염분이다. 임산부의 양수는 바닷물과 같다고 볼 수 있다. 사람은 하루 10~15그램의 소금을 섭취해야 하며 소금 덩어리인 심장에는 암이 생기지 않는다고 알려져 있다.

인류 문명은 소금과 함께 시작되었다.

인류 최초의 문명으로 알려진 수메르문명은 소금과 밀이 있었기 때문에 가능했다. 가장 오래된 도시인 '에리코'도 천연의 소금 산지인 사해 근처에서 탄생했다. 페니키아가 해상무역을 석권한 데도 소금이 원동력이었다.

소금 길

히브리왕국의 소금길

· 소금 운반을 위해 에리코와 예루살렘을 연결했다.

· 이 소금 길을 통해 사해의 소금을 운반(성경 룻기에 나옴)했다.

로마의 소금길

· 로마는 이태리 반도 조그만 어촌에서 소금상인들이 만든 나라였다.

　· 모든 길은 로마로 통한다는 말은 소금 길을 의미했다.

　· 로마 초기는 소금이 화폐(살라리움)였다.

　· 로마정부는 적에게 소금을 팔 경우 사형에 처했다.

· 일부 황제는 로마시민에게는 소금을 무상으로 지급했다.

역사상 소금 전쟁

신대륙 아메리카	· 아메리카의 통치권은 소금의 지배권을 의미 · 미국 독립전쟁에 영국은 소금 봉쇄로 대응 · 미국 남북전쟁 시 북군은 남부의 소금공장 파괴 · 스페인과 영국은 아메리카에서 소금 전쟁을 벌임
베네치아와 제노바	소금 확보를 위해 120년간 다툼
독일과 오스트리아	· 1611년 독일이 승리, 소금광산을 소유해 막대한 부를 축적 · 오스트리아 디트리히 주교는 죽을 때까지 감금당함
로마와 이베리아(스페인)	소금을 확보하기 위해 7년 동안 전쟁 (B.C 58~51)을 함
신라와 당나라	680년에 서해안 염전 관할권 분쟁을 벌임
칠레와 페루 태평양전쟁	1890년 안데스 산맥 암염 쟁탈전을 벌임

소금과 역사적 사건

· 황소의 난 — 과도한 정부의 소금 전매로 농민들의 분노가 폭발했다.

· 프랑스 혁명 — 귀족에게는 염세를 면세, 일반인에게는 과도한 염세를 부과한 것이 원인의 하나였다.

· 간디의 소금 행진 — 영국의 염세 부과에 항의, 수천 명의 지지자들과 400km를 걸어 염전까지 행진했다.

· 교역 부국이던 고조선과 백제 ― 소금의 주산지인 서해안을 이용했다.
· 이순신과 소금 ― 여수에서 소금생산을 장려, 자체적으로 군수물자를 충당했다.

모피

모피가 세상을 바꾸었다. 모피사냥 덕분에 개발된 곳이 동토의 땅 시베리아와 북아메리카다. 유럽에서 모피무역이 본격적으로 시작된 것은 중세에 동방무역을 주도했던 유대인들에 의해서였다. 당시 유럽인들은 귀족들을 위해 동물을 사냥했다. 사냥 대상은 다람쥐, 산족제비, 담비, 여우 등 주로 작은 동물이었고, 사람들은 모피를 손상 없이 벗겨내기 위해 덫을 설치해 동물을 산 채로 잡았다. 외투 한 벌을 만들려면 다람쥐 수백 마리, 여우 수십 마리가 필요해 엄청난 숫자의 동물이 죽임을 당했다. 근대 들어 모피는 귀족들뿐 아니라 모든 사람이 애호하는 패션이 되었다.
결국 서유럽에서 모피동물이 멸종의 위기를 맞자 사람들은 시베리아와 그 너머 극지까지 개발하기 시작했다. 거리가 멀어지자 자연히 국제 무역 시스템이 갖춰졌다. 이러한 국제 무역은 근대 초기에 러시아가 시베리아까지 땅을 넓힐 수 있었던 주요 원동력이었다. 모피 사냥꾼들의 시베리아 개척 속도는 군대의 진격 속도보다 빨랐다. 모피무역은 러시아의 경제적 기초가 되었다.
― 홍익희(2015)『세상을 바꾼 다섯 가지 상품 이야기』

부귀의 상징인 모피

모피는 예부터 부귀의 상징이었다. 이집트에서는 파라오만이 사자 꼬리로 만든 허리띠를 착용하고, 표범 모피도 사제들만 사용할 수 있었다. 청나라에서도 담비 모피로 만든 옷은 3냥(금 반 냥에 해당)의 비싼 값에 거래되었다. 베네치아에서는 가톨릭 주교들이 모피코트와 모자를 착용했다.

조선시대 복식

- 정3품 이상 : 최고급 모피인 초피(貂皮)
- 당하관 선비 : 족제비 가죽인 서피(黍皮)
- 관원, 군사 : 붉은 여우 가죽과 산달피(山獺皮)
- 공상, 천민 : 산양 가죽, 개 가죽, 토끼 가죽

모피가 개척한 도시

모피를 구하기 위해 각지에서 모여든 모피 상인들과 담비, 비버, 물개, 해달, 바다표범, 밍크, 너구리, 족제비 등의 사냥꾼에 의해 새로운 도시가 형성된다. 시베리아와 알래스카, 미국 서부 등이 대표적이었다.

· 시베리아 — 비버 가죽을 구하기 위해 모여든 모피 상인들에 의해 개발된다.
· 알래스카 — 시베리아 동물이 남획으로 사라지자 알래스카로 진출. 물개까지 사냥한다.
· 미국서부 — 상인들이 비버 가죽을 구하기 위해 네덜란드·영국·프랑스·스페인·러시아 등에서 몰려들어 맨해튼 등의 도시가 탄생한다.

동물들의 수난

모피의 재료를 구하기 위한 모피 상인과 사냥꾼들의 난립으로 세계 도처에서 동물들의 수난시대가 열린다.

· 담비 — 시베리아 등지
· 비버 — 시베리아, 미국서부, 알래스카 등지
· 물개 — 알라스카 등지
· 해달 — 베링 해 등지
· 바다표범 — 미국 뉴펀들랜드, 프리빌로프 제도 등지
· 그 외 밍크, 여우, 너구리, 족제비, 다람쥐, 산토끼, 산양 등이 수난을 당한다.

한국과 모피

· 세조실록에 돼지가죽 한 장은 베 10필의 가격, 이를 가공한 가죽 옷은 베 100필의 가격이라고 기록되어 있다.
· 고조선 7대 무역 품목에도 모피가 들어 있었다.
　- 7대 무역품목 : 소금, 말, 화살 모피, 비단, 모직물, 구리
· 조선시대 15세기 말 면포 30필이던 호피 가격이 16세기 중엽 400필로 상승했다.

보석

보석의 역사는 곧 유대인의 근대사이기도 하다. 1492년 스페인의 유대인 추방령이 앤트워프와 암스테르담에 보석 시장을 탄생시켰다. 이후 보석이 최고의 재화로 등극하면서 세계인의 사랑을 받게 된다. 하지만 아프리카에서 대규모 광맥이 발견되자 이는 축복이 아니라 악마의 저주로 변했다. 보석을 장악하려는 제국주의 만행은 보어전쟁을 유발해 보어인의 대학살이라는 전대미문의 참상을 가져왔다.

— 홍익희(2015) 『세상을 바꾼 다섯 가지 상품 이야기』

유대인과 보석

· 보석은 유대인에 의해 꾸준히 가공 개발되었다.

· 추방 위협에 시달리는 유대인에게 보석은 휴대하기 쉬운 최고의 재화였다.

· 다이아몬드 산업의 원석수입→가공→수출→유통 프로세스를 유대인이 장악 한다.

· 현재까지도 보석 가격은 유대인이 조정한다.

※ 다이아몬드 가격 내역 (150달러 ➡ 12만 5천 달러)

 10캐럿 다이아몬드 원석을 드비어스(세계 최고의 유대인 보석상)는 150달러에 구입한다. 그리고 이를 가공회사에 1만 5천 달러에 판매(100배)한다. 가공회사는 10캐럿 원석을 3.5캐럿짜리 다이아몬드로 가공 후 소매상에게 7만 5천 달러에 판매(5배)한다. 소매상은 이를 소비자에게 12만 5천 달러에 판매(2배)한다.

— 홍익희(2015) 『세상을 바꾼 다섯 가지 상품 이야기』

보석으로 인한 수난

남아프리카 원주민의 수난

1886년 남아공 트란스발에서 대량의 황금이 발견되자 영국은 45만 명의 정예 군인으로 침공한다. 21만 명의 남아프리카공화국 비전투원이 집단수용소에 감금되고, 이 중 2만 6천 명이 수용소에서 학살되기에 이른다.

혹사당하는 흑인 노동자

1캐럿 다이아몬드 1개를 생산하려면 250톤의 자갈과 바위를 파 헤쳐내야 한다. 평지나 강가에서는 1캐럿의 원석을 얻기 위해 1,500톤의 흙을 파헤쳐야 한다. 이 모두가 값싼 노임에 시달리는 흑인 노동자들의 몫이다. 시에라리온 노동자는 일당 350원을 받는다고 한다.

향신료

후춧가루 등 향신료는 경제사에서 상상 이상의 중요성을 갖고 있다. 콜럼버스의 아메리카 대륙 발견, 바스코다가마의 인도항로 개발, 마젤란의 세계일주 등이 모두 후춧가루를 구하기 위한 것이었다. 당시 동양의 향신료가 부의 원천이었다. 이를 계기로 대항해가 시작되었다. 향신료의 역사는 인류의 역사와 그 시작을 같이했다. 향신료가 언급된 5천 년 전 수메르인의 두루마리가 발견되었다. 고대 이집트에서는 미라를 만들 때 방부 처리를 하려고 혼합 향신료를 사용했다고 한다.

— 홍익희(2015) 『세상을 바꾼 다섯 가지 상품 이야기』

주요 향신료

· 후추 · 고춧가루
· 육두구(인도네시아 육두구나무에서 채취)
· 정향(인도네시아 정향나무에서 채취)

향신료의 용도

· 염장식품에 질린 입맛에 새로운 맛을 돋우어 준다.
· 식품 저장에 필수품이다.
· 강장제와 의약품으로도 사용한다.
· 전염병을 예방하는 살균력을 지닌다.
· 육식을 즐기는 서양인의 몸에서 풍기는 특유의 냄새를 중화해 준다.

향신료 교역

· 향신료는 동양이 독점 생산해 왔다.
· 알렉산더대왕의 인도 정복으로 향신료가 서양에 전해졌다.
· 서양에서는 동양의 향신료가 부의 원천이었다.
· 향신료를 얻기 위해 식민지 개척 전쟁이 벌어졌다.
　　- 마젤란의 세계일주, 콜럼버스의 아메리카대륙 발견
　　- 바스코 다 가마의 인도 항로 개발
· 1770년 프랑스인 총독이 정향나무의 아프리카 재배에 성공한다.
· 고추는 콜럼버스가 서인도제도 아이티에서 발견했다.

향신료 가격

· 로마시대 후추는 같은 무게의 금과 동일한 가격이었다.
· 당시 향신료가 현지에 도착하면 100배 이상의 차익을 남겼다.
· 1760년 암스테르담에서는 가격 인상을 위해 산더미 같은 향신료를 불태운다.

석유

원래 석유라는 이름은 바위틈에서 흘러나온 기름이라고 해서 붙여진 것이다. 석유를 뜻하는 영어 Petroleum도 petra(돌)란 말과 oleum(기름)이란 라틴어 단어를 묶어서 만든 말로 '돌에서 얻은 기름' 즉 돌 기름이란 의미에서 붙여졌다. 이렇듯 예전에는 석유는 바위틈에서 흘러나오거나 지표면에 간혹 자연 분출된 것들이 소량 시중에 나왔다. 그러나 처음에는 용도가 없었다. 간혹 약국에서 상처를 치료하는데 바르는 연고로 쓰였다. 심지어는 두통, 치통 및 류머티즘 등 만병통치약으로 팔렸다.
— 홍익희(2015) 『세상을 바꾼 다섯 가지 상품 이야기』

중동에서 석유가 나오자 처칠은 "이제 중동 장악이 세계 지배의 관건이 될 것"으로 전망했다. 중동을 차지하면 이기고, 빼앗기면 진다는 의미였다. 영국이 수단과 방법을 가리지 않고 중동을 장악하려 했던 이유도 여기에 있다. 석유 한 방울 나지 않는 영국이 외국에 연료를 일방적으로 의존한다는 것은 국가의 존망이 달려 있는 문제였다.

자국에서 석유가 나오지 않는 것은 적국 독일이나 오스트리아도 마찬가지였다. 1차 세계대전 중 중동을 둘러싼 한판 전쟁이 불가피했던 것이다. 석유가 많이 매장되어 있는 중동은 1924년 1차 세계대전부터 열강의 격전장이 된다. 신이 내린 축복이 이들에게는 재앙이 된 것이다. 중동은 당시 석유 자원의 혜택을 몰랐고 사용할 줄을 몰랐기 때문에 채굴 초기부터 석유 자원은 미국과 유럽제국 석유 메이저들의 소유가 되고 만다.

— 홍익희(2015)『세상을 바꾼 다섯 가지 상품 이야기』

세계의 석유시장

· 세계 500대 기업 중 석유회사가 2~5위를 차지하고 있다.

· 황금에서 석유로 시장 판도가 바뀌게 되었다.

· 중국의 시추 기술이 석유시대를 열었다.

· 에너지 판도를 바꾸는 미국의 셰일가스에 주목해야 한다.

석유전쟁

· 처칠은 중동에서 석유가 나오자 중동이 세계지배의 관건이 될 것을 예언한다.

· 중동은 1차 대전부터 열강의 격전장이 되었다.

공중 폭격으로 저장탱크가 파괴된 쿠웨이트

· 2차 대전 요인의 하나 : 히틀러가 소련을 침공한 것은 코카서스지방의 유전을 차지하기 위해서였다.

· 4차 중동전쟁 : 미증유의 오일쇼크가 일어났다.

· 아프가니스탄전쟁 : 석유 파이프라인 구축을 위해서 벌어진 전쟁이었다.

· 미국의 이라크침공 : 원유 결제를 달러화에서 유로화로 바꾼 후세인을 제거하기 위해서였다.

· 중국 : 유전 보호를 위해 아프리카 수단에 병력을 파견한다.

다섯 가지 외, 세상을 바꾼 상품들

경제사에서 소금, 후추, 설탕 등이 끼친 영향은 역사를 바꿀 정도로 대단했다. 이 상품들 대부분이 유대인에 의해 유통되었다는 공통점도 갖고 있다. 커피 또한 예외가 아니다. 근대 초의 커피는 유대인에 의해 최초로 대량 재배되어 유통되었다. 지금도 커피 유통의 중심에는 유대인들이 있다. 오늘날 세계 무역에서 커피는 원유 다음으로 물동량이 크다. 현재 커피의 연간 거래량이 750만 톤으로 하루 소비량은 27억 잔에 이르는 것으로 추정된다. 하지만 커피가 유럽에 선보인 초기에는 너무 비싸 일반들은 마시기 힘들었다. 프랑스의 루이 14세는 딸의 커피 값으로 요즘 돈으로 환산해 1만 5천 달러를 치렀을 정도다.

— 홍익희(2015) 『세상을 바꾼 다섯 가지 상품 이야기』

도자기	토기, 목기, 놋그릇, 알루미늄 그릇
유리	창문, 거울, 방탄유리, 광섬유, 유리그릇
바퀴	물레, 수레, 기차, 자동차, 비행기
활	총, 로켓, 비행기, 인공위성
비단	무명, 삼베, 모시, 화학섬유
플라스틱	가볍고 간편해서 다양한 재료로 쓰임
화약	성냥, 다이너마이트, 대포
인쇄술	종이, 목판 금속활자, 프린터기
발효식품	술, 장류, 효소, 식초
차	홍차, 우롱차, 말차, 녹차
커피	• 이슬람 율법학자들이 밤 기도 시간에 졸음을 쫓는 약으로 사용 • 아프리카에서 중동과 아메리카, 아시아로 재배지 확대 • 에티오피아에서 300원에 구입한 1kg 커피로 스타벅스는 소비자들에게 25만 원 이상을 벌어들임
시계	물시계, 해시계, 모래시계, 손목시계, 전자시계
페니실린	의료(제약)계의 혁명
안경	쌍안경, 망원경, 현미경, 천체 망원경, 레이더, 백미러

축음기	라디오, 스테레오.
전구	LED 등, 자동차등, 가로등
전화	다이얼 전화, 스마트폰
컴퓨터	정보, 사무, 소통의 혁명
카메라	X-ray, 초음파 촬영기, 영화, TV

바로 보기

1 소금은 절대적으로 필요한 식품이면서 쓰임새도 여러 모로 다양하다.

2 향신료와 금이 같은 대우를 받을 때도 있었다.

3 석유처럼 인류 문명에 획기적으로 공헌한 상품이 또 있을까?

4 모피는 따뜻하면서도 감촉이 좋고 보기에도 우아하다. 그러나 실용적인 면에서는 불편하다.

5 보석은 인간의 욕망에 의해 언제나 제 값을 지켜왔다.

거꾸로 보기

1 한 벌의 모피코트는 수십 마리의 밍크나 비버의 털로 만들어진다.

2 어떤 상품도 사용에 따른 부작용이 있을 수 있다.

3 다이아몬드는 인간 생활에 가장 쓸모없는 것이지만 인간에 의해 가장 비싼 대접을 받는다.

4 비버와 다이아몬드 산지에 산다는 사실 때문에 현지의 민중은 무참히 혹사당해야 했다.

5 인간이 받는 보수 중에서 다이아몬드 광산 노동자 임금과 다이아몬드 상인의 중간 이윤 격차가 가장 컸다.

새롭게 보기

1 경제적 가치와 실질적 가치는 비례하지 않는다. 오히려 반대의 경우가 많다. 어느 곳에서는 한 잔의 커피가 다섯 그릇의 밥과 맞먹기도 하다.

2 그래도 다행인 것은, 물, 식량, 소금처럼 인간에게 가장 필요한 물품이 아직

은 다른 것들에 비해 싸다는 점이다.

③ 원시시대 이후, 침략전쟁의 대부분은 물이나 식량 등 생명과 직결된 것들보다도 보석이나 기호품 등 문명에 의해 상용화 된 재화 때문에 발발했다.

④ 시베리아나 알라스카처럼 춥고 황량한 불모 지역이 모피 때문에 자연의 땅에서 갑자기 인간의 땅으로 변하게 되었다.

⑤ 다이아몬드를 자유 시장에 맡기면 단시일 내에 그 값이 폭락할 수 있다. 가격이 안정적인 이유는 일부 독과점 체제가 적정선을 유지시키기 때문이다.

함께 읽으면 좋을 책

 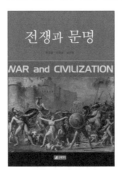 

① 문명 이야기 (민음사)
② 전쟁과 문명 (21세기사)
③ 대항해 시대 (서울 대학교 출판부)

문학치유적 독해

세상에 존재하는 사물을 단순하게 필요한 것과 필요하지 않은 것으로 구분할 수 있을까? 아무래도 불가능한 일일 것이다. 사람마다 그 기호와 취향, 그리고 필요한 것들이 다르기 때문이다. 더욱이 세상에는 사람만 살아가는 게 아니다. 그러나 여러 사람들에게 필요한 사물을 가려내기란 어렵지 않다. 판매되는 물동량을 보면 그 필요한 정도를 알 수 있다.

상품은 필요에 의해서 거래가 이루어진다. 많이 팔리는 상품이 그만큼 필요도가 높다. 그러나 그 필요한 내용은 제각각이다. 어떤 사람에게는 당장 저녁을 끓일 한 봉지의 쌀이 필요하지만 어떤 사람에게는 누군가에게 선물할 다이아몬드 목걸이가 필요할 수도 있을 것이다.

『세상을 바꾼 다섯 가지 상품 이야기』에서도 세계 역사상 그 필요도가 높았던 상품으로 소금·향신료·석유·모피·보석을 꼽고 있다. (식량도 필요도나 거래량에서 빠질 수 없는 상품이지만 대부분 현지에서 자급자족하기 때문에 국제적 거래는 상대적으로 적었다.) 그 중에서 소금과 향신료, 석유는 현대생활을 유지하는 데 필요한 것들이다. 반면 모피와 보석은 필요도에서는 한참 밀리는 것들이다. 실질적 필요에 비해 터무니없이 비싼데다 별도의 관리가 필요하다.

돌이켜보면 세상을 살면서 정작 자신에게 필요한 것보다 불필요한 것들을 구하기 위해 시간과 돈을 낭비하는 경우가 많다. 스피노자는 안경알을 갈아 생계를 유지하면서도 주위의 많은 이들이 제공하는 지원금을 거절했다. 남에게 빚지기 싫은 성격 때문이기도 했지만 그보다도 불필요한 것들에 시간을 허비하고 싶지 않아서였다. 그토록 철저한 자기관리 속에서 『에티카』가 나왔고, 그의 이름이 세계 철학사상사의 한 페이지를 굳히게 된다.

자본주의 사회는 실질가치가 없이 불필요한 재화를 필수품으로 만들고 문화라는 외투를 입혀 거래량을 늘이는 데 몰두한다. 상품의 새로움과 다양화를 통해 불필요를 필요로 착각하게 하는 마술을 부리는 것이다. 그러나 이는 인간을 밖으로는 화려하지만 안은 빈약한 존재로 만든다. 이 모순의 굴레에서 벗어나 인간 본연의 참모습을 되찾으려면 필요한 상품목록을 대폭 줄여야 한다. 그것만으로도 불필요한 물질의 양에게 빼앗긴 삶의 질을 한결 높일 수 있다. 외부에 빼앗기는 시간과 에너지가 적을수록 그 시간과 에너지를 자신을 위해 온전히 활용할 수 있기 때문이다. 이는 가장 경제적인 자기관리다.

IV 오늘의 과제

❶ 다섯 가지 외, 내가 생각하는 '세상을 바꾼 상품' 쓰기

❷ 동아시아의 상품 중 '세계 역사를 바꾼 상품' 쓰기

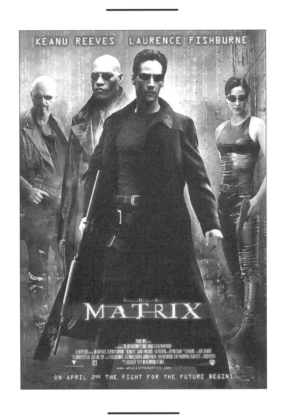

Ⅰ 미리 보기

영화 <매트릭스>를 읽는 다섯 가지 키워드

1 가상세계와 실제세계
2 기계문명의 위험
3 시뮬라시옹의 정체
4 현실세계에 대한 자각
5 자아에 대한 성찰

가상의 세계와 실제 세계

장자는 꿈속에서 나비가 되어 훨훨 난다. 그런데 꿈을 깬 후에도 현실 세계와 꿈속 세계의 구별이 모호하다. 분명히 꿈에서 깨고 난 후인데도 꿈속의 세계가 진짜 세계 이며, 꿈에서 깬 현실세계가 혹시 꿈의 세계가 아닌지 헷갈리는 것이다. 또 꿈속에서 나비가 된 자신과 꿈에서 깬 자신 중 어느 것이 진짜인지 혼동하고 있다. 상대와 주 체가 서로의 영역을 넘나들며 결국 주체도 상대도 사라지고 뒤바뀌는 혼동과 착각을 일으킨다. 어느 것이 착각이냐에 따라 진실이 가려질 수 있는데 정작 그것을 판단할 심판인 자신의 실체가 확실치 않으니 막연할 뿐이다.

장자뿐 아니라 많은 이들이 현실 세계를 꿈의 세계나 가상의 세계로 빗대어 왔다. 불교에서는 현재의 자신을 가상의 임시 집합일 뿐이라고 부정한다. 그리고 거짓 자아 의 세계인 현재를 고통의 세계로 진단하며 거짓 세계에서 벗어나 참 세계를 깨닫기 를 역설한다. 기독교에서도 하나님과 함께 영생을 누릴 수 있는 천국을 이상향으로 꼽는다. 현재의 세계는 원죄로 인해 낙원을 잃어버린 상실의 세계로 본다. 그러기에 온전한 세계가 아니다. 천국에 이르러야만 잃어버린 세계를 되찾게 되는 것이다. 플라톤 역시 현실 세계 너머에 진짜 객관적이고 불변하는 이데아의 세계가 있다고 주장한다. 그 세계는 현재의 세계와 달리 시공을 초월한 비물질적이며 절대적인 세계로 영원한 실재의 세계라는 것이다.

영화 <매트릭스>는 가상의 세계에서 실제의 세계를 되찾는 과정을 다루고 있다. 여기에 인공지능이라는 미래과학의 주요 요소가 소재로 등장한다. 스티븐 호킹은 인공지능이 불러 올 위기에 대해 심각하게 예언한 바 있다. 그 염려가 영화를 통해 끔찍한 사실로 재현된 것이다. 그런데 이 영화에서 주목할 부분은 각성이라는 메시지다. 인공지능의 음모인 가상세계의 환각에서 깨어나기 위한 주문으로 인간의 각성을 촉구하고 있기 때문이다. 영화 <매트릭스>는 서구문명에서 비롯된 미래과학이 주요 배경인데도 동양사상의 여운이 짙게 배어 있는 점이 특색이다. 이는 서구문명의 위기를 해결할 방안을 동양의 정신문화적 지혜에서 찾고자하는 징후일 수도 있다.

매트릭스와 시뮬라시옹

영화 <매트릭스>는 부활을 통해 구세주로 각성하게 되는 기독교적 세계관, 그리스신화에 나오는 꿈의 신, 장자의 나비 꿈 등 다양한 서사구조가 간접적 배경을 이루고 있다. 한편 일본의 애니메이션, 중국무술도 한 몫 거들고 있다. 그중에서도 특히 장 보드리야르의 철학을 기조로 했다고 영화를 제작한 워쇼스키 형제는 말한다. 네오가 비밀 저장고로 쓰는 책의 이름이 장 보드리야르의 시뮬라시옹인데서도 그 일면을 짐작할 수 있다. 한편 장 보드리야르(Jean Baudrillard, 1929~2007)는 인간이 매트릭스의 세계로 가고 있다고 주장한 바 있다.

여기에서 잠시 장 보드리야르의 시뮬라시옹에 대해 살펴보기로 하자. 장 보드리야르는 현대사회의 소비를 규정하는 것은 우리가 사용하는 사물이나 욕구의 양이 아니며 사물이 본질적으로 기호를 갖고 있다는 점이 소비사회를 특징짓는 것이라고 한다. 여기에서 기호는 다른 사물에 비해 각각의 가치를 나타내는 기능, 즉 차이를 말한다. 따라서 중요한 것은 사물 자체가 아니라 다른 사물과의 차이인 것이다. 가령 다이아몬드는 그 희소성에 의해 가격이 결정되고, 다이아몬드 목걸이와 금목걸이를 지닌 두 소비자의 차이를 가른다.

장 보드리야르는 현대사회의 일상성은 자본주의적 욕구에 의해 조작된 이미지, 즉 차이에 대한 욕망에 의해 만들어진 시뮬라크르의 산물이라고 한다. 그리고 실재가 아닌 가상 실재를 만드는 과정을 시뮬라시옹, 그 결과물을 시뮬라크르라고 정의한다. 우리가 사는 세계는 하나의 이미지(시뮬라크르)로서 실재의 가장 혹은 위장(시뮬라시옹)에 불과할 따름이라는 것이다.

따라서 현대인은 실제 사물을 사용하는 것이 아니라 원본의 상실인, 시뮬라크르, 즉 타자의 시선이나 욕구에 의해 생산된 가짜 이미지를 소비하고 있는 것이다. 이는 시뮬라시옹의 세상에서 가상의 삶을 살고 있는 것이나 다름없다. 장 보드리야르의 스승인 앙리 르페브르는 "오늘날의 생산자는 소비자가 실제 생활에서 필요한 물건을 생산하는 것이 아니라 그들의 욕구와 욕망을 자극하는 물건을 생산한다. 그리고 소비자는 생산자에 의해 조직되고 유도된다. 이처럼 소비자의 욕망을 자극하는 역할을 담당하는 것이 광고다."라고 한다. 광고전문가는 단순히 상품을 소개하는 전달자가 아니라 현대 사회의 조물주이고 전능한 마술사로 시뮬라시옹의 확대 재생산에 기여한다는 것이다.

이처럼 시뮬라시옹의 확대재생산에 현대 기계문명은 막중한 역할을 한다. 그리고 그 이면에는 대자본의 흉계가 도사리고 있다. 영화 <매트릭스> 속 가상의 세계는 시뮬라시옹의 세계를 모사한 것이다. 따라서 시뮬라시옹의 실체를 명확히 파악하고 인간 본연의 세계를 회복하자는 것이 영화 <매트릭스>가 타락한 자본주의의 인큐베이터 속에서 사는 현대인에게 던지는 메시지인 것이다.

우리는 어떤 세계에서 살고 있는가?

영화 <매트릭스>에서 주체적 의지를 상실한 인간은 인공지능 컴퓨터가 만든 가상현실 프로그램의 조정에 의해 양육되는 처지로 전락한다. 자기가 만든 컴퓨터에 의해 그 에너지원, 즉 매트릭스의 먹이 노릇을 하는 것이다. 주객이 완전히 뒤바뀐 셈이다.

주인공 네오는 '매트릭스'가 장악하고 있는 가상의 세계에서 탈출해 실제의 세계로 돌아온다. 선구자적 깨달음에 의해 본래의 세계로 부활한 인간회복이다. 이는 하나님의 아들이면서도 하나님이 창조한 인간 세상에서 고초를 겪고 마침내 하나님의 세계로 부활한 예수 그리스도의 행적과 같은 맥락이다.

우리가 살고 있는 현재는 과연 어떤 세계일까? 혹시 가상의 세계는 아닐까? 장자의 꿈 속 세계는 아닐까? 한번쯤 해볼 만한 질문인데도 모르쇠로 덮어왔다. 그런데 한 편의 영화가 새삼스럽게 그 사실을 상기시켜 준 것이다. 21세기에 접어든 현대는 인명 경시 풍조가 도를 넘고 있다. 부정과 부패, 불평등, 부조리가 좀처럼 사라지지 않는 세상이다. 세계 도처에서 민주주의가 후퇴하는 징후를 보이기도 한다. 핵무기, 인공지능, CCTV, 빅데이터 등 과학문명의 부작용에 대한 불안은 점점 깊어간다. 매일 편리하게 사용하는 자동차도 위험하긴 마찬가지다. 비단 현대뿐이 아니다. 지금까지 인류 역사상 잠시나마 참다운 정의와 자유, 평화가 온전히 실현된 적이 있었던가. 인간이 참으로 바라는 세상은 현실에서는 실현이 불가능한 꿈의 세계일뿐이다.

어쩌면 인류는 자신들의 유토피아나 에덴동산을 잃어버리고 낯선 미지의 세계에서 악몽을 꾸고 있는 것인지도 모른다. 그러기에 선지자나 지성들은 신의 구원 혹은 자아의 깨달음을 통해 참다운 세계로 돌아갈 것을 주문하고 있다.

그러나 경우에 따라서는 현재야말로 유일한 세계라고 여기며 행복하게 살다 간 (살아가는) 이들도 있다. 돌이켜보면 주위의 시선, 이미지나 기호를 의식하지 않고 꼭 필요한 사물만으로 실질적인 삶을 사는 이들도 있다. 고통과 번뇌의 굴레에서 벗어나 해탈적 일상의 낙을 누리는 이들도 있다. 문명세계를 떠나 최소한의 소유만으로 자연과 더불어 여유로운 삶을 사는 수행자나 자연인들도 있다. 도시 한 복판에서도 여유롭게 일상의 취미를 가꾸며 낙천적으로 사는 이들을 볼 수 있다. 그들에게 현실세계는 어떤 세계와도 바꿀 수 없는 소중한 공간이다. 그들이 소수라고 해서 그 의미가 축소되거나 사실이 달라지지는 않는다. 그들은 현실세계를 긍정적으로 돌이켜 보게 하는 가능성을 증명해 주기 때문이다.

그렇듯 현실세계를 보는 시각은 사람에 따라 다를 수 있다. 영화 <매트릭스>에서 네오가 되찾은 실제의 세계는 깨달음의 세계이다. 그 세계는 안개를 걷고 꿈속에서 깨어나 맑은 정신과 새로운 눈으로 보는 세상이다. 영화 <매트릭스>는 인류 모두에게 보편적이고 근원적인 질문과 해답을 동시에 제시하고 있는 것이다.

❚❚ 상상력을 통해 실재 세계를 찾다

사람이 동물과 다른 특징의 하나로 도구를 사용한다는 점을 들 수 있다. 도구는 농사를 지을 때는 농기구가 되고 사냥이나 전쟁을 할 때는 무기 역할을 해 왔다. 이 도구는 단순한 연장에서 전기에 의해 작동되는 기계로 발달했다. 그리고 그 위력은 원자폭탄으로 증명되었다. 사람은 기계뿐 아니라 물물교환의 도구로 돈을 만들어 사용하고, 보이지 않는 신까지 창조했다. 그런데 문제는 사람이 만든 돈과 신이 사람을 지배하는 상황에까지 이른 데 있다. 돈의 위력은 인간의 권위를 넘어선지 오래다. 또한 종교 재판과 십자군 전쟁 등, 신이 내린 심판이라는 구실로 무고한 인명이 무수히 희생당해야 했다.

기계 역시 예외가 아니다. 산업혁명에서 본격화된 기계문명에 대한 무분별한 욕구는 대량 실업자와 양극화, 대형사고, 가공할 무기 생산과 전쟁, 환경공해를 불러왔다. 갈수록 심각해지는 현대인의 정신건강도 기계문명의 발달과 관련이 깊다. 그런데도 기계는 여전히 막강한 위력을 과시하고 있다. 컴퓨터나 자동차가 없으면 전 세계의 일상 업무가 일시에 마비될 수도 있다. 인공지능 로봇은 다양한 분야에서 인간을 뛰어넘을 수 있는 능력을 선보이고 있다. 그러나 많은 과학자, 문명비평가, 미래학자, 양식 있는 지식인들은 기계문명의 위험을 경고하고 있다. 그리고 기계문명이 인류를 파멸시킬 수도 있음을 경고한 제 1, 2차 세계대전은 이들의 주장을 뒷받침하고 있다.

영화 <매트릭스>에서도 인간을 조종하는 기계의 위협에 대한 현대인의 경각심을 일깨워 주고 있다. 나아가 인간이 기계의 지배를 받게 되는 상황을 설정해 심각한 미래의 과제를 제시해 준다. 그런데 이처럼 본의 아니게 인간이 자기가 만든 도구의 지배를 받게 된 원인은 무분별한 욕망 때문이다. 그리고 그 욕망의 열쇠는 과학과 자본을 독점하는 소수 지배층이 쥐고 있다. 그들은 끊임없이 인류의 평화와 안정을 위협하며 무절제한 욕망을 키우고 있다. 영화 <매트릭스>는 지배 권력의 구조적 억압으로부터의 해방을 위한 현대인의 주체적 각성을 촉구하고 있는 것이다.

영화에서 '매트릭스'가 지배 권력의 상징이라면 네오는 선구적 민중의 상징으로 볼 수 있다. 지배 권력의 흉계에 의해 냉철한 판단과 분별력이 마비된 현대사회는 정상이 아닌 가상의 세계나 다름없다. 따라서 한 편의 영화가 기계문명의 가상적 위험을 통해 지배 권력의 구조적 부조리와 탐욕을 고발한 셈이다. 또한 도구는 인간이 만들었듯이 소수 독점자본의 지배구조도 일부 인간들에 의해 이루어진 만큼 세계적 민중의 각성이 이루어진다면 기계문명이나 지배세력의 위협으로부터 벗어날 수 있다는 메시지를 전해주고 있다. 이점에서 영화 <매트릭스>는 단순한 오락성을 뛰어넘어 인류 문명사의 소중한 작품으로 평가 될 수 있다.

영화 <매트릭스>는 상상력의 산물이다. 상상력을 통해 미래세계에 닥칠 재앙을 미리 예방하는 지혜와 방법을 제시하고 있는 것이다. 그러므로 이 영화를 보고 나서는 저마다의 상상력을 발휘해 미래를 예측하고 문명의 위기에 대처하는 방법을 연구할 수 있다. 또한 비정상적 지배구조의 부조리를 떨쳐내고 참다운 민주시민의 주체적 실상을 깨달을 수도 있다.

깨달음의 세계

영화 <매트릭스>의 주제는 가상세계로 부터의 탈출을 통한 실제세계의 회복이며 그 방법은 각성이다. 각성은 바깥 사물에 대한 근원적 이해와 자신에 대한 깊은 성찰을 이르는데 각성이 이루어지면 예전과는 다른 새로운 삶이 펼쳐지게 된다. 새로운 세계가 열리는 것이다. 불교에서는 깨달음의 세계를 고통과 번뇌로 부터 해방된 해탈의 세계이며, 가상의 세계에서 실재의 세계에 도달한 것으로 헤아린다.

흔히 깨달음과 앎의 차이를 혼동하기 쉽다. 그러나 앎은 단순한 지식으로 사물의 이치를 표면적 사실만 이해할 뿐인데 비해, 깨달음은 사물의 본질과 근원까지 오롯이 깨친 경우를 말한다. 앎이 지식을 언어로만 이해한 것이라면 깨달음은 내면 깊숙이에서 온 마음으로 터득한 것을 뜻한다. 지식은 수시로 바뀔 수 있지만 깨우침은 불변의 지혜로 온전히 자기 것인 것이다.

영화 <매트릭스>에서 각성은 시온의 전사들의 깨달음을 통해서, 선구자를 통해서, 그리고 인간 스스로의 능력에 의해서 이루어진다. 인간세계에서도 이와 비슷한 경로에 의해 깨달음을 얻는다. 첫째는 신의 계시에 의해서이고, 두 번째는 스승에 의해서이며, 세 번째는 스스로의 노력에 의해서이다. 여기에서 기본적으로 요구되는 것은 스스로의 노력이다. 그래야만 스승의 가르침을 제대로 받을 수 있고 신의 계시를 들을 수도 있기 때문이다.

본질적 깨달음은 크게 세 가지 방향에서 이루어진다. 가장 큰 깨달음은 우주의 실체에 대한 깨달음을 들 수 있다. 이 경우, 신의 존재와 자연의 이치에 대한 수수께끼가 풀린다. 그리고 우주 자연의 무궁무진한 은혜를 발견하게 된다. 다음으로 사회의 구조에 대한 깨달음인데 사회윤리가 그 핵심 주제다. 이에 대한 깨달음이 이루어지면 자발적으로 이웃과 사회를 위한 화합, 봉사, 헌신에 앞장서게 된다. 이때 건전한 사회의 주요 과제인 자유, 정의, 진실에 대한 사리가 저절로 트이게 된다. 마지막으로 자신의 존재에 대한 깨달음인데 이 경우, 인격 그리고 생사에 관한 의문이 자연스럽게 풀린다. 그리고 번뇌와 고통으로 부터 초연할 수 있게 마음 관리가 순조로워진다. 이 세 가지 영역에서 깨달음을 얻게 되면 자연히 가상의 세계에서 실제의 세계를, 거짓 자아가 아닌 참된 자아를 되찾게 된다. 영화 <매트릭스>의 메시지가 완벽히 실현되는 것이다.

매트릭스와 촛불

영화 <매트릭스>는 먼 후일의 이야기가 아니다. 당장의 현실을 직시하라는 메시지일 수 있다. 인류 역사는 지배층과 피지배층으로 나뉘어 억압과 굴종을 반복해 왔다. 그 불평등한 지배 구조는 민주주의가 보편적 명제로 자리 잡게 된 오늘날에도 여전히 지속되고 있다. 다만 치밀하게 세련된 시스템이 교묘히 포장되고 구조화 되어 그 실상이 쉽게 드러나지 않을 뿐이다.

아무리 부패한 정권도 겉으로는 법치를 내세운다. 그리고 사회정의와 이웃 사랑을 구호로 외친다. 그러나 실제로는 합법을 가장한 교활한 불법으로 세상을 궁핍 속으로 몰아넣고 어지럽힌다. 나아가 막강한 권력과 금력으로 장악한 여론 주도 층을 이용해 국민들의 눈과 귀, 그리고 가슴까지도 마비시킨다. 이에 따라 친정부적 주류 언론과 악덕기업, 어용 지식인은 선전도구 노릇을 충실히 한다. 심지어는 종교까지도 한 몫 거든다. 국민들은 매트릭스 세계에서 그들의 먹잇감으로 양육되는 인간들처럼 지배세력의 억압과 착취의 대상으로 전락하게 된다.

독재정권과 악덕기업이 결합한 정경유착의 고리는 매트릭스와 유사한 시스템을 갖추고 민중과 노동자를 끊임없이 혹사시킨다. 그러나 국민의 인내에도 한계가 있다. 지배세력의 지나친 부패와 핍박이 마침내 국민을 주체적 결단, 즉 깨달음의 고지에 이르게 하는 것이다. 견디다 못한 민중은 자유와 평등을 합창하며 진실의 촛불을 든다. 그리고 각성의 물결은 거대한 바다를 이루게 된다. 영화 <매트릭스>에서 네오와 그 동료들은 독재정권과 싸우는 민중을 가리킨다.

Ⅱ 톺아보기

영화 〈매트릭스〉 줄거리

감독 : 래리 워쇼스키, 앤디 워쇼스키

음악 : 돈 데이비스

제작 : 실버 픽쳐스

개봉 : 1999.5.5.

시간 : 136분

제작비 : 6,300만 달러

평범한 회사원인 주인공(키아누 리브스)은 밤에는 네오라는 이름의 해커로 활동한다. 그는 전설적인 해커 모피어스를 찾아다니다 우연히 아름답고 신비한 트리니티(캐리 앤 모스)를 만난다. 그리고 다음날 회사에서 자신을 찾는 매트릭스 요원들에게 어디론가 끌려간다. 그런데 그곳에서 다시 만난 트리니티를 통해 모피어스(로렌스 피쉬번)와도 만나게 된다.

그런데 놀라운 사실을 알게 된다. 자신이 살고 있는 세계는 22세기 말의 가상 세계라는 것. 네오는 현재는 진짜 세계가 아니라 오래 전 인류가 만든 인공지능 컴퓨터들이 가상현실프로그램을 만들어 통제하는 가짜 세계임을 알게 된다. 살아남기 위해 끊임없이 전류를 공급받아야 하는 기계들은 인류를 영원한 환각상태에 가두어놓은 것이다. 자동인큐베이터에 의식 없이 누워 있는 사람들은 자신이 정상적인 생활을 하고 있다고 생각하지만 실은 컴퓨터들에 의해 조종되고 있을 뿐인 것이다.

네오는 모피어스가 자신을 찾고 다녔음을 알게 된다. 그리고 모피어스에게서 자신이 인류를 구원할 구세주라는 사실을 전해 듣고 매트릭스 밖으로 빠져나와 인류를 구하기로 결심한다. 그런데 매트릭스 밖의 생활에 염증을 느낀 모피어스의 부하 사이

퍼가 매트릭스의 안의 특별대우를 약속받고 네오와 동료들을 함정 속으로 몰아넣는
다. 그러나 네오와 그 동료들은 모피어스를 구출하기 위해 매트릭스 요원들의 감시망
을 뚫는다. 네오는 반복적인 자기 확신에 의한 내면의 집중력을 통해 마침내 인공지
능기계들을 무찌른다.

명장면과 함께 읽는 〈매트릭스〉

1. 토마스 앤더슨(네오)이 잠들어 있다.

※ 그는 매트릭스에 갇힌 채 잠들어 있는 인간을 상징한다.

2. 네오의 아파트 101호. 이는 조지 오웰(George Orwell)의 작품 '1984'를 지칭한다.

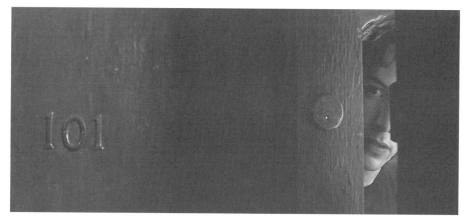

※ '1984'에서 101호는 원초적인 두려움이 존재하는 있는 장소를 말한다.

3. 장 보드리야르(Jean Baudrillad)가 쓴 'Simulacra and Simulation'라는 책이 나오는데 자각을 완전히 상실하여 꿈나라에서 헤매고 있는 인류의 모습을 그린 장면이다.

※ 장보드리야르가 이 영화에 주요 모티브를 제공한 것을 알 수 있는 대목이다.

4. 국가요원에게 끌려온 네오의 입이 봉해지고 있다.

※ 국가요원들은 개인의 권리보다 전체를 위해 개인이 희생해야 한다며 침묵을 강요한다. 대중이 목소리를 내는 것을 원치 않는 것이다.

5. 네오(Neo)가 모피어스(Morpheus)를 만나 매트릭스의 존재를 알게 된다.

"자네가 온 이유를 말해 주지. 뭔가를 알기 때문에 이곳에 와 있네. 자네는 그것을 설명할 수 는 없지만 느낄 수는 있어. 평생 동안 이를 느꼈지. 이 세상이 뭔가 잘못 되어 있다는 사실을. 머리가 깨질 것처럼 자넬 미치게 만들지. 그 느낌에 이끌려 온 거야."

"매트릭스는 모든 곳에 있어. 우리 주위의 모든 곳에. 바로 이 방안에도 있고 창밖을 내다봐도 있고 TV안에도 있지. 출근할 때도 느껴지고 교회에 갈 때도, 세금을 낼 때도 진실을 못 보도록 눈을 가리는 세계란 말이지."

※ 대부분의 현대인들은 독재 정권에 의해 기획된 언론에서 조작한 가짜뉴스를 진실이라고 믿으며 통제 당하고 있다.

6. 모피어스가 네오에게 선택할 것을 제안한다.

"자네가 노예라는 진실. 다른 모든 사람들과 마찬가지로 자네는 맛볼 수도, 냄새를 맡을 수도, 만질 수도 없는 감옥에서 태어났어. 네 마음의 감옥."

"파란 약을 먹으면 여기서 끝난다. 침대에서 깨어나 네가 믿고 싶은 걸 믿게 돼. 빨간 약을 먹으면 이상한 나라에 남아 끝까지 간다. 명심해. 난 진실만을 제안한다."

※ 모피어스의 선글라스는 내면의 성찰을 의미한다. 통제와 억압으로부터 자유로워지기 위해서는 성찰이 필요한 것이다. 빨간약, 파란약은 진실을 알기 위한 용기와 의지를 상징한다.

7. 네오가 매트릭스의 존재를 보게 된다.

※ 인간(노동자)은 자본주의 경제시스템(Matrix)을 지탱하는 배터리와 유사한 것이다.

8. 재활치료 중에 네오가 모피어스에게 묻는다.

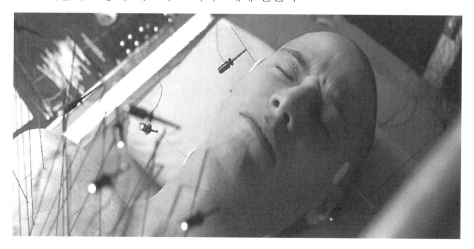

"왜 이렇게 눈이 아프죠?"

"한 번도 쓴 적이 없기 때문이라네."

※ 지금까지 한 번도 세상을 제대로 바라본 적이 없었다. 다시 말해 진실을 마주할 용기를 내지 못했다는 뜻이다.

\# 9. 모피어스는 자신이 본 매트릭스의 실체를 네오에게 말한다.

'진짜'란 두뇌가 해석하는
전자 신호에 불과해

촉각이나 후각, 미각
시각을 뜻하는 거라면

매트릭스는 컴퓨터가 만든
꿈의 세계야

우릴 통제하기 위한 거지

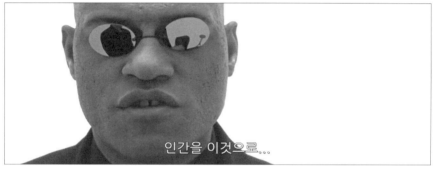

인간을 이것으로...

만들려고

"진짜라는 것은 뭐지? 어떻게 진짜라는 것을 정의하지? 만약 네가 보고, 느끼고, 냄새를 맡고, 맛을 보는 것이라면 그 진짜라는 것은 단순히 뇌가 받아들이는 전기적 신호일 뿐이야!"

"매트릭스가 뭐지? 통제야. 매트릭스는 컴퓨터가 만들어낸 꿈의 세계야. 우릴 통제하기 위한 거지. 인간을...... 이것(건전지)으로 만들려고."

※ 인간이 현실 세계를 똑바로 바라볼 수 없도록, 매트릭스가 제공하는 가상현실을 의심하지 않고 보이는 그대로 받아들이도록 인간들의 정신을 통제하고 무의식의 상태에 머무르게 만드는 시스템이 바로 매트릭스이다. 그 속에서 인간은 결코 자유를 얻을 수 없는 것이다.

10. 네오와 모피어스는 매트릭스 프로그램 규칙과 같은 쿵푸 대결을 펼친다.

"왜 나를 이기지 못한다고 생각하지? 내가 이 공간 안에서 자네보다 더 힘세고 빠른 게 나의 근육이랑 상관이 있다고 생각하나?"

※ 남에게 진실을 보여주거나 말해 줄 수는 있지만, 그것을 받아들이게 할 수는 없다. 그것은 그들의 몫이기 때문이다.

11. 모피어스와 두려움, 의심 극복 훈련을 하는 네오.

"매트릭스에서 죽으면 현실에서도 죽게 되나요?"

"정신없이 육신이 생존할 수는 없는 법이지."

※ 정신을 강화하는 것은 현실을 직시하는 지름길이다.

12. 다시 매트릭스 세계로 들어가는 네오와 모피어스

"매트릭스 안에 들어와 보니 뭐가 보이나? 비즈니스맨, 교사, 변호사, 목수…… 전부
다 우리가 해방시키고자 하는 사람들이지. 하지만 해방되기 전까지는 시스템에 속해

있는 사람들이고, 따라서 잠재적인 적들이야. 매트릭스는 시스템이고 그 시스템이 바로 우리의 적일세. 대부분의 사람들이 아직 해방될 준비가 되어 있지 않다는 사실을 기억해야 하네. 대부분의 사람들이 워낙 시스템이 깊게 중독되고 의존하고 있어서 오히려 시스템을 보호하기 위해 싸움까지 불사할 것이거든."

※ 주인에게 세뇌되어 주인을 위해 싸우는 노예들은 자유를 원치 않는다. 자유의 개념이나 필요성에 대해서도 별다른 인식이 없다. 억제로부터 해방될 준비가 되어 있지 않은 것이다.

13. 오라클의 대기실에서 자신의 차례를 기다리던 네오는 숟가락을 들고 있는 한 소년과 대면한다.

"숟가락을 휘려고 하지 마세요. 그건 불가능해요. 그냥 진실을 인식하기만 하면 돼요. 숟가락은 존재하지 않아요. 이를 깨달으면 숟가락이 휘는 게 아니라, 내 자신이 휜다는 사실을 알게 돼요."

※ 가상현실을 변화시키려면 뇌와 가슴, 즉 내면부터 바꿔야 한다는 것이다.

14. 스미스 요원에게 붙잡힌 모피어스.

"내가 인류라는 종을 분류하던 중, 인류가 포유류가 아니라는 사실을 알게 되었다네. 이 행성의 모든 포유류는 본능적으로 주변 환경과 자연스러운 균형을 이루며 살아가는데, 인간은 그렇지 않더라는 거지. 너희들은 어느 한 곳에 정착한 후, 주변의 모든 천연자원을 착취하며 번식을 해. 너희들의 유일한 생존 방법은 망가트린 땅을 버리고 새로운 지역으로 이주하는 것이지. 이 행성에는 이와 동일한 행동양식을 가진 또 하나의 종이 있어. 그 종이 뭔지 아나? 바로 바이러스야!"

※ 인류를 바이러스에 비교한다. 이에 동조하는 경우, 인간은 매트릭스의 통제 시스템에 계속 복종할 수밖에 없다.

15. 모피어스를 구출하는 네오.

"자네가 해낼 줄 알았어. 나는 자네를 믿었어. 자네도 언젠가는 내가 그랬던 것처럼 깨달아야 할게야. 길을 아는 것과 길을 걷는 것에는 차이가 있다는 사실을……"

※ 안다는 것과 깨달음의 차이는 옳고 그름을 분별할 수 있는 지혜와 의지에서 비롯된다. 지식을 머리가 아닌 가슴으로 깨달아 실천으로 옮기는 것이 진정한 지혜이다.

16. 죽은 네오를 살려내는 트리니티

※ 성모 마리아에 비유되는 트리니티(Trinity)는 배려, 연민, 그리고 사랑의 에너지를 상징하는 신성한 여성성의 화신이다. 그녀의 사랑은 네오(Neo)를 가상현실에서 구해내 부활시키는 원동력이다.

#, 17. 스미스 요원들이 쏜 총알을 멈추게 하는 네오.

"NO!"

※ 네오가 죽음을 떨쳐내고 외친 한 마디의 말은 'NO!'이었다. 강제된 시스템 속에서 스스로 'NO!'라고
   말할 수 있을 때 해방을 위한 강력한 에너지가 생성될 수 있는 것이다.

18. 매트릭스의 코드를 볼 수 있게 된 네오.

※ 부활한 네오는 자신의 실체를 확인할 수 있는 새로운 지각을 갖게 된다. 진실을 깨친 그는 시스템
   에 한결 쉽게 대항할 수 있게 된 것이다.

19. 'SYSTEM FAILURE' 문구가 나타나면서 영화가 끝난다.

"거기는 있는 걸 안다. 너희를 느낄 수 있다. 너희가 우리를 두려워 한다는 걸 안다. 변화가 두려운 거야. 난 미래를 모른다. 이것이 어떻게 끝날지 말하러 온 게 아니다. 어떻게 시작할지를 말하러 온 거다. 난 이제 이 전화를 끊고 이들에게 너희가 보이길 원치 않는 것을 보여 주겠다. 너희가 없는 진짜 세계를 보여주겠다. 규칙이나 통제, 경계나 국경이 없는 세계, 모든 것이 가능한 세계를. 그 다음에 어떻게 할지는 알아서 하라고."

다시 보기

바로 보기

1. 인간은 대부분 새로운 세계의 꿈을 안고 산다.
2. 누구나 현실에 100% 만족하지는 못한다.
3. 문명은 이로운 측면과 해로운 측면을 동시에 지니고 있다.
4. 현대인들은 기계문명의 위험에 대한 수많은 경고에도 불구하고 무감각하다.
5. 현실에 안주하는 것은 퇴보를 부르기 쉽다.

거꾸로 보기

1. 인간은 자신이 만든 돈의 지배를 받듯이 기계의 지배를 받을 수도 있다
2. 기계에게 인간의 감성을 온전히 주입한다는 것은 거의 불가능하다. 인간의 신체적 조건을 온전히 갖추어야만 인간적 감성이 가능하기 때문이다. 감성은 머리가 아닌 가슴을 비롯한 전신의 산물임을 기억해야 한다.
3. 기계가 인간의 노동을 획기적으로 대신해주는데도 현대인은 더 바쁘고 과로에 시달린다.
4. 기계는 신제품이 나오거나 심하게 녹이 슬어야 인간에게서 해방된다.
5. 상상력은 그 쓰임에 따라 유용하기도 하고 해롭기도 하다.

새롭게 보기

1. 기계는 수명이 짧다. 그러기에 끊임없이 새로운 것으로 대체된다.
2. 과학자들은 기계문명을 삶의 질을 높이는 쪽으로 활용하는데 더 많은 관심을 기울여야 한다.
3. 깨달음은 새로운 마음의 눈으로 세상을 보는 것이다.

④ 우주적 상상력은 새로운 세계의 문을 열어준다.

⑤ 기계는 도구와 흉기의 성질을 동시에 지니고 있다.

함께 읽으면 좋을 책

① 소비의 사회 (문예출판사)

② 장자 (일상이상)

③ 영화 <매트릭스> 2

문학치유적 독해

선각자들은 인류가 현실세계의 비정상적 부조리를 깨달아 정상적 세계로 나아갈 것을 주문하고 있다. 이는 우리의 현실이 우리가 바라는 세계와는 다른 세계, 다시 말해 타의에 의해 비정상적으로 운영되는 거짓 세계임을 가리킨다. 그러기에 거짓세계에서 살아가는 우리 자신도 자신의 의지와 달리 거짓 존재일 수밖에 없다.

인간은 사회적 환경과 여건에 따라 행불행이 좌우된다. 일례로 전쟁은 인류를 너나없이 고통 속에 빠뜨린다. 불평등, 부자유, 부패와 부조리, 궁핍, 과다 경쟁, 부도덕 등 사회불안의 요인들도 개인의 고통지수를 키우고 정신건강을 해친다. 그러므로 자유롭고 평화로운 사회를 만드는 것은 개인의 삶의 질을 높이는 필수적 요건에 속한다.

인간이 어떤 삶을 사느냐에 따라 그 세계의 성격도 달라진다. 겉으로는 아무리 멀쩡한 세계라도 다수가 행복하지 못하다면 그 세계는 거짓세계이다. 너와 내가 함께 참다운 행복을 누릴 수 있어야 참다운 세계인 것이다. 거짓세계를 떠나 참다운 세계에 이르기 위해서는 깨달음이 앞서야 한다. 참다운 세계는 참다운 이웃, 참다운 자아, 참다운 행복에 대한 깨달음에 의해 이루어지기 때문이다. 이를 위해서는 개인적으로는 마음을 잘 다스려 번뇌와 욕망을 줄이고, 사회적으로는 화합과 헌신을 통해 안과 밖이 두루 평안하고 활기차야 한다.

❶ 영화 <매트릭스> 다시 보기

❷ 영화 <매트릭스> 감상문 쓰기

06 미술과 함께하는 산책
휴식을 위한 지식

Chapter

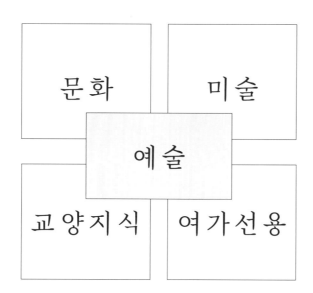

문화　　미술

예술

교양지식　여가선용

휴식을 위한 지식

허진모 지음

그림, 우아한 취미가 되다

어쩌다 어른을 발칵 뒤집어놓은
허진모 작가의 신개념 미술사 명강의

매주 (수) 밤 10시 50분 **OtvN**, tvN 공동방송

"그림을 즐기기 위한 최소한의 교양은
이 책 한 권으로 충분하다!"

미리 보기

『휴식을 위한 지식』을 읽는 다섯 개의 코드

1 예술의 사회적 역할
2 예술 감상법
3 예술이 역사에 미친 영향
4 시대적 변동이 예술에 끼친 영향
5 서양 예술과 기독교의 관계

시공을 초월한 예술

예술은 장르를 여러 소분야로 나눌 수 있다. 그러나 분야마다 겹치는 경우가 많기 때문에 그 한계를 명료하게 가르기란 쉽지 않다. 일반적 통념으로는 크게 보아 음악, 미술, 연극, 건축, 문학으로 구분한다. 여기에서 미술은 회화·조각·도자기 공예 등 다양한 하위 장르를 포함하게 된다. 또한 영화나 연극에는 문학과 미술·음악이 어울려 주축을 이루고, 건축에도 미술적 감각이 일정의 요소로 작용한다. 따라서 음악과 미술·문학은 예술의 근간을 이룬다.

예술사를 살펴보면 한 장르만 독단적으로 변화한 것이 아니라 각 장르가 서로 유기적 상호작용을 통해 교감을 주고받아 왔다. 음악과 미술·문학의 사조가 서로를 자극하고 영향을 주며 약속이나 한 듯 엇비슷하게 진행되어 온 것이다. 이는 음악·미술·문학 등 지류가 예술이라는 본류 속에서 그 주체인 인류의 취향과 기호에 맞춰 함께 변화해 왔음을 말한다.

여기에서 예술의 역사를 이야기하며 예술의 발달이라고 하지 않고 변화라는 표현을 쓴 것에 주목할 필요가 있다. 이는 문명과 달리 예술은 그 시간적 의미를 두고 꼭 발달이라고 만 할 수 없기 때문이다. 이를테면 쇼스타코비치를 비롯한 현대음악이 모차르트나 베토벤의 음악에 비해 더 발전했다고 보기는 어렵다. 이는 레오나르도 다 빈치의 <모나리자>보다 피카소의 <게르니카>가 더 뛰어나다고 할 수 없는 것과 마찬가지다. 문명은 과거를 지우고 그 위에 새 발자국을 찍지만 예술은 시간을 초월해 그 가치를 평가하기 때문이다.

예술과 인간의 관계

인간과 다른 생물을 구별하는 기준의 하나인 예술은 인간 생활에서의 필요도나 실용성에서는 타 장르에 비해 뒤진다. 그러면서도 인간적 삶을 누리기 위해서는 어느 장르 못지않게 필요한 요소다. 예술이 없이도 살아 갈 수 있다고 하자. 그러나 예술의 힘을 빌리지 않고는 삶다운 삶을 향유하기는 어렵다. 춤추고 노래할 수도 없고, 글을 쓰거나 읽지도 못하고, 그림도 공연도 볼 수 없는 세상을 무슨 재미로 살 것인가 상상하면 인간 생활에서 예술이 차지하는 비중이 얼마나 큰 가를 금방 알 수 있을 것이다.

예술은 여가와 밀접한 관련이 있다. 수렵 시대로 거슬러 가보자. 산양이나 들소를 사냥하는 순간은 온 신경을 표적물에 집중한다. 그 긴박한 상황 속에서 노래가 나올 수는 없다. 그러나 사냥을 성공리에 마친 후에는 상황이 다르다. 자신도 모르게 어깨 춤을 추게 되고 노래가 곁들여 질 것이다. 이런 여흥은 사냥에 참여한 동료들도 약속이나 한 듯 함께 즐길 것이다. 이는 지극히 자연스럽고 즉흥적인 본능의 분출이다. 이때는 이성도 감정을 제재하지 않는다. 이것이 예술의 실체다. 이처럼 시간적 여유와 감흥이 일어날 때 예술은 제 기능을 발휘한다. 그때는 어느 장르보다도 직접적이고 능동적으로 인간과 일체감을 이룬다. 예술은 인간의 희로애락을 표현하는 기본적 언어요 수단인 것이다.

예술적 삶의 가치

본능에 해당하는 감정을 섬세하고 아름답게 표현하는 예술은 인간의 감정과 일체적 동질감을 지닌다. 그리고 인간이 여가를 즐기고 삶의 질을 높이는 데 중추적 역할을 한다. 인간의 삶을 노동과 유희로 나눈다면 예술은 그 중 유희를 담당한다. 그리고 노동보다 유희를 좋아하는 인간의 생리에 의해 예술은 인간과 불가분의 관계를 유지한다. 이는 인간이 단순히 일하고, 먹고, 추위를 피하는 데 만족하지 못하고, 다양한 방법으로 삶의 여유를 만들고 찾아내 즐기는 존재임을 뜻한다.

사람은 빵만으로 살 수 없다고 한다. 이 표어 속에는 자유와 더불어 예술이 인간다운 삶에 필수적 요소라는 메시지가 담겨있다. 유희는 예술의 원천이며 예술은 유희를 통해 인간의 생명력을 효과적으로 발산하기 때문이다. 평화의 산물인 예술은 반생명적인 전쟁과는 상반된 입장을 지닌다. 전쟁은 노동력과, 경제적 재화, 영토를 확장하기 위한 쟁탈전이지, 인간의 여가와 유희가 그 직접적 탈취의 목적은 아니다. 따라서 전쟁터에서 군가는 예술이 아니라 군사행동의 일환일 뿐이다. 정쟁이나 정략의 도구로 이용되는 획일적이고 조악한 예술도 그 순수한 가치를 인정받지 못한다.

미술과 문학은 음악보다 더 시간적 여유를 필요로 한다. 음악은 어깨춤이나 노동요처럼 일을 하면서도 피로를 덜고 흥을 돋우기 위해 수시로 즉흥적 활동이 이루어 질 수 있다. 그러나 미술이나 문학은 창작이든 감상이든 별도의 여가가 주어져야만 가능하다. 반면 음악에 비해 오랜 시간 동안 보다 완벽하게 그 보존이 이루어진다는 이점을 지닌다. 그러나 음악과 미술, 문학의 예술적 가치를 비교하고 우열을 가리는 것은 어리석을 뿐 아니라 불가능한 일이다. 예술은 인간의 다양한 성향과 취미에 따른 다양성을 생명으로 하기 때문이다.

한 폭의 그림에는 인류의 숨은 역사가 숨 쉬고 있다

그림을 바라볼 때의 느낌, 단순히 좋다, 편하다, 기쁘다, 슬프다 등의 기본적인 감정으로 접근하는 것도 충분히 가치 있다. 하지만 그런 방식의 감상은 단순하다고 말할 수밖에 없다. 그 단순한 감상은 거듭될수록 눈과 머리를 쉽게 피로하게 하며 단시간에 싫증을 내게 하는 요인으로 작용한다. 그래서 지식이 없는 감상은 미술은 따분한 것이라는 편견을 갖게 한다. 당연히 미술관의 작품들을 눈으로 훑고 스쳐 지나가게 된다. 시각적인 정보만 받아들일 뿐 그 이상의 의미 작용, 즉 두뇌활동은 정지한 상태이다. 이는 깊이 있는 감상을 가로막는다.

물론 작품에 대한 직관적 감상을 넘어 이것은 누구의 작품과 같은 식의 지식을 동원하기 시작하면 또 다른 장단점이 발생한다. 앎에 대한 희열을 느끼게 하는 장점이 있는 반면 기억력에 얽매여 감상이 아닌 의무감에 눌리게 되는 것이다. 이것은 무지한 상태의 단순한 감상보다 더 좋지 않은 상황이다. 그래서 가장 이상적인 감상은 이 두 가지 관점을 균형 있게 취하는 것이다. 눈으로 들어오는 시각 정보를 통해 직관적으로 감정을 느끼면서도 지식을 활용해 의미를 곰곰이 생각해보는 분석적 감상이 더해져야 한다.

— 허진모(2016) 『휴식을 위한 지식』

그림을 시각예술이라고 한다. 그림은 눈으로 보면서 감상하기 때문이다. 그러나 단순히 눈에 보이는 것만이 그림의 전부는 아니다. 눈에 보이지 않는 화가의 신원, 작품의 시대적 배경을 곁들여 보아야 제대로 그림 감상이 이루어진다. 나아가 화가의 내면세계까지 헤아려가며 볼 때, 하나의 완벽한 그림이 보는 이의 눈과 마음을 통해 재탄생할 수 있을 것이다.

알타미라 동굴의 벽화는 가장 오래된 그림으로 그 사실적 묘사는 현대의 기법이나 별 차이가 없다. 그림 속의 들소는 수렵에 의지하던 원시부족들의 먹잇감이었다. 그러니까 이 벽화는 원시부족들이 원활한 들소 사냥을 기원하는 주술적 욕구에서 그린 것으로 해석되고 있다. 설사 벽화는 혼자 그렸다 해도 그 속에는 부족 전체의 절실한 염원이 담겨 있는 것이다. 어떤 그림은 미래의 끔찍한 재앙을 예언한 경우도 있다. 이는 집단 무의식적 불안이 그림을 통해 긴박하게 표출된 징조로 볼 수 있다. 이런 차원에서 보면 지상의 어떤 작품도 순수하게 독자적인 창작물일 수 없다는 결론이 가능해진다. 이는 예술이 다른 장르보다 인간의 내면세계와 긴밀한 동질감을 지니고 있음을 뜻한다.

한 폭의 그림 속에서 작가의 예술적 영감과 더불어 우주 자연의 깊은 숨결을 느낄 때 그 그림은 작가의 영역을 떠나 관람자의 몫으로 부활하게 된다.

왜 휴식을 위한 지식이 필요한가?

그림이나 조각, 건축을 하는 데는 시간이 필요하다. 또한 그렇게 완성된 작품을 감상하기 위해서도 시간이 필요하다. 시간적으로 충분한 여유가 주어져야 차분하게 감상을 할 수 있는 것이다. 미술에는 시간뿐이 아니라 일정한 공간이 소요된다. 작가에게는 작품을 창작할 공간이 있어야 하고 관람자에게는 작품을 전시할 공간이 있어야 하기 때문이다. 그 공간은 휴식 공간으로 활용되기도 한다. 미술과 음악을 비롯한 예술은 휴식을 취하는 데 도움을 주기 때문이다. 또한 예술은 감상을 통해 새로운 기운을 충전하게 해주기도 한다. 그런데 사상이나 철학, 과학은 머리를 식히기보다 머리를 쓸 것을 부추기기 때문에 휴식에는 어울리지 않는다. 따라서 거기에 관계된 지식은 휴식과는 거리가 멀다.

이를테면 예술에 관한 지식이 휴식을 위해 이바지하는 것과는 대조적인 셈이다. 미술이나 음악을 감상하며 휴식을 취할 경우, 작품에 대한 소개책자나 선곡이 필요하다. 이때 사소한 소책자나 빌보드 차트 순위도 예술 분야의 지식에 속한다. 다시 말해 휴식을 위한 소중한 지식이 된다. 그리고 그 지식이 휴식을 취하는 동안 위안이 되고, 이어서 새로운 활력을 불어넣어 줄 때는 휴식을 위한 지식에서 생산적 지식으로 업그레이드된다. 예술 분야의 지식은 때때로 휴식이 필요한 인간을 위한 지식으로, 어느 인문학적 지식 못지않게 인간적인 지식인 것이다.

현대사회와 미술

미술의 한자어 풀이는 아름다움을 추구하는 예술로 일컬어지지만 실제로는 그렇지 않은 경우가 많다. 추한 그림도 있고, 비정상적 구도도 일부러 뒤틀어 흉측하게 표현한 작품도 많다. 끔찍하리만치 무시무시한 장면이나 우울, 고독, 광기를 적나라하게 표현한 그림도 박물관의 상석을 차지하며 고가에 거래되고 있다.

미술은 사물의 겉모습을 사실대로 나타내는 수준을 뛰어넘은 지 오래다. 그 내면에 깃든 본질과 의미를 상징적으로 표현하기 위해 다양한 상상력과 기법을 사용하고 있는 것이다. 문예와 영화는 시간예술이고 음악은 청각 예술인데 비해 미술은 시각예술로 분류한다. 미술 중에도 건축은 공간예술로 통하며 그 외에도 설치예술, 행위예술, 비디오아트, 미디어아트 등 다양한 이름으로 불린다.

흔히 미술을 말할 때 그림이나 조각을 연상하기 쉽지만 현대에 이르러 미술은 광범위하게 그 영역을 확대해 가고 있다, 어떻게 보면 지상에서 눈에 띄는 것들 대부분이 미술에 속하거나 미술의 소재일 수 있다, 이 세상에 존재하는 모든 시각적인 부분을 미술작품으로 볼 수도 있는 것이다. 회화와 조각, 사진, 건축, 서예를 비롯해 컴퓨터 그래픽, 만화, 애니메이션, 일러스트레이션, 공예, 패션, 비디오아트 등도 새로운 형태의 미술로 주목을 받고 있다.

현대사회에서 미술은 타 장르와의 다채로운 조화를 통해 다양한 종합예술로 거듭나고 있다. 단순히 미술작품만을 가려서 감상하던 종전과는 시각을 달리해야 현대미술의 실체에 가까이 다가갈 수 있는 것이다.

▌ 사실 모방과 개성의 추구

카메라의 등장은 미술사에 획기적 전환점을 제공한다. 아무리 완벽하게 모사한다고 해도 그림이 사진을 따를 수는 없다. 사실주의 화가들은 사물을 사실대로 그리려고 했다. 그러나 이내 그것이 부질없다는 사실을 깨닫게 된 후기 인상주의 화가들은 창의력과 상상력을 발휘해 독창적 세계를 추구한다.

문학이 언어를 사용하고 음악이 음률을 사용하는데 비해 미술은 이미지와 상징을 활용한다. 이에는 신화·종교·과학·철학 등 다양한 지식이 동원된다. 이 지식은 이미지와 상징으로 옷을 갈아입고 작품 속에 숨는다. 감상자는 그 숨은 의미를 작품 속에서 이끌어내 작가의 내면세계와 표현 의도, 배경지식까지 헤아려야 한다. 현대미술이 난해한 요인이 여기에 있다.

미술은 시각을 이용해 표현하며 그 속에 담긴 침묵의 언어로 그 배경을 설명한다. 감상자는 침묵의 언어를 일반 언어로 재해석하는 번역자이다. 작품의 겉모습을 파헤치고 그 안에 담긴 내면의 담론을 해석해야 비로소 본격적인 감상이 가능해지는 것이다. 음악은 소리를 통해 끊임없이 율동하는 동적인 예술이다. 문학은 정적이지만 구체적으로 문자화된 언어와 지식을 통해 그 내용을 설명한다. 그러나 미술은 정지된 상태에서 함축된 시각적 단서를 침묵으로 풀어내야 하는 정적 예술에 속한다. 따라서 미술의 감상에는 작품 속으로의 내밀한 몰입이 필요하다.

1. 고대 회화

「야생동물, 동굴벽화」
BC 15000~1000년, 프랑스 라스코

「추수장면, 무덤의 벽화」
BC 1400년경, 이집트 테에베

2. 중세 회화

「성좌에 앉은 성모와 아기 예수」
비잔틴시대, 1200년경,
워싱턴 국립미술관

「누가복음의 첫페이지 장식화」
1000년경 프랑스,
뉴욕 피어폰트 모건도서관

3. 르네상스 회화

얀 반 아이크,「붉은 터번을 두른 사내」
1433년, 런던 국립미술관

미켈란젤로,「예언자 예레미아」
1508~1520년, 로마 바티칸 궁정

「미켈란젤로, 아담의 창조」, 1508~1520년, 로마 바티칸 궁전

지오르지오네, 「전원의 합주」, 1510년경,
파리 루브르박물관

티치아노, 「바커스제」, 1518년경,
마드리드 프라도 미술관

4. 바로크·로코코 회화

피터 파울 루벤스, 「<책형> 제단화 부분」
1620년. 안트워프 왕립미술관

지오반니 란프란코, 「수태고지」 1616년경,
로마 산카를로아이 카티나리 예배당

렘브란트, 「갈릴리 호수 폭풍 속 그리스도」,
보스턴. 이사벨라 스튜워트 가드너 미술관

장 밥티스트 그뢰즈, 「마을의 신부」,
1761년. 파리 루브르 박물관

5. 근대 회화

렘브란트, 「폴랜드 기사」, 1655년,
뉴욕 프릭 콜렉션

프랑스와 부셰, 「양치는 소년과 소녀」, 1755년,
파리 루브르 박물관

장 밥티스트 시메온 샤르댕,
「부엌의 정물」 1735년. 보스턴 미술관

자끄 루이 다비드, 「소크라테스의 죽음」 1787년,
뉴욕 메트로폴리탄 미술관

프란시스코 고야, 「1808년 5월 3일」 1814~15년,
마드리드 프라도 미술관

카스파 다비트 프리드리히, 「바다의 월출」
1823년. 베를린 국립미술관

오노레 도미에, 「삼등열차」
1862년. 뉴욕 메트로폴리탄 미술관

귀스타브 꾸르베, 「돌 깨는 인부」 1849년,
드레스덴 미술관

에두아르 마네, 「보트에서」
1874년. 뉴욕 메트로폴리탄 미술관

오귀스뜨 르느아르, 「퐁네프의 다리」
1872년. 워싱턴 국립미술관

에드가 드가, 「카페의 연주, 대사」
1876~77년, 프랑스 리옹 미술관

폴 세잔느, 「과일그릇, 유리잔, 그리고 사과」
1879~82년, 파리 르꽁뜨 콜렉션

폴 고갱, 「감사의 헌납」
1891~93년경, 뉴욕 근대미술관

빈센트 반고흐, 「삼나무가 있는 길」,
1889년, 네덜란드 오테를로 크뢸러
뮐러미술관

지오르지오 데 키리코, 「거리의 우수와
신비」 1914년. 개인소장

마르크 샤갈, 「나와 마을」
1911년. 뉴욕 근대미술관

로이 리히텐슈타인, 「굿모닝 달링」
1964년. 뉴욕 개인소장

돈 에디, 「은그릇」
1976년. 뉴욕 개인소장

서양 미술사

선사 · 고대미술

밀로 <비너스> 기원전
130~120년경, 대리석,
높이 202cm,
파리 루브르 박물관

선사시대 미술	알타미라 동굴벽화, 스톤헨지, 빗살무늬 토기, 간석기 등	
고대미술	메소포타미아 미술	암사자상, 공중정원, 지구라트 등
	이집트 미술	피라미드, 벽화, 아부심벨 신전, 하트셉수트의 빈소사원, 람세스 2세 석상 등
	에게 미술	황금 잔, 황금가면, 크노소스 궁전 등
	그리스 미술	도자기 그림, 파르테논 신전, 원반 던지는 사람, 창을 든 남자, 밀로의 비너스, 라오콘 군상
	로마미술	콜로세움, 아우구스투스 상, 카이사르 상

선사시대부터 시작된 인류의 미술 감각은 현대인의 상상을 초월할 만큼 대단했다. 피라미드를 비롯해 이집트에 산재해 있는 고대 유적과 대영박물관에 전시되어 있는 이집트의 고대미술품은 그 사실을 증명하고도 남는다. 그리스시대는 원시시대와 고대 문명을 거쳐 이어져 온 고대 미술의 기조를 바꾸어 본격적으로 미를 추구하기 시작한 서양 미술사의 획기적 전환기였다. 국력의 쇠퇴와 함께 로마 미술로 이어진 그리스 미술은 인류가 추구할 미술의 바탕 형식을 마련한 셈이었다.

> 역사적으로 초기미술은 목적을 가진 행위였다. 단순하게 나누었을 때 원시시대에는 기복祈福을 목적으로, 이집트, 메소포타미아와 같은 고대국가에서는 기록을 목적으로, 고대 그리스의 다신교나 중세의 크리스트교와 같은 종교적인 목적으로, 르네상스 이후로는 상류층의 기호의 목적으로 존재했다고 볼 수 있다. 특히 문자가 만들어지기 전의 선사시대에서 미술은 단순한 그림 이상의 의미가 있었다. 시대마다 극소수는 그런 목적과는 별개인 유희로써 미술을 누렸겠지만 대중이 미술작품을 즐기게 된 것은 근대에 이르러서야 가능해졌다. 시대별로 크게 구분하면 서양의 미술사는 원시, 고대, 르네상스, 근대, 현대로 나뉜다. 미술 사조라고 알려진 바로크나 로코코, 낭만주의, 사실주의, 인상주의 등은 모두 르네상스 시대 이후의 이야기이다. 즉 미술 사조란 누군가가 미술 그 자체를 즐기기 시작하면서 나타난 것이다.
>
> — 허진모(2016) 『휴식을 위한 지식』

> 그리스 시대는 미술사에서 원시시대와 고대문명 시대를 거쳐 수천 년을 내려오던 미술의 개념이 처음으로 바뀐 시기이다. 회화와 조각이 기록과 종교, 주술의 수단이 아닌 자유의지로 미美를 추구하는 예술로 바뀐 것이다. 지금 우리의 관점에서는 대단해 보이기는커녕 사소하고 당연한 것으로 보이겠지만, 미에 대한 인간의 의식변화에는 수천 년의 시간이 걸렸다. 바로 그리스의 예술가들이 이른바 '위대한 각성'을 했던 것이다. 예술의 역사상 가장 중요한 변화라고 불리는 이 깨달음은 그리스 미술을 미술사의 원류로 만들어 놓았다.
>
> — 허진모(2016) 『휴식을 위한 지식』

중세미술(3세기-15세기)

초기 기독교 미술	카타콤천장화, 바실리카 건축
비잔틴 미술	소피아 대성당, 산비탈레 성당 벽화, 모자이크
로마네스크 미술	생 새르냉 대성당, 피사 대성당
고딕미술	노트르담 성당, 밀라노성당, 고딕양식

기독교를 중심으로 전개된 중세 미술에서 화가들은 교회 건축 공사에 고용된 기능인에 불과했다. 중세미술을 대표하는 것은 고딕양식이었다. 화가들은 국경을 초월한 인적 교류를 통해 공간적 일체감을 심기 바빴다. 그 결과 유럽 전역은 지역적·민족적 특성을 떠나 고딕 양식의 물결에 휩쓸리게 되었다.

> 파괴의 시기에 성(城)과 대저택 같은 세속적인 건축과 그 안에 있던 미술이 사라지는 동안 교회와 수도원 같은 건축물과 그곳에 보존되어 있던 작품들이 살아남게 된 것도 미술이 크리스트교의 영향을 받을 수밖에 없는 이유였다. 이렇게 중세의 미술은 크리스트교라는 종교적 이념에 가장 충실한 수단으로 활용된다.
> 중세 미술 사조를 한마디로 표현하면 신전미술에서 교회미술로의 변화라고 할 수 있다. 이유는 이미 앞에서 설명한 로마 멸망 이후의 역사적인 배경에 있다. 그리스 미술이 인체의 아름다움을 어떻게 표현하는가에 중점을 두었다면 중세미술은 성경의 내용을 어떻게 잘 전달할 것인가에 중점을 두었다. 그래서 작품 자체가 갖는 가치보다 작품이 전달하려는 내용이 무엇인지가 관심사였다.
> 　　　　　　　　　　　　　　　　　　　　　　　　　— 허진모(2016)『휴식을 위한 지식』

르네상스 미술 (14세기-16세기)

레오나르도 다빈치 <모나리자>
15세기경, 유화, 77×53cm,
파리 루브르 박물관

레오나르도 다빈치(1452~1519 이탈리아)	<모나리자>, <최후의 만찬>
미켈란젤로(1475~1564 이탈리아)	<천지창조>, <최후의 심판>, <피에타>, <다비드 상>

라파엘로(1483~1520 이탈리아)	<아테네 학당>
엘 그레코(1541~1614 그리스)	<성 누가>
뒤러(1471~1528 독일)	<모피를 입은 자화상>, <동방박사의 경배>
보티첼리(1445~1510 이탈리아)	<비너스의 탄생>
티치아노(1485년~1488 이탈리아)	<남자의 초상>

르네상스 미술은 경제적 안정 속에서 인간이 자아에 새롭게 눈 뜬 시기에 창조적 복고주의를 활성화한 것이었다. 신 중심의 세계관에서 탈피해 이성중심의 인간적 가치를 추구한 시대의 미술인만큼 중세 미술에 비해 활기차고 자유로웠다. 초기의 화가들은 실제적이고 객관적 묘사로 정확성에 치중했으나, 전성기에는 조화와 균형이라는 미의 이념이 이상적으로 구현되었다.

티치아노의 초상화는 자신 이전의 초상화와는 다른 영역을 개척한 것으로 평가 받는다. 우선 그의 초상화의 특징은 두 가지로 말할 수 있다. 첫째는 생동감, 둘째는 자연스러움이다. 초상화의 역사를 놓고 봤을 때 티치아노 이전과 달리 이후의 가장 큰 차이점은 인물에 힘이 들어가 있지 않다는 것이다. 그의 그림에 등장하는 인물들은 '이런 자세를 취해야 한다.'는 강박에서 해방된 듯 편안해 보인다. 자유로운 자세와 표정, 그리고 편안한 팔과 손, 그런 자유로움에서 비롯된 숨 쉬는 듯 생동감이 티치아노의 초상화를 최고의 상품으로 만든 것이다.

― 허진모(2016) 『휴식을 위한 지식』

16세기의 피렌체와 베네치아는 각각 다른 화풍을 지향했다. 피렌체는 회화의 시작인 드로잉에, 베네치아는 색채에 가치를 두고 대립적인 관계에 있었던 것이다. 이 대립구도는 후세에도 자주 나타나게 되는데 드로잉과 색채 중 어디에 더 가치를 두느냐에 따른 결과이다.

― 허진모(2016) 『휴식을 위한 지식』

예술에서 르네상스라고 불리는 시기가 도래했던 가장 큰 이유는 경제적인 안정에서 비롯된 사회정치적인 변화에서 찾을 수 있다. 당시 유럽은 십자군 전쟁의 영향으로 교회의 세력이 약해졌을 때였다. 더구나 이탈리아에는 통일된 정치세력이 없었고 상공업과 무역의 발달로 이탈리아의 도시국가들은 엄청난 부를 축적하게 된다. 그 중에서 피렌체나 베네치아는 더욱 두각을 나타냈다. 그런 이유로 미술계에도 많은 돈이 유입되었고 재력을 갖춘 사람들이 과거 왕족과 귀족들의 전유물이었던 초상화의 고객이 되면서 화가가 돈이 되는 직업으로 떠올랐다. 르네상스의 발생은 초상화의 부흥과 함께 시작되었다고 해도 과언이 아니다.

― 허진모(2016) 『휴식을 위한 지식』

바로크 미술·로코코 미술(16세기-19세기)

렘브란트 <돌아온 탕자>
1668~1669년, 264.2×205.1cm,
유화, 러시아 상트페테르부르크
에르미타슈미술관

바로크 미술	카라바조 (1573~1610 이탈리아)	<홀로페르네스의 목을 치는 유디트>
	렘브란트 (1606~1669 네덜란드)	<돌아온 탕자>
	베르메르 (1632~1675 네덜란드)	<진주목걸이를 한 소녀>
로코코 미술	와토 (1684~1721 프랑스)	<불카누스의 대장간>
	부셰 (1732~1806 프랑스)	<전원생활의 즐거움>
	장 시메옹샤르댕 (1699~1779 프랑스)	<차 마시는 여인>

르네상스 후기에 바로크미술이 등장, 조화와 균형미에 반대해 감성적이고 장식적인 측면이 강한 미술 풍조를 펼친다. 과장되고 강렬하며 화려함과 과감함이 특징이었다. 한편 남성적인 바로크 미술에 비해 섬세하고 경쾌한 로코코 미술은 꽃무늬가 요란한 벽지를 연상케 하는 것이 특징이었다. 로코코미술의 유약하고 감상적이며 여성적인 퇴폐미에 대한 저항에서 신고전주의가 시작되었다.

근대미술(19-20세기)

빈센트 반 고흐 <해바라기>
1888년, 91×72cm, 유채,
뮌헨 노이에 피나코텍

신고전주의	다비드(1748~1825 프랑스)	<소크라테스의 죽음>
	앵그르(1780~1867 프랑스)	<그랑 오달리스크>
낭만주의	제리코(1791~1824 프랑스)	<메두사호의 뗏목>
	고야(1808~1926 스페인)	<검은 그림>
	들라크루아(1798~1863 프랑스)	<카오스 섬의 학살>
	블레이크91757~1827 영국)	<태초의 날들>
사실주의	밀레(1814~1875 프랑스)	<저녁 종>, <이삭줍기>
	쿠르베(1819~1877 프랑스)	<오르낭의 매장>
	도미에(1808~1879 프랑스)	<삼등열차>, <돈키호테와 산초 판자>
인상주의	마네(1832~1883 프랑스)	<풀밭 위의 점심식사>, <올랭피아>
	모네(1840~1926 프랑스)	<해돋이>, <수련>
	르누아르(1841~1919 프랑스)	<목욕하는 여인들>
	세잔(1839~1906 프랑스)	<카드놀이 하는 사람들>
	고갱(1848~1903 프랑스)	<자화상>, <타히티의 여인들>
	고흐(1853~1890 네덜란드)	<해바라기>, <자화상>

프랑스 로코코미술의 유약하고 감상적이며 여성적인 퇴폐미에 대한 저항에서 시작된 신고전주의는 이성적이며 강인한 남성적인 모습으로의 회귀를 추구하였다. 그러나 고대를 모방하고 재현하려고 했을 뿐 작가의 주관적 창조에 소홀한 화풍에 대한 반발로 낭만주의가 등장했다.

낭만주의는 작가의 주관과 감성, 자유로운 상상과 환상의 세계, 강렬한 내면세계를 표현하였다. 후기근대미술은 사실주의와 인상주의로 대표되는데 낭만주의의 극적이고 과장된 미적 양식에 대한 저항으로부터 사실주의 화풍이 시작되었다. 사실주의는 작품의 대상을 선정함에 있어서 일상적 현실과 부합하는 사실성을 바탕으로 하고 그 실상을 묘사하는데 치중했다. 한편, 뒤에 등장하는 인상주의는 사실주의가 민중의 가난과 노동의 고통을 표현하려는 이념적 측면이 강한데 반해 관념이나 이념이 배제된 순수한 순간적 인상을 즉흥적으로 포착하려고 하였다.

어려운 가정환경에서 자란 들라크루아는 미술을 배우기 전에 고전문학에 대한 교육을 받았다. 이것은 그의 예술의 씨앗이 되었고 그 후로도 프랑스를 벗어나 독일, 영국 등 유럽문학으로 그 범위를 넓혔다. 실제로 그는 그림을 그리는 틈틈이 문학 작품을 쓰려고 노력했다. 그리고 외교사절단의 일원으로서 반 년 간 모로코와 알제리를 여행했던 경험이 큰 영감을 주었다. 이 여행 이후 나온 이슬람문화에 대한 작품들은 후대에 큰 영향을 끼치게 된다.

들라크루아의 작품들은 문학을 담고 있기 때문에 보는 재미 못지않게 이야기를 듣는 재미가 있다. <민중을 이끄는 자유의 여신>, <돌진하는 아랍 기병대>, <천사와 씨름하는 야곱> 등의 작품은 아이들에게 여러 가지 이야기를 들려주는 좋은 소재이다.

— 허진모(2016)『휴식을 위한 지식』

블레이크는 정규교육을 받지 못하다가 20살이 넘어서야 왕립 미술 아카데미에 입학했다. 물론 아카데미즘에 대한 반발이 있었기 때문에 학교생활은 짧게 끝난다. 하지만 그는 뛰어난 인문학적 소양을 가지고 있었다. 그가 어디서 그런 소양을 얻게 되었는지 구체적으로 알려진 바는 없지만 그는 문학작품의 삽화를 남기고 직접 문학작품을 썼다. 단테의 신곡, 성경의 장면, 그리고 각종 시집과 문집에 들어가는 삽화들을 그렸다. 삽화는 특성상 출판을 위한 판화의 형식을 취해야 하기 때문에 그는 자연스럽게 판화가로서 더 많은 작품을 남기게 되었다. 당대에 그는 그림이 아닌 글로써 좀 더 인정을 받았던 것으로 보인다. 그는 20대 중반 시집을 출간한 이후로 끊임없이 글을 썼다. 물론 자신의 시집에 들어가는 모든 삽화를 스스로 그렸다. 그의 시는 애플의 창업자 스티브 잡스가 영감을 얻는 원천이라고 해서 주목 받기도 했다.

— 허진모(2016)『휴식을 위한 지식 』

낭만주의Romanticism는 감성感性을 중요시한다. 감성과 함께 상상, 함축이 두드러지는 미술 사조이다. 아마 감성과 상상까지는 동의하는 사람도 '함축'에 대해서는 갸우뚱할지 모르겠다. 그러나 이것은 극히 당연한 것이다. 낭만주의 화가들은 자신의 그림에 여러 가지를 담았기 때문이다. 신고전주의가 어떠한 사건에 대한 사실적인 묘사를 했다면 낭만주의는 화가의 상상과 함께 사회에 대한 메시지를 담기도 했던 것이다. 낭만주의는 신고전주의에 대해 저항과 계승의 양면적인 성격을 띠었다. 꼬리를 물되 아프게 물었던 것이다. 대표적으로 제리코의 <메두사호의 뗏목>이나 들라크루아의 <민중을 이끄는 자유의 여신>, 그리고 고야의 몇몇 작품들을 보면 의미가 명확해진다.

— 허진모(2016) 『휴식을 위한 지식』

사실주의 화가들은 작품활동의 원천은 자신의 삶과 경험에서 나와야 한다고 생각했다. 모든 시대에 새롭게 등장했던 화풍들은 대부분 사실성을 강조하면서 나타났다. 고대에는 그리스 미술이, 중세 미술에 대해서는 르네상스 미술이, 바로크나 로코코에 비해서는 신고전주의가 '이게 더 사실적이지 않은가'하면서 태동했다. 각각은 기술적 측면에서의 시사성, 인간적인 관점에서의 사실성, 표현방법에서의 사실성을 강조했다. 그래서 사실주의라고 하는 말은 모든 미술 사조에서 조금씩 존재하던 잠재된 유전자였던 것이다.

 그러나 현대에서 정의하는 사실주의Realism는 1855년부터 시작된다. 1855년은 파리에서 만국박람회가 개최된 해였다. 사실주의는 당시의 주류 미술의 상징인 '살롱 전'에 입성하지 못한 쿠르베가 1855년 개인 전시회를 열면서 사용한 말이다. 미술사에 있어서 중세를 마감시킨 것이 르네상스라면 르네상스부터 시작된 또 다른 미술의 시대를 끝낸 것이 사실주의이다. 미술사에서는 이 시점부터 모더니즘Modernism 미술이 시작되었다고 하는데 사실주의는 모더니즘 미술의 시작이다. 또한 사실주의는 민중성의 특징을 가짐으로써 공산주의 미술이라는 이념논쟁에 휘말리기도 했다.

— 허진모(2016) 『휴식을 위한 지식』

인상주의Impressionism는 어떤 의미에서 사실주의라고 볼 수 있다. 사실주의Realism의 '사실'은 현실現實을 의미한다. 현실이라는 것은 그 시대 사람들의 실제 삶. 이전의 그림에서 보이는 무언가는 다른 각박하고 힘겨운 진짜 삶을 표현하는 것이다. 현실에서 존재하지 않는 상상물이 아닌 눈앞의 현실을 표현한 것이 사실주의이다. 그래서 사실주의 작품을 보고 있노라면 '그래, 이것이 진짜 삶이지'라는 생각이 든다.

 반면 인상주의는 생물학적인 눈에 보이는 자연현상을 그대로 옮기는 것이다. 또 다른 말로 하자면 광학적 사실주의를 말한다. 예를 들면 빨간색 장미가 있는데 그 장미가 아침햇살을 받았을 때와 석양에 비추어졌을 때 선명한 빨간색이 아니라 다르게 보이는 것을 포착하는 식이다. 즉 자연 조명이 달라졌을 때를 시시각각으로 표현하는 것이다. 그래서 사실주의는 철학적 현실주의, 인상주의는 광학적 현실주의라고 말할 수 있다. 또한 사실주의가 직접 경험한 것이 아니면 그리지 않았던 것처럼 인상주의는 소재素材, 대상이 앞에 있지 않으면 그리지 않았다. 인상주의 화가들은 실내가 아닌 실외에서, 폐쇄된 아틀리에의 조명이 아닌 자연광 아래에서 작업을 하게 되었다. 그래서 그들을 외광파 外光派, Pleinairisme라고도 불렀다.

— 허진모(2016) 『휴식을 위한 지식』

현대미술(20세기 이후)

파블로 피카소 <게르니카>. 1937년. 349×776.6cm. 유채. 레이나 소피아 국립미술관

피카소 (1881~1973 스페인)	<게르니카>, <아비뇽의 처녀들>	큐비즘
뭉크 (1863~1944 노르웨이)	<절규>	표현주의
칸딘스키 (1866~1944 러시아)	<청기사>, <말을 탄 연인>	
마티스(1869~1954 프랑스)	<모자를 쓴 여인>	야수파
클림트(1862~1918 오스트리아)	<처녀>, <다나에>, <유디트>	
모딜리아니91884~1920 이탈리아)	<소녀의 누드>	
샤갈(1887~1985 러시아)	<곡예사>, <사랑하는 연인들>	
달리(1904~1989 스페인)	<기억의 지속>	초현실주의

　현대미술은 야수파·다다이즘·초현실주의·표현주의·입체파 등 규정하기 어려운 다양성과 독창성을 발휘, 강박적 새로움을 추구한다. 큐비즘(cubism)으로 불리는 입체파 운동은 피카소가 1907년 대담한 색채와 면을 구성을 보여주는 <아비뇽의 처녀들>을 제작하면서부터 본격적으로 시작되어, 들로네·피카비아·브랑쿠시·아르키펜코 등이 뒤를 이었다. 대상을 분해하여 재구성하는 것이 특징이다.

　초현실주의 미술은 앙드레 브르통의 초현실주의(Surrealism)이론을 미술에 적용해 몽환적인 그림세계를 펼쳤다. 대표적 화가로는 살바도르 달리(Salvador Dali)가 있다. 이들 초현실주의 화가들은 과학적이고 합리적이기보다는 무의식의 정신세계를 탐구하고 설명하는데 관심을 두었으며 실제로 꿈이나 무의식의 상태에서 그림의 영감을 얻었다.

　표현주의(Expressionism)미술은 20세기 초 독일에서 일어난 사조로 주관적 표현을 최

우선시하며 선에 의한 색채, 형태의 과장을 통해 작가의 내면세계를 표현하였다. 야수파 역시 현대 미술의 특징인데 순수한 색채의 고양(高揚)에 기초를 두고, 외부 세계를 화면에 재현하기보다 화폭을 자기 해방의 장소로 생각하고 색과 형상의 자율적인 세계를 창조하려 한 점에서 예술적 혁명이었다.

나아가 그림의 대상을 그림에서 제거하는 추상미술 기법이 종전의 구상미술과 구분되어 추상표현주의라는 명칭으로 현대미술을 주도하기에 이른다. 한편 미술의 주체를 변화시킴으로써 새로움에 대한 욕구를 실현하기 위해 그동안 그림 밖에 머물던 화가를 직접 그림 속으로 끌어들이기도 하는 등 예술의 대상과 주체를 변화시킨 다양한 퍼포먼스와 행위예술 등이 등장하고 있다.

인상주의 이후로 미술의 사조는 정신없이 복잡해진다. 그만큼 개성이 강해지고, 또 그런 개성을 드러내는 데 자유로운 분위기가 된 것이다. 20세기에 들어서 프랑스에서만도 온갖 '주의'들이 난립하게 된다. 그럴듯한 '–ism'을 내세운 잡지만도 수백 종이었다. 그중에서 살아남아 현재에 이르게 된 것은 몇 개 되지 않는다. 야수주의Fauvism, 입체주의 Cubism, 다다이즘Dadaism, 초현실주의 Surrealism, 미래주의Futurism 정도만 알아도 현대미술을 이해하는 데는 어려움이 없을 것이다.
— 허진모(2016) 『휴식을 위한 지식』

샤갈은 입체주의에 머물지 않고 곧장 독창적인 특징을 만들어내는데 오르피즘Orphism이라는 생소한 사조에 더 가깝다고 보는 시각도 있다. 오르피즘Orphism이란 20세기 초반에 등장한 사조로서 서정적이면서도 역동적인, 그러면서 미래지향적인 성격도 가미된 것을 말한다. 샤갈의 화풍 변화를 보면 입체주의적인 공간 나누기가 들어간 추상화와 수채화적인 색감을 보여주는 시기를 거쳐 현실을 은유적으로 표현하는 방식을 취하기도 한다. 하지만 대체로 그는 화려한 색채로 환상적인 공간을 보여줌으로써 메시지의 호소력을 더했다. 그 결과 그에게는 현대 추상화의 선구자라는 칭호가 붙었다.
— 허진모(2016) 『휴식을 위한 지식』

칸딘스키는 음악과 문학, 시에 조예가 깊었다고 한다. 정말 다재다능했다. 그 중에서도 음악은 그의 회화에 지대한 영향을 미쳐 후기의 모던한 작품에서는 음악적인 요소를 쉽게 찾을 수 있다. 또한 현대 회화에 많은 영향을 끼친 예술이론가로도 이름이 높은데 그런 능력을 인정받아 1922년에는 독일 바우하우스의 교수로 초빙되어 10년을 머물렀다. 그 시기 독일의 건축가와 미술가들과 교류하면서 모던한 디자인의 회화이론과 건축이론을 완성해 나갔다. 이것은 그의 논문 '점, 선, 면(Point and Line to Plane)에 잘 나타난다.
— 허진모(2016) 『휴식을 위한 지식』

III 다시 보기

바로 보기

1 예술은 인류의 기원과 동시에 시작되었다.

2 인류사에서 예술은 음악, 미술, 문학의 순서로 발달하였다.

3 예술은 외부세계의 표현에서 시작해 내면세계의 표현으로 그 영역을 넓혔다.

4 예술은 각 장르 간 상호작용을 통해 문예사조를 공유해 왔다.

5 예술가는 독자를 통해 그 생명을 지속한다.

거꾸로 보기

1 예술은 문명의 발달에 따라 점점 장르가 많아지고 복잡해진다. 그러나 다양성에 비해 질적 향상은 뒤따르지 못한다.

2 현대미술이 고대미술보다 수준이 높아졌다고 볼 수만은 없다.

3 예술은 새로운 것에 대해 갈망한다. 새로운 것이 없을 때 예술은 침체된다. 예술이 침체되면 사회도 활기를 잃는다.

4 이 세상에 진정한 창조가 가능할까?

5 예술에서 남다른 것은 대체 무엇일까?

새롭게 보기

1 천재는 특히 예술계에서 많이 출현했다. 이는 타 장르에 비해 직접적 표현에 대한 욕구가 강한 예술의 속성상, 예술가들이 자신의 재능을 밖으로 빨리 표출한 데 기인한 것으로 볼 수 있다.

2 예술은 정상적 사고로 비정상의 세계를 추구한다. 그러나 그것은 비정상인 현실세계를 정상적인 세계로 돌이키는 환원 작업을 의미한다.

③ 예술의 가치는 남녀가 사랑하고, 꽃을 보며 아름답다고 느끼는 한 계속될 것이다.

④ 예술은 인간에게 내재된 벅찬 생명력의 참모습이다.

⑤ 단순한 외부세계의 표현 속에도 작가의 내면의 일부가 숨어있다.

함께 읽으면 좋을 책

 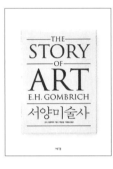 

① 서양미술사 (예경)

② 서양음악사 (이앤비플러스)

③ 예술이란 무엇인가 (문예출판사)

문학치유적 독해

음악회에서 앙코르 연주까지 감상하고도 좀처럼 발걸음이 떨어지지 않는 감동은 여전히 반복되고 있다. 젖먹이에게 자장가를 들려주기 시작한 것은 언제부터일까. 이제 수목이나 젖소에게 모차르트나 바흐의 음악을 들려주는 것은 낯설지 않은 풍경이다. 이는 음악이 인간과 자연에 선물하는 생명찬가다. 인간이 창조한 음악이 인간과 더불어 자연에까지 그 위력을 발휘하는 것이다.

음악은 인간의 순수한 감정을 표현한다. 단순한 표현이 아니라 감정을 가다듬고 어루만지고 정화해서 아름답게 표현한다. 그러기에 작곡가는 작품의 완성 과정에서 자신도 모르게 내면의 잡념을 씻어낼 수 있다. 그리고 그가 만든 작품 속에는 정화의 효능이 담겨져 있다.

미술은 내면의 실상을 재현해 내기에 직접적이면서도 은유적으로 해석된다. 그림을 통해 환자의 심리를 파악하고 치유하는 미술치료는 정신병원이나 통합문학치유방법의 하나로 원용되고 있다. 우리는 그릴 때 뿐 아니라 다른 화가의 그림을 감상하며 감동을 받기도 한다. 미술과 심리학의 결합인 미술치료는 말이나 글로 표현하기어려운 내면세계를 미술을 통해 형상화한다. 내면의 상처를 밖으로 끌어내 해소하여정서적 안정을 취하는 것이다. 자신의 고민에 대해 털어놓기를 꺼려하는 경우에도 미술은 창작 활동을 통해 자연스럽게 그 실상을 표출하게 하는 동력이 되기도 한다.

우울증, 외상 후 스트레스 증후군, 사회적 적응이 어려운 정서적 결함을 대상으로하는 미술치료는 놀이치료, 음악치료와 함께 흔하고 유용하게 시도되고 있는 심리치료의 중요한 방법 중 하나다. 한편 신경증이나 발달장애 등 내면적 고통이나 상처를치유 해 온 미술치료는 그 영역을 확대해 통상의 사회적 부조화나 교육, 일반인의 인격 관리, 자신감 고취 등에도 적용하고 있다. 그 대상도 아동에서 성인으로 확산되고있다.

❶ 최근에 본 그림 중 기억에 남는 작품은 어떤 것인가?

❷ 좋아하는 그림 다시 보고 소감 쓰기

07

과학문명과 정신문화

과학을 읽다

Chapter

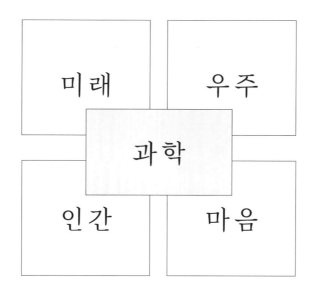

미래 우주

과학

인간 마음

ROLAND BARTHES / DONALD JOHANSON / STEVEN MITHEN
JARED DIAMOND / KAREN ARMSTRONG / ARISTOTELES
ISAAC NEWTON / IMMANUEL KANT / LUDWIG WITTGENSTEIN
ITALO CALVINO / GALILEO GALILEI / CARL SAGAN
STEPHEN HAWKING / GEORGE ORWELL / ERNST MAYR
CHARLES DARWIN / RICHARD DAWKINS / YUVAL NOAH HARARI
PRIMO LEVI / RODOLFO R. LLINÁS / FRANCIS CRICK
PAUL THAGARD / SAM HARRIS

과학을 읽다

누 구 나 과 학 을 통 찰 하 는 법

한국출판문화산업진흥원
2016년 우수출판콘텐츠
제작지원사업 선정작

정인경 지음

여문책

미리 보기

『과학을 읽다』를 읽는 다섯 개의 코드

1 과학문명의 명암
2 문명의 위기
3 과학문명의 불평등 구조에 대한 비판적 성찰
4 인간을 위한 과학
5 이성과 감정의 조화

아인슈타인과 노벨

아인슈타인은 원래 평화주의자였으며 사회주의에 가까운 진보성향을 지니고 있었다. 그러나 그는 제2차 세계대전이 일어나자 미국의 대통령 루스벨트에게 원자폭탄 개발을 주문한다. 독일이 원자폭탄을 개발 중에 있으니 독일을 제압하기 위해서는 그보다 먼저 개발해야 한다는 위기의식에서였다. 그러나 결과적으로는 원자폭탄을 사용하지 않은 채 독일을 격침시켰고, 원자폭탄은 아인슈타인의 의사와는 상관없이 일본의 히로시마에 투하된다.

아인슈타인이 원자폭탄 개발을 주장한 것은 공격이 아니라 방어를 위해서였다. 세계 평화를 위해서는 독일이 원자폭탄을 제조하는 것을 막아야 한다고 생각했기 때문이었다. 만약 히틀러의 손에 원자폭탄이 쥐어졌다면 그 결과가 어찌 되었을까 상상하면 아인슈타인의 심정이 충분이 이해된다. 그랬기에 나중에 독일이 실제로는 원자폭탄을 개발하지 않았다는 사실을 안 아인슈타인은 때늦은 후회를 해야 했다. 그리고 그 가공할 살상 무기가 사용될 때 자신의 의사 따위는 전혀 반영될 수 없다는 사실을 깨달아야 했다. 노벨 역시 자신이 만든 화약이 폭탄으로 사용되는 것을 알고

몹시 괴로워했다고 한다. 그리고 속죄 차원에서 전 재산을 세계에 환원해 노벨상을 제정했다.

과학은 사실을 바탕으로 사물의 실체를 파악하는 데 집중한다. 그런데 여기에 그치지 않고 사실을 참으로 받아들임과 동시에 그것을 함께 해석하고 공유하는 공동체적 역할이 필요하다. 이른바 토마스 쿤의 과학 이론이다. 여기에서 한 걸음 더 나아가 과학이 단순한 학문 공동체 뿐 아니라 사회 공동체로서의 기능에 충실할 때만이 비로소 그 참다운 가치를 인정받는다.

인류 역사는 과학자의 의사와 달리 문명의 이기가 인류의 생명을 해치는 흉기로 돌변하는 경우를 무수히 실증해 왔다. 특히 현대에 들어와 그 폐해는 점차 심각해지고 있다. 그러기에 과학자는 자신의 연구 결과가 세상에 미칠 영향에 대해 신중히 판단해야 한다. 과학자는 연구와 더불어 그 결과에 대해서도 무한 책임을 져야하기 때문이다. 과학자는 물론 과학을 생활에 활용하는 자들에게도 남다른 사회 윤리가 요구되는 까닭이 여기에 있다.

식량 생산이 독립적으로 발전한 곳은 세계의 몇 지역에 불과했으며 그나마도 각각 시기가 크게 달랐다. 일부 이웃 지역의 수렵 채집인들은 그 같은 핵심 지역의 식량 생산자들로 교체되었으며, 역시 각각의 시기는 크게 달랐다. 마지막으로, 일부 지역의 사람들은 생태학적으로 식량 생산에 적합한 곳인데도 선사 시대에 농업을 시작하지도 습득하지도 못했다. 근대에 와서도 바깥세상의 물결에 휩쓸릴 때까지 수렵 채집민의 생활을 고수했다. 그리하여 식량 생산을 일찍 시작한 지역의 민족들은 총기, 병원균, 쇠를 발전시키는 방향으로도 일찍 출발한 셈이었다. 그 결과는 역사의 유산자와 무산자 사이의 수많은 충돌이었다.

– 제레드 다이아몬드(2005) 『총, 균, 쇠』

우주 속의 인간

<과학을 읽다>에서 정인경은 빛은 분명히 있는데도 그 형체를 알 수 없다고 한다. 빛뿐이 아니다. 공기가 그렇고 인간의 마음도 마찬가지다. 그런데 이들에게는 공통점이 있다. 이것이 없이는 우주가 존재할 수 없고 생명체의 삶이 불가능하다는 점이다.

보이지는 않지만 보이는 것들보다도 더 막중한 가치를 지닌 것들에 의해 지상의 삶이 유지되는 것이다. 그런데도 인류는 보이는 것들에게만 정신을 빼앗긴 채 보이지 않는 것들의 가치는 망각하기 일쑤다.

저자는 또 다윈의 학설을 빌려 지상의 모든 생명체가 공통의 조상에서 진화하며 분화된 것이라고 한다. 그리고 분자생물학의 DNA는 이 사실을 증명하고 있다고 덧붙인다. 우주의 생명체가 하나의 조상을 모태로 한다는 것은 인류가 인간 중심의 사고방식에서 벗어나야 함을 의미한다.

그렇다고 이것이 결코 인간 가치의 하락은 아니다. 오히려 인류가 오랜 착각에서 깨어나 자신의 본질을 깨달은 축복일 수 있다. 현대인들은 인간중심 사고의 풍조 속에서 1,2차 세계대전이 일어나 지구촌을 재앙에 빠뜨린 아이러니를 기억한다. 인간중심 사고는 인류의 관심과 욕망이 인간에게 집중되게 해 인간끼리의 이해 다툼을 부추긴다. 따라서 인간이 인간을 제재하고 징벌하는 상황에 이르기 쉽다.

여기에서 다윈은 획기적 해결책을 내놓는다. 물론 그동안 많은 지성들이 우주 자연과의 공존을 줄곧 외쳐 왔다. 그런데 다윈은 보이지 않는 윤리적 명제가 아니라 눈에 보이는 생물학적 이론을 토대로 제시한 것이 다르다. 인간이 원숭이는 물론 미물과도 한 종이라는 유전학적 근거를 통해 인간의 본질을 일깨워 주었기 때문이다. 다윈은 인간이 인간 중심의 협소한 오만에서 탈피해 우주 자연과 하나가 되는 이정표를 뚜렷이 그려준 것이다. 이는 인간만이 특별히 선택된 존재라는 허구의 세계에서, 인간도 우주적 존재의 하나라는 진리의 세계로 나아감을 말한다.

칼 세이건도 『코스모스』에서 우주적 존재로서의 인간적 가치를 부각시키고 있다. 그는 삶의 가치를 높이는 데 과학을 활용할 것을 주장한다. 그리고 인간이 목숨을 걸고 지켜야 할 가치가 '지구의 생명'이라고 말 한다. 지구의 생명을 인간의 생명과 동일시 해 인간의 존재를 우주적 차원으로 확장한 것이다. 이는 인간이 인간 중심 사고에서 벗어나 우주적 존재로 재편성되는 것을 말한다. 다시 말해 우주의 무한한 은혜에 대한 깨달음에 이르는 것을 의미한다.

그러기에 칼 세이건은 인간이 지구를 사랑하고 지구에 충실할 것을 역설한다. 과학을 삶의 가치 창출의 차원에서 바라 본 것과 같은 맥락이다. 칼 세이건은 과학이 우주적 존재로 새롭게 태어난 인간의 삶의 질을 높이는 데 기여해야 한다고 강조한다. 이는 지금까지 문명의 발달에만 몰두해온 과학의 방향을 새롭게 설정한 점에서 미래 과학의 효시로 볼 수 있다.

인류의 과학문명에 대한 성찰

이성의 시대와 철학의 무기력

세계 역사에서 르네상스 이후의 세기를 이성의 시대로 부른다. 신으로 부터의 예속에서 벗어나 인간중심의 자유와 권리를 추구한 시기다. 이때의 인간중심 시대는 이성중심 시대를 의미했다. 이성은 신성을 대신한 새로운 대안으로 자리 잡았다.

그리고 계몽주의와 이성중심의 철학사상이 주류를 이룬 이 무렵, 서구에서는 데카르트(1596~1650) · 스피노자(1632~1677) · 로크(1632~1704) · 흄(1711~1776) · 라이프니츠(1646~1716) · 루소(1712~1778) · 칸트(1724~1804) 등 쟁쟁한 지성들이 활약했다. 특히 독일은 근대 철학의 본거지였다. 마치 세계의 지성들을 한 데 집결해 놓은 듯했다. 피히테(1762~1814) · 헤겔(1770~1831) · 셸링(1775~1854) · 쇼펜하우어(1788~1860) · 포이어바흐(1804~1872) · 마르크스(1815~1883) · 니체(1844~1900) · 프로이드(1856~1939) · 야스퍼스(1883~1969) · 하이데거(1889~1976) · 아도르노(1903~1969) · 한나 아렌트(1906~1975) · 하버마스(1929~) 등이 그 대표적 지성들이었다.

그런데 그 독일이 두 차례의 세계대전을 일으킨다. 그리고 인간의 이성으로는 용납하기 어려운 만행이 저질러진다. 세계적 지성들이 저마다 이성의 가치를 드높여 온 나라에서 가장 반이성적인 전쟁을 거듭해서 일으킨 것이다. 그러나 전쟁의 참상을 목격한 이후 탄생한 현대철학도 이 부분에 대해 명확한 설명을 해 주지 않는다. 철학이 전쟁과 만행의 억제에 별 다른 역할을 하지 못했다는 자괴감만 심어주었을 뿐이다. 그 배경과 원인을 경제 사회적 혼란과 독점자본의 정략에 의한 재앙으로 단순화 하는 것 또한 지성의 정치 사회적 역할에 대한 회의만 더해줄 뿐이다. 그렇다고 고대철학자나, 중세의 종교지도자들에게 거슬러 올라가 그 요인을 되물을 수도 없다. 그들 역시 전쟁의 참상과 죄악에 대해 누누이 일러 온 원론적 메시지를 반복할 수밖에 없기 때문이다.

1, 2차 세계대전과 과학문명

과학은 철학에 비해 보다 구조적이고 정밀한 이성적 관찰을 수단으로 한다. 르네상스 이후 이성중심의 시대와 맞물려 산업혁명과 대항해 시대가 닻을 올리고, 과학은 획기적인 발전을 한다. 그리고 이어서 1, 2차 세계대전이 일어난다. 현대사의 새벽을 연 두 차례의 재앙은 최신 과학무기의 실험장이었다. 그런데 군사무기의 발명은 과학의 몫이었다. 이를테면 1, 2차 세계대전은 과학과 자본, 정치적 욕망이 결합한 범죄였다. 따라서 전쟁의 책임을 묻는 데 있어서 과학도 자유로울 수 없었다.

다 같이 이성을 담보로 하지만 철학과 과학의 입장은 뚜렷이 달랐다. 철학은 공허한 외침일망정 끊임없이 평화와 자유의 가치를 역설해 왔다. 반면 과학은 신무기를 다투어 개발해 전쟁의 승패를 가르는 공을 세운다. 철학은 가공할 재앙 앞에 대응할 방법이 없어서 무기력할 뿐이었지만 과학은 그 세계적 재앙에 직접 참여해 혁혁한 공을 세운 것이다. 철학과 마찬가지로 과학도 이성의 산물이다. 일부 감정적 욕구에서 출발했다 해도 연구하는 동안은 철저히 감정이 배제된 고도의 이성적 계산과 사고, 분석, 실험에 의해서만 원하는 결실을 맺을 수 있기 때문이다. 그런데 고도의 이성적 판단을 수단으로 하는 과학이 가장 반이성적인 재앙을 일으키는 데 결정적 기여를 한 것이 현대사의 비극인 것이다.

1974년 7월 26일, 분자 생물학계의 지도급 과학자 11명이 동료들에게 위험성이 높은 DNA 재조합 실험을 중단하고 이와 관련된 안전 문제를 토의할 것을 요청하는 공개서한을 발표하였다. 뒤이어 1975년 2월 캘리포니아 아실로마에서 개최된 회의에서는 17개국에서 140명의 생물학자들이 참석해 DNA 재조합 실험에 따르는 환경 보건적 위험에 대해 논의했다.

— 제레미 리프킨(1999) 『바이오테크 시대』

이성과 감성의 조화

이성은 합리적일 때 그 가치를 인정받는다. 여기에서 합리적이라는 말은 사회적으로 건강한 보편성을 지니고 있음을 의미한다. 맹자의 측은지심, 불교의 대자비, 기독교의 사랑, 소크라테스의 도덕, 프랑스혁명의 박애는 하나같이 인류를 위한 불변의 메시지로 읽힌다. 그런데 이 모두는 인간이 기본적으로 품고 있는 감정에 속한다. 다만 합리적 이성에 의해 도출된 점이 다른 감정과 다를 뿐이다.

그동안 이성은 인간의 본능을 억제하고 순하게 다스리는 도구로 기능해왔을 뿐 인간의 다양하고 섬세한 감정에 대한 배려에는 인색했다. 이성중심의 사고는 과학적 인식과 분별에 의한 사고를 말한다. 이는 감정이 배재된 건조한 이성의 독무대이기 쉽다. 그러나 인간은 감정의 온기가 이성적 분별의 바탕을 이루어야 온전한 인격을 갖추게 된다. 감정과 이성이 적절이 조화를 이룰 때 인간은 제 기능을 온전히 발휘할 수 있는 것이다. 이를테면 전인적 인간의 참모습이다.

『과학을 읽다』에서도 이성 못지않게 감정의 역할에 주목하고 있다. 저자가 앞에서 제기한 '인간은 어떻게 살아야하는가'에 대한 해답이 여기에 있다. 이성과 감정은 수레의 두 바퀴와 같아서 하나만으로는 온전할 수 없다는 사실을 과학이 증명해 주고 있기 때문이다. 결론적으로 이성과 감정이 서로의 가치를 인정하고 조화를 이루어 인류의 역사를 새롭게 써야하는 것이다. 인간을 배려한 과학과 철학은 이성 못지않게 인간의 섬세한 감정에 대해서도 관심을 기울여야 한다. 인간은 본능적으로 감정의 동물이기 때문이다.

▌▌ 과학과 인간

인류문명은 과학의 발달사라고 할 수 있다. 흔히 문명 앞에 과학이란 단어를 붙여 과학문명이라고 한다. 한편 정신문화에 대비되는 개념으로 물질문명 혹은 과학문명을 든다. 과학이 물질의 구조와 속성·운동을 탐구하고, 물질생활의 편리를 위해 주력해 왔기 때문이다. 이는 과학의 발달이 정신의 발달에는 별 도움이 되지 못하는 것을 말하기도 한다. 물질문명이 정신문화와 동반 발전하지 못한 데 과학의 맹점이 있는 것이다.

한편 별을 보고 상상력을 키워 천체물리학자가 되는 경우도 있다. 공상 과학영화는 아이들에게 과학에 대한 꿈을 심어준다. 때로는 이성의 한계를 벗어나 무한의 세계를 여행하는 데 과학이 길잡이 역할을 하기도 한다. 그러나 결국은 가장 실용적인 과학 본연의 자리로 돌아온다. 이렇듯 과학은 보이지 않는 먼 곳에서 확실하고 실질적인 것으로 현실화되기도 한다. 상상의 세계에서 출발해 가장 실제적인 세계로 귀환하는 것이 과학의 우주 여행기이다.

철학이 합리적 이성을 기반으로 하는 데 비해 과학은 필요와 상상력에 의해 첫발을 내딛는다. 그러면서도 철학보다 구체적이며 명확한 논리와 실증을 제시한다. 무엇보다도 실제 생활에 눈에 띄게 유용한 점에서 과학은 실천적 학문으로 환대를 받는다.

고대에서 현대에 이르기까지 과학문명의 발달은 눈부셨다. 과학문명은 인류에게 유토피아를 선물할 것처럼 보였다. 우주여행이 현실이 되었고, 컴퓨터는 상상을 뛰어넘는 능력을 과시하며 초고속으로 진화하고 있다. 그러나 과학은 자신이 일군 문명의 양지만을 보면 안 되고 그늘진 곳도 함께 살피며 겸허해야 할 것이다.

돌이켜보면 문명의 발달에 비해 정작 그 주체인 인간은 크게 달라진 것을 찾기 어렵다. 반인륜적 범죄, 양극화, 정신 장애, 스트레스, 정서불안, 미래사회에 대한 불확실성은 갈수록 인간의 삶의 질을 떨어뜨리고 있다. 문명의 첨단을 달리며 풍족한 문화생활을 누린다는 사실이 공허하기만 한 것이다. 곰곰이 생각해 보면 인간을 측정하는 기준일 수 있는 정신상태는 오히려 퇴화된 느낌이다.

인류가 과학에 눈 뜨다

도널드 조핸슨의 <루시, 최초의 인류>
— 인간에게 에덴동산은 없었다

모든 인간 종에게는 지난 700만 년이 죽을 만큼 힘겨운 시간이었다. 인간 삶의 역사는 하루하루 전력투구의 나날이었고, 지금도 생존의 문제가 지상 최대의 과제다.

— 정인경(2016) 『과학을 읽다』

스티븐 미슨의 <노래하는 네안데르탈인>
— 사랑에 빠진 네안데르탈인

우리 인간은 상징적인 형상을 지닌 물체를 보면 다른 어떤 것을 떠올리는 능력이 있다. 아이들은 나무막대기를 휘두르면서 칼싸움을 한다. 아이들은 나무막대기를 칼로 상징 추론한 것이다. 아이들이 다가와서 나무 막대기로 찌르면 얼른 죽는 시늉을 해야 한다.

— 정인경(2016) 『과학을 읽다』

아리스토텔레스의 <형이상학>
— 모든 인간은 본성적으로 앎을 원한다.

개미와 소는 세상에 존재하지만 동물이나 생명은 보편적 개념일 뿐 세상에는 없는 것이다. 보편적인 것은 실체가 아니다, 라고 아리스토텔레스가 밝혔듯 보편적 개념은 철학자들이 세계를 이해하는 과정에서 만든 것이다.

— 정인경(2016) 『과학을 읽다』

아이작 뉴턴의 <프린키피아 – 자연철학의 수학적 원리>
— 뉴턴은 형이상학을 어떻게 극복했는가?

법칙을 통해 예측할 수 있다는 것은 인간에게 크나큰 자신감을 주었다. 우리는 예측 가능한 세계에 살고 있으며 세계는 법칙에 따라 작동한다는 것을 자각하게 된 것이다. 이러한 자각은 세계를 단순히 이해하는 것을 넘어 인간의 삶과 세계를 변화시킬 수 있는 실천적 힘을 부여했다.

— 정인경(2016) 『과학을 읽다』

임마뉴엘 칸트의 <순수 이성 비판>
— 앎이란 무엇인가?
이제껏 철학이 세계가 무엇인지를 탐구했다면 칸트는 인간의 앎이 무엇인지를 먼저 탐구하겠다고
말했다. 세계보다 더 중요한 것은 인간이라는 파격적인 주장을 한 것이다. 세계가 아무리 대단한
진리를 품고 있어도 인간이 발견하지 않으면 아무런 의미도 없다.

— 정인경(2016) 『과학을 읽다』

비트겐슈타인의 <논리철학 논고>
— 철학에 대한 새로운 정의
배움과 깨달음이 없는 지식 습득은 삶에 도움이 되지 않는다. 우리는 인생의 많은 시간을 쓸데없는
지식을 배우는 데 낭비하고 있다.

— 정인경(2016) 『과학을 읽다』

갈릴레오의 <갈릴레오가 들려주는 별 이야기-시데레우스 눈치우스>
— 실재를 탐구한다는 것의 의미
우주는 우리가 일상생활에서 느끼는 경험과 직관, 상식으로는 알 수 없는 곳이다. 갈릴레오와 같은
과학자들이 밝힌 것은 바로 이것이다. 상식적으로만 생각하고 눈에 보이는 대로만 이해하면 우주의
실체에 다가설 수 없다는 것!

— 정인경(2016) 『과학을 읽다』

직립보행은 인류사의 획기적 사건이었다. 모든 생물체 중 인간만이 서서 걸어 다니는 사실은 인간과 동물의 차이를 돌이켜보게 한다. 700만 년 전 최초의 인류에서 똑바로 서서 걷는 데 까지 인간은 350만 년이 걸렸고, 완전히 걷고 달리는 데까지 500만 년이 걸렸다. 직립보행은 인간이 주위 환경에 따라 진화한 가장 확실한 증거였다. 이 방식은 시야가 넓어져 위험에 용이하게 대비할 수 있고, 에너지를 효과적으로 절약할 수 있는 장점을 인류에게 선물했다.

인류의 뇌는 오늘날 침팬지 비슷한 크기에서 시작해 그 3, 4배에 해당하는 1,500㎤에 이르렀다. 이 역시 환경에 따른 진화의 결과였다. 굶주림을 해결하고 추위를 피하고, 위험으로부터 벗어나기 위해 끊임없이 머리를 써야 했기 때문이다. 그뿐 아니라 새로운 문명을 계발하고, 문화를 향유하며, 집단 혹은 개인의 고민을 해결하기 위해 머리의 힘을 빌려야만 했다. 뇌 용량의 확대는 인류 진화사의 중요한 단

서를 제공한다.

앞에서 말한 두 가지와 더불어 인류의 진화 중 가장 핵심적인 것은 인간이 마음에 관해 관심을 기울이기 시작한 사실이다. 이 새로운 자아발견을 기점으로 인간이 비로소 동물 세계에서 벗어나 월등한 발전의 동력을 얻게 된 것이다. 현대 인류의 원조인 호모사피엔스는 마음을 읽고, 감정을 추스르고, 언어를 통해 자신을 상징화하기에 이르렀다. 그리하여 마침내 종교와 예술을 창조하기 시작했다. 종교와 예술의 창조는 인간이 인간만의 세계를 구축하는 출발신호였다.

과학의 구조적 모순에 눈 뜨다

재레드 다이아몬드의 <총, 균, 쇠>
— 과학자가 쓴 역사책, 인간의 거대 서사
무엇이 인류의 행복을 증대시켰고 무엇이 역사의 진보인가? 재레드 다이아몬드는 다시 묻고 있는 것이다. 그의 역사책은 역사가 진보한다거나 역사에 법칙이 있다는 말을 하지 않는다.
— 정인경(2016) 『과학을 읽다』

재레드 다이아몬드의 <문명의 붕괴>
— 세계는 불평등하고 지속 불가능하다
재레드 다이아몬드가 하고 싶었던 말은 과거 이스터 섬사람들이 했던 어리석은 짓(환경을 파괴해 자멸한)을 지금 우리가 하고 있다는 것이다.
— 정인경(2016) 『과학을 읽다』

칼 세이건의 <코스모스>
— 누가 과학을 두려워하는가?
현대 물리학은 20세기 과학의 최대 업적인 우주의 기원을 밝혀놓았지만 원자핵폭탄 개발에 응용되면서 릴케의 말대로 과학자들은 "모든 노래하는 사물들을 죽인다."는 질타를 피할 수 없게 되었다.
— 정인경(2016) 『과학을 읽다』

조지 오웰의 <교수형>
— 인간 본성에 대한 고발

우주의 역사에서 인간의 출현은 기적과 같은 일이다. 그런데 이러한 기적이 오늘날 이미 70억을 넘어섰기 때문에 기적으로 느끼지 못할 뿐이다. 인간인 것만으로 너와 나, 그리고 우리는 이렇게 서로 공감할 수 있다.

— 정인경(2016) 『과학을 읽다』

에른스트 마이어 <진화란 무엇인가>
— 진화란 시간의 흐름에 따라 일어나는 개체군의 특성 변화

다윈은 자신을 악마의 사도라고 자책했다. 악마의 사도가 아니면 누가 이런 꼴사납고 소모적이며 실수를 연발하는, 저속하고 끔찍할 정도로 잔혹한 자연의 소행들에 대해 책을 쓸 수 있겠는가? 자연의 생물들은 서로 살아남겠다고 경쟁하며 잔혹한 짓도 서슴지 않는다. 무자비한 자연세계에서 살아남아야 자손을 퍼뜨릴 수 있기 때문이다.

— 정인경(2016) 『과학을 읽다』

찰스 다윈의 <인간의 유래>
— 아, 너는 유물론자구나!

1836년 8월 19일. 마침내 우리는 브라질 해안을 떠났다. 신이시여! 이제 두 번 다시는 노예제도가 있는 나라에 오지 않게 해주시길.

— 정인경(2016) 『과학을 읽다』

리처드 도킨스의 <이기적 유전자>
— 생명이란 무엇인가?

도킨스는 동물학자로서 유전자 관점에서 동물과 인간의 행동을 이해하려고 했다. 그의 관심은 다윈이 해결하지 못한 동물과 인간의 이타주의였다.

— 정인경(2016), 『과학을 읽다』

유발 하라리의 <사피엔스>
— 우리는 무엇을 원하는가?

인간의 능력이 놀라울 정도로 커졌음에도 불구하고 여전히 스스로의 목표를 확신하지 못하고 있으며 예나 지금이나 불만족스러워하기는 마찬가지인 듯하다. 우리의 기술은 카누에서 증기선을 거쳐 우주왕복선으로 발전해 왔지만 우리가 어디로 가고 있는가는 아무도 모른다.

— 정인경(2016) 『과학을 읽다』

샘 해리스의 <신이 절대로 말할 수 없는 몇 가지>
— 가치 없는 사실은 없다
칸트 철학에서 추앙했던 이성과 계몽이 이렇게 한 순간에 추락했다. 아도르노가 발견한 이성은 자연과 사회, 인간을 지배하는 도구적 이성이었다. 인간에 의한 인간의 지배를 합리화하는 이데올로기적 이성이었다.

— 정인경(2016) 『과학을 읽다』

과학은 문명을 선도하며 끊임없이 새로운 세계를 추구해 왔다. 과학문명의 거대한 파도 속에서 인간의 존재는 소외되곤 했지만 과학은 아랑곳없이 문명의 발달에만 몰두해 왔다. 그러나 현대사회에 들어 과학이 지나치게 문명의 발달에만 치중하고 인간 본연의 가치에 대해 소홀히 한 사실에 주목한 과학자들이 나타나기 시작했다.

과학사에서 본격적으로 문명의 불평등 구조에 비판적 관심을 보인 사람은 문화인류학자이며 『총, 균, 쇠』의 저자인 제레드 다이아몬드였다. 그는 과학문명의 발달이 과연 인류의 진정한 행복에 순수하게 공헌해왔는가를 묻는다. 그리고 무엇이 참다운 역사의 진보인가 하는 질문을 덧붙인다.

농업혁명의 결과는 수렵생활에 의지하던 인류에게 지역간, 계급간의 심각한 불평등을 낳았다. 또한 필요한 때만 사냥과 채취를 나서며 한가한 시간을 즐기던 수렵생활의 인류에게 종일 되풀이 되는 일상의 노동을 안겨주었다. 산업혁명은 양극화 구조를 한층 심화시켜 식민지 지배, 노예사냥 등 인류사에 전례 없는 범죄를 낳았다. 또한 기계가 인류를 노동의 고통으로부터 해방시켜 줄 줄 알았던 산업혁명의 결과는 오히려 밤낮이 없이 인류를 혹사시키며 일부 계층을 위한 노동착취를 구조화 해왔다.

제레드 다이아몬드는 자연과 인간을 동등하게 바라본다. 다원주의자인 그는 인간과 자연이 별개의 존재가 아니라 동종의 공동운명체임을 강조한다. 이는 인간 뿐 아니라 지상의 사물, 우주까지도 폭넓게 연구주제로 삼는 과학계에 본질적 반성을 촉구하는 메시지일 수 있다.

과학이 마음의 가치에 눈 뜨다

롤랑바르트의 <애도일기>
— 나는 그 사람이 아프다
인류의 조상들이 만들어 쓴 작은 돌덩이 하나가 인간의 본성을 밝힌다는 것이 실로 놀라운 일이다. 그 도구를 만들었던 손, 그 도구를 만들고자 생각했던 마음은 우리를 향하고 있었다.
— 정인경(2016) 『과학을 읽다』

이탈로 칼비노의 <우주만화>
— 우리가 듣고 싶은 우주 이야기
칼비노의 환상문학이 당도한 곳은 인간의 마음이다. 인간이 가치를 부여하고 상상하고 꿈꾸는 세계에 대한 것들이다. 중력이 어찌 작용하든, 은하계에 외계 생명체가 있든, 시공간이 구부러져 있든 우리가 듣고 싶은 이야기는 인간의 이야기다.
— 정인경(2016) 『과학을 읽다』

프리모 레비의 <이것이 인간인가>
— 기억의 고통을 넘어서
의식이 있으려면 먼저 기억이 있어야 한다. 생명체의 신경계는 살아남기 위해 기억의 기능을 만들었다.
— 정인경(2016) 『과학을 읽다』

로돌프 R. 이나스의 <꿈꾸는 기계의 진화>
— 생각, 진화적으로 내면화된 운동
목적지향적인 뇌는 끊임없이 의미를 만들고 의미를 가지고 주변환경을 해석한다. 목적 없는 행동이 허용되지 않기 때문에 인간은 자신이 스스로 만든 의미, 가치, 목적에 구속된다.
— 정인경(2016), 『과학을 읽다』

프랜시스 크릭의 <놀라운 가설>
— 인간은 한 다발의 뉴런이다.
놀라운 가설이란 바로 여러분 자신의 즐거움, 슬픔, 소중한 기억, 야망, 자존감, 자유의지 이 모든 것들이 실제로는 신경세포의 거대한 집합 또는 그 신경세포들과 연관된 분자들의 작용에 불과하다는 것이다.
— 정인경(2016) 『과학을 읽다』

폴 새가드의 <뇌와 삶의 의미>

― 도덕적 직관을 타고 났으므로

만일 당신이 자신의 감정을 제거하는 수술을 할 수 있다면 거기에는 엄청난 비용이 들 것이다. 다양한 고통의 영향은 줄어들겠지만 당신에게 뭔가를 할 이유를 주던 것도 대부분 잃어버릴 것이다.

― 정인경(2016) 『과학을 읽다』

과학문명은 인류가 누린 혜택과 맞먹는 피해를 낳고 키워 왔다. 인류가 당면한 핵 확산·에너지 파동·인구과밀·전염병·공해·온난화·생태계 파괴 등, 절체절명의 위협은 모두가 과학과 직간접적인 관계가 있다. 따라서 과학은 종전의 과학이 저지른 엄청난 위험을 수습할 책임을 져야 할 것이다.

미국 물리학자 리쳐드 파인만은 『과학이란 무엇인가』에서 과학이 인간의 문제를 해결하기 위한 것이 아니라면 도대체 무엇을 위한 것인가라고 묻고 있다. 이 질문은 과학이 인간의 삶의 질과 가치를 높이는데 기여하지 못한다면 아무런 소용이 없다는 해답을 담고 있다. 『코스모스』의 저자 칼 세이건도 인간의 존재가치를 우주적 차원으로 확장하고 거기에서 우리가 해야 할 일을 찾아야 한다고 역설한다. 그는 광활하고 막막한 우주 공간에서 마치 계시라도 받듯이 인간과 자연의 공존에 대한 진리를 깨닫는다. 스피노자가 유일신론을 접고 우주자연과의 합일을 추구한 것과 흡사한 체험이었다.

『뇌와 삶의 의미』에서 폴 새가드는 뇌 과학을 바탕으로 객관적 도덕론을 개발해야 한다고 주장한다. 이제 과학의 마음에 대한 관찰은 뉴런으로 상징되는 신경철학·진화생물학·뇌 과학·심리학의 접점에 이른다. 여기에서 신경철학의 목적은 과학적 사실을 토대로 인간의 도덕과 본성을 찾는 데 있다. 과학과는 무관하게 여겨져 온 도덕과 본성이 과학의 미래과제로 떠오른 것이다. 이는 외부세계의 편리와 이익에만 집중하던 과학이 마침내 인간의 내면세계에 관심을 기울이게 된 것을 의미한다. 이 사실만으로도 우리는 지금까지 과학이 안겨 준 불확실한 미래문명에 대한 불안을 다소나마 떨치게 된다.

Ⅲ　다시 보기

바로 보기

1　과학은 인류문명과 함께 해왔다.

2　그러나 과학과 정신문화는 동반하지 못했다.

3　과학문명의 발달은 미신을 타파하는 데 기여했다.

4　과학은 사회적 윤리와 함께할 때 그 가치를 제대로 인정받을 수 있다.

5　과학과 철학은 긴밀한 상호작용을 통해 통섭적 시너지 효과를 거둘 수 있다.

거꾸로 보기

1　과학문명이 발달한 것에 비해 인류의 정신건강은 오히려 퇴화되었다.

2　과학문명에는 부작용이 따른다. 자동차는 빠르고 편리한 반면 사고의 위험과 공해 문제를 안겨준다.

3　노벨의 화약은 발파작업에는 크게 편리했다. 그러나 전시에는 대량 살상용 폭탄으로 사용되었다.

4　1, 2차 세계대전은 과학무기의 실험장이었다.

5　기계는 인류를 노동으로부터 해방시킬 수 있다는 애초의 기대와는 달리 오히려 인간을 기계의 조작 수리 및 다른 정신노동으로 확대해 혹사시키는 요인으로 작용해 왔다.

새롭게 보기

1　과학자는 자신의 연구와 발명이 어떤 결과를 가져올 것인가에 대한 연구부터 해야 한다.

2　과학자들이 새로운 발명품을 개발했을 때는 잠시 그 출시에 대해 고려해 보는

시간이 필요하다.

③ 미래과학은 현대문명이 안고 있는 위협을 해결하기 위한 데서부터 시작되어야 한다.

④ 과학은 망원경과 현미경을 함께 만들었다.

⑤ 과학과 정신세계의 만남은 과학사를 새로 쓰게 될 획기적 사건이다.

⑥ 이성과 감정의 조화는 이제 과학의 과제이기도 하다.

함께 읽으면 좋을 책

  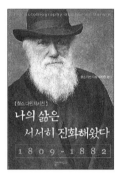

① 『총, 균, 쇠』 (문학사상사)

② 『코스모스』 (사이언 북스)

③ 『나의 삶은 서서히 진화해 왔다』 (갈라파고스)

문학치유적 독해

이 책의 저자는 동물은 일기를 쓰지 않는데 인간만이 일기를 쓴다고 한다. 인간이 동물과 다른 점은 한두 가지가 아니지만 이 점은 특별히 새겨볼 만한 비교일 것 같다. 일기는 개인의 역사서다. 그리고 역사서는 국가와 민족, 지역, 가문 등 단체의 일기다. 일기를 쓰는 것은 내일을 위해 오늘을 충실한 자료로 삼으려는 데 있다.

일기를 쓰다 보면 자신도 모르게 자신을 들여다보게 된다. 자신을 들여다보는 것은 자신의 마음을 헤아리는 것을 말한다. 그런데 일기를 쓰는 것이 동물과 다른 점이듯 자신의 마음을 헤아리는 것 역시 인간이 결정적으로 동물과 다른 점이다.

일기를 쓰듯 꾸준히 자신의 마음을 헤아리며 다스려 온 인간의 역사는 수만 년에 이른다. 그런데 과연 2만 4천 년 전의 네안데르탈인과 그 뒤를 이은 호모사피엔스에 비해 인간의 마음은 얼마나 진화했을까? 과학적 지능 면에서는 획기적인 발전이 있었다. 미신과 사실, 이성과 감정 등을 분별하는 능력도 눈에 띄게 향상되었다. 그러나 이 경우, 이분법적으로 분리하지 않고 살아온 것에 비해 꼭 발전한 것이라고 판단할 수 있을까? 스스로를 이성적 존재로 추켜세우면서도 자신들이 만든 돈과 기계, 정치 제도의 불합리한 지배를 받는 현상은 어떻게 설명할 것인가?

지식은 마음을 가꾸고 다스리는 데는 별로 도움이 되지 않는다. 흔히 마음을 비우라는 말을 듣게 된다. 머리가 무겁다는 표현을 쓰기도 한다. 이는 머릿속에 불필요한 잡념을 저장하지 말고 마음을 편하게 놓아두라는 주문이다. 마음이 맑고 고요하게 비어있는 상태가 가장 본성에 가깝기 때문이다. 그런데도 우리의 머릿속은 늘 무엇인가로 차 있다. 그리고 그 숨 막히는 공간에 날마다 새로운 지식을 주입하기 바쁘다. 그 지식은 내일이면 용도 폐기 될 소모적인 정보가 대부분인 데도 그렇다.

그렇게 머리를 혹사하기 바쁠 따름 마음을 보살피는 데는 소홀히 해 온 것이 인류의 마음에 관한 역사로 볼 수 있다. 따라서 마음의 바탕 즉 본성의 관리에서는 점점 심각하게 퇴화되어 왔는지 모른다. 가까운 예를 들어보자. 역사적 자취와 저서를 통해 볼 때 1,300여 년 전의 원효나 400여 년 전의 이이(李珥)에 비해 현대인들 마음의 어떤 점이 더 진화했다고 확신할 수 있을까? 정신 수양 부분은 원효나 이이나 남다른 수행과 수신을 통해 고도의 경지에 이른 이들인 만큼 일반인들을 거기에 비교할 수는 없다. 그렇다고 기억력, 직관력, 분별력, 통섭적 종합능력 중 어느 하나 그들에 비해 나아졌다고 내세울 만한 부분이라곤 찾아내기 어렵다. 다만 문명의 발달이 정신의 발달과 동반하지 않는다는 사실만 새삼스럽게 확인할 뿐이다.

오늘의 과제

❶ 과학문명의 이로운 점과 해로운 점에 대해 쓰기

❷ 과학문명이 나의 생활에 가장 영향을 미친 부분은 무엇인가?

서양 역사 5천년에 대한 이해가 달라진다!

단숨에 정리되는
세계사 이야기

| 정현경 지음 |

처음부터 다시 읽는 서양 역사,
평생에 한 번은 세계사와 마주하라

미리 보기

『단숨에 정리되는 세계사 이야기』를 읽는 일곱 개의 코드

1 세계 문명의 탯줄
2 그리스와 헬레니즘 문화
3 로마와 기독교
4 중세와 르네상스
5 유럽의 팽창과 식민지 전쟁
6 혁명의 물결
7 두 차례의 세계 대전으로 문을 연 현대

역사란 무엇인가?

E. H. 카는 그의 저서 <역사란 무엇인가>에서 "역사의 사실은 순수한 형태로는 존재하지 않는다. 역사의 사실은 기록자의 마음을 통해 굴절된다. 따라서 역사책을 읽을 때는 그 책에 기록된 사실보다도 그 책을 쓴 역사가에 대해 일차적인 관심을 가져야 한다."고 말한다. 그처럼 기록자의 판단과 사고, 지식, 가치관, 기호나 취향에 의해 역사는 기록되고, 후세에 텍스트로 읽힌다. 그러나 그 텍스트도 후대의 역사가나, 이해 집단의 필요에 의해 다양한 해석을 낳는다. 역사는 기록자의 몫일 뿐 아니라 넓게 보면 그것을 읽고 새롭게 판단하는 해석자의 몫이기도 한 것이다.

사대주의와 신라 중심의 편향된 시각으로 씌어진 『삼국사기』가 정사의 위치를 굳히지 못하고 후세에 이르러서도 별도의 해석을 필요로 하는 것이 그 좋은 예다. 현대사만 해도 정권의 필요에 따라 역사 교과서에 대한 논쟁이 그치지 않고 반복되고 있다. 이 부분 역시 역사에서 차지하는 기록자와 해석자의 위치를 실감하게 한다.

역사가들은 역사를 현재와 과거의 끊임없는 대화로 인식한다. 과거로 인해 현재가 있는 것처럼 현재는 미래의 원인으로 작용하기 때문이다. 따라서 과거와의 대화는 과거를 돌이켜 보고 미래를 추구하는 지극히 원론적인 역사 읽기를 의미한다. 역사는 과거와 현재보다 미래를 위한 지침서로 읽을 때 참다운 가치를 지닌다.

역사 속에서 미래의 가치를 찾지 못한다면 군이 역사가 존재할 의미가 없기 때문이다. 인간은 누구도 역사의 굴레를 벗어날 수 없다. 그리고 역사를 읽는 독자는 역사의 해석자로 참여하며 비로소 역사의 주체가 된다. 진정한 역사 해석자는 역사 속에서 미래의 숨결을 깊이 느끼고 역사와 함께 숨 쉬는 자인 것이다.

역사를 어떻게 읽을까?

객관적 역사 읽기

역사를 읽을 때는 먼저 객관적 시각이 필요하다. 주관에 치우치면 자신의 실상은 물론 역사의 실체를 제대로 들여다보기 어렵기 때문이다. 역사의 주체가 되기 위해서는 먼저 역사의 실상과 의미, 그리고 역사가 자신에게 주는 메시지를 정확히 읽어야 한다. 그러기 위해서는 냉철하고 차분하게 과거사를 돌이켜보고 그 파장이 현대에 어떻게 미치고 있는가를 살펴보아야 한다.

역사의 객관성은 역사의 공정성을 말한다. 그러나 여기에서 공정함에 대한 심판은 누가 해주느냐는 과제가 따른다. 흔히 당대의 의견이 엇갈리거나 자신의 입장이 억울할 경우 후일의 역사가 말해 줄 것이라고 한다. 이는 객관적 역사 읽기에 대한 주문이다. 공정성을 가리는 데는 먼저 객관적 판단이 필요하다. 일일이 남의 의견을 물을 수 없거나, 여러 의견이 섞여 혼란스러울 때는 스스로가 이에 대한 정의를 내려야 한다. 이때는 자신의 객관적 시각을 빌려야 한다. 자신을 객관화 하는 것은 자신을 다양한 타인의 시선으로 보는 것을 말한다. 다시 말해 너와 나를 넘어 어떻게 하는 것이 '우리'와 우리의 후대에 최선인가를 찾아내는 것이다.

주체적 역사 읽기

세계사를 돌이켜 볼 때 타국의 식민지 경험이 없이 순수하게 자주 독립 국가를 유지해 온 경우는 드물다. 대부분의 국가는 침략국의 직접 통치를 받았거나, 외국의 직접 통치는 피했지만 이웃 강대국에 조공을 바치며 굴욕적 주종관계를 유지해야 했다.

대부분의 남미와 아프리카, 아시아 국가가 자주 독립국가 형태를 되찾은 것은 현대에 이르러서다. 두 차례나 몽골과 여진족에게 안방을 내주어야 했던 한족 중심의 중국도 청일전쟁의 패배로 일본군의 주둔이라는 수모를 당해야 했다. 일찍이 조공을 받으며 선진 문화를 전수해 주던 처지와 정 반대 입장이 되었으니 그 치욕은 더욱 컸다. 세계 최대의 국토 면적을 보유한 러시아는 몽골의 지배를 200여 년이나 받는다. 인도는 근래까지도 영국 식민지였으며, 독립과 동시에 파키스탄과 분리된다. 현재 세계 최강대국으로 군림하는 미국 역시 영국으로부터 독립한 바 있다.

유대인은 영토가 없이 세계를 떠돌다가 마침내 이스라엘을 세우고 전 세계의 정치, 경제, 학문에 막강한 영향력을 행사하고 있다. 나라는 빼앗겨도 모국어와 정신은 빼앗기지 말자는 민족적 유대감이 유례없는 기적을 이룬 것이었다. 이처럼 국가마다 독립을 위해 목숨을 거는 것은 주권을 행사하기 위한 역사적 주체성의 발현이다. 역사에서 주체성을 상실하는 것은 자신의 이름과 언어, 최소한의 인간적 권리조차 포기하는 것을 의미한다. 8.15 해방은 독립 운동가들의 주체적 역사 읽기에서 비롯된 우리 역사 찾기였다.

반성적 역사 읽기

역사에는 숱한 과오가 얽히고설켜 있다. 어찌 보면 공보다도 과가 더 많은 것이 역사의 실상일지 모른다. 그러기에 철저한 반성이 뒤따랐더라면 오래 전에 세계는 살기 좋은 낙원을 이루었을 것이다. 그런데 아직도 동서양을 막론하고 심각한 과오들이 버젓이 되풀이 되고 있다. 대표적 예로 핵무장이 그렇고, 세계화라는 구호가 강대국들의 이권 다툼 구실로 이용되는 사실이 그렇다.

역사는 끊임없이 변화하며 흥망성쇠를 거듭한다. 로마제국도 사라지고 대영제국도

쇠락했다. 역사에는 영원한 강자가 없다는 한 가지 사실만 정답일 뿐이다. 거기에 또 하나, 철저한 역사적 반성만이 위기에서도 자신을 지켜내고 새로운 역사를 이룰 수 있다는 사실을 역사는 누누이 가르쳐 준다. '카노사의 굴욕'과 '와신상담'의 고사는 반성을 통한 학습의 사례다. 역사는 반성할 줄 모르는 국가나 세력에게는 어김없이 벌을 내림으로써 그 사실을 증명한다.

미래지향적 역사 읽기

역사를 읽을 때 가장 중요한 부분은 역사의 시계추를 미래에 두는 것이다. 그리고 역사에 대한 주체적 읽기와 철저한 반성은 그 필수적 과정이다. 흔히 용납할 수 없는 죄악으로 얼룩진 과거사조차도 미래를 위해 무조건 덮고 가자는 논리를 펴는 세력들을 볼 수 있다. 그러나 이는 미래의 역사를 위한 진정한 자세가 아니다. 그런 죄악을 미래에도 여전히 되풀이 하고 용인하자는 주문에 지나지 않는다.

과거에 사로 잡혀 미래의 역사를 위한 걸음을 자꾸만 지연시키는 책임은 과거사의 규명과 그에 따르는 응분의 처벌을 두려워하고 방해하는 세력들이 져야한다. 어디서 어떻게 출발하느냐가 미래의 역사를 결정하기 때문이다. 과거를 정리하고 새롭게 출발해야만 건강한 미래의 역사가 열리는 것이다.

세계 문명의 탯줄

수메르 문명 <우르의 스탠더드>

인류 최초의 문명은 기원전 3500년경 티그리스강과 유프라테스강 사이의 메소포타미아 지방에서 탄생했습니다. 오늘날의 이라크에 해당하는 이 지방의 남쪽, 수메르에서 최초로 도시 국가가 세워졌습니다. 그 후 이집트의 나일강 유역, 중국의 황허강 유역, 인도의 인더스강 유역에서 문명이 탄생했습니다.

메소포타미아와 이집트 문명은 가까운 지중해로 전해졌습니다. 지중해의 동쪽에 자리한 오늘날의 그리스와 터키 사이에는 에게 해가 있습니다. 이 일대에서 기원전 3000년경 에게 문명이라는, 서양 최초의 문명이 탄생했습니다.

에게 해는 파도가 잔잔해서 항해하기 좋고, 여러 섬이 징검돌처럼 흩어져 있어 바닷길을 찾기도 쉽습니다. 에게 해의 남쪽에는 크레타라는 커다란 섬이 있습니다. 크레타 섬 사람들은 배를 타고 소아시아(아시아의 서쪽 끝, 터키가 있는 반도)와 이집트를 오가며 발달된 문명을 받아들였습니다. 그래서 그리스 본토보다 더 빨리 문명을 탄생시킬 수 있었습니다. 이 문명을 섬 이름을 따서 크레타 문명, 또는 미노스 왕의 이름을 따서 미노아 문명이라고 합니다.

　　　　　　　　　　　　　　　　　　　── 정현경(2014)『단숨에 정리되는 세계사 이야기』

　인류 문명은 신석기시대로 부터 시작된다. 문명의 최초 발상지로는 티그리스·유프라테스강 유역의 메소포타미아 문명, 나일강 유역의 이집트 문명, 황하강 유역의 중국 문명, 인더스강 유역의 인도 문명을 꼽는다. 문명의 탄생과 발전에는 지리적 요인, 경제 자원, 식량공급, 기후 조건, 기존 문명과의 교류, 문자의 발명 등 여러 요인들이 복합적으로 작용한다. 위의 문명 중 어느 문명이 가장 오래 되었는가에 대해 일부에

서는 이집트 문명을 꼽지만 대개 메소포타미아 문명이 앞선다는 데 의견을 모으고
있다.

이 중 이집트 문명의 상징인 피라미드를 비롯한 이집트 예술은 현재까지도 세계의
관심을 모은다. 이집트 문명과 예술의 발전에는 토착신앙, 파라오를 중심으로 한 왕
국 형태의 통일, 문자의 발명이 큰 몫을 한다. 이집트에서는 과학, 천문학, 수학, 의학
이 발달했는데 특히 기하학의 정교함과 수학이 돋보인다.

메소포타미아 문명은 바빌로니아-아시리아 문명이라고도 하지만 바빌로니아나 아
시리아인보다 수메르 사람들에 의해 발달했기 때문에 메소포타미아 문명으로 통합
해 부른다. 수메르인은 상형문자에서 한 걸음 더 발전한 쐐기문자 (설형문자)를 사용
했다. 수학에서도 곱셈과 나눗셈, 제곱근과 세제곱근을 구하는 법도 알아낸다.

예술에서는 금속 세공과 보석 가공, 조각 분야에 조예가 깊었다. 또한 바빌로니아
법전을 만들어 체계적인 법 집행을 하는가하면 문학에서도 장편 서사시 <길가메시>
를 남긴다.

그리스와 헬레니즘 문화

서양 문화의 원천으로서 고대 그리스 문화의 독자성, 우수성이 많이 강조되었습니다. 그러나 요즘
에는 주변 문화와의 교류가 주목받고 있습니다. 앞에서 살펴보았듯이 실제로 그리스신화와 예술 작
품에서는 외래문화의 영향을 많이 찾아볼 수 있습니다. 고대 그리스인들은 당시 앞섰던 메소포타미
아, 이집트 일대의 문화를 적극 받아들인 뒤 자기만의 색채를 곁들여 발전시켰던 것입니다.
— 정현경(2014) 단숨에 정리되는 세계사 이야기

아테네는 오늘날 민주정치의 기원을 마련함으로써 역사에 큰 업적을 남겼습니다. 그러나 오늘날 우
리의 시각으로 아테네 민주주의를 쉽게 판단해서는 안 됩니다.
아네테의 민주주의는 폴리스 단위로 이루어진 생활, 노예 노동이 뒷받침된 시민들의 정치 참여가
바탕이 된 특수한 형태였습니다. 성인 남자 시민들만 정치에 참여했다는 한계 외에도, 제도적 허점
이 있었던 것이 사실입니다. 도편추방제만 해도 시민들이 뜻을 모아 애꿎은 사람을 추방한 사례가
있습니다. 무엇보다 아테네 민주주의의 이면에는 대대손손 권력을 쥐는 사람들이 있었고, 힘이 약
한 동맹국들에게 행사한 폭력이 있었습니다.
— 정현경(2014) 『단숨에 정리되는 세계사 이야기』

알렉산드로스의 정복은 역사에 큰 변화를 가져왔습니다. 그래서 그가 죽은 기원전 323년부터 로마가 지중해를 제패하는 기원전 31년까지를 헬레니즘 시대라고 합니다. 이 시대에 그리스 문화가 오리엔트 지역으로 퍼져 나갔고, 두 지역의 교류도 늘어났습니다.

헬레니즘 시대에 가장 크게 발달한 분야는 과학이었습니다. 그리스 시대에는 과학과 철학의 구분이 모호했으나, 이 시대부터 과학이 독자적으로 발전했습니다. 알렉산드로스는 여러 학문을 두루 섭렵하고 있었습니다. 그는 과학자들을 데리고 다니면서, 정복한 땅의 지도를 만들고 식물, 동물, 자원 등 정보를 모았습니다. 이에 힘입어 과학이 놀라울 정도로 발달했고, 이집트의 알렉산드리아가 과학의 중심지가 되었습니다.

— 정현경(2014) 『단숨에 정리되는 세계사 이야기』

이집트와 메소포타미아 문명에 뒤이어 그리스 문명과 근동 지역을 배경으로 기독교의 모태인 히브리 문명이 그 모습을 드러낸다. 도시국가인 아테네를 중심으로 한 그리스 문명은 예술, 문학, 철학, 의학, 수학, 민주주의 등 인류 문화에 큰 영향을 주었다.

그리스 <파르테논 신전>

그리스문명은 고대 세계의 문화 중에서 서양사회의 정신과 방법론을 총체적이고 집약적으로 보여주고 있다. 그리스인들은 일찍이 인간의 가치와 존재의 의미를 추구했는데 이는 오늘날 휴머니즘의 바탕이 된다. 그러나 그리스는 오만과 부패, 정치적 갈등으로 인해 거의 멸망 단계에 이르게 되었다. 도시국가 동맹국들의 불만은 스파르타와의 펠로폰네소스 전쟁(B.C 431~404)으로 이어지고 그 결과 그리스는 극심한 타격을 입게 되고 마침내 로마에 정복당하고 만다. 동양과 서양의 융합을 꾀한 알렉산드로스는 그리스문화를 바탕으로 헬레니즘 문화를 일군다. 그 결과 인더스강에서 나일강에 이르는 교역이 이루어지고 상공업과 상업, 금융업의 급격한 발전을 이룬다. 또한 경제발전과 활발한 동서 교류는 문화발전에도 큰 공적을 남긴다. 스토아학파·에피쿠로스학파·회의주의학파·신피타고라스학파로 대표되는 철학·천문학·해부학·수학·지리학·생리학·물리학 등의 발전도 헬레니즘문화의 성과물이다.

그리스의 철학자들

서양철학은 본격적으로 그리스에서 시작되었다. 그리스인들은 활발한 해양무역을 통해 생활의 여유가 생기자 지적 생활을 하는데 필요한 시간적 여유를 추구할 수 있었다. 사유재산을 기초로 하는 새로운 사회의 발생으로 인간의 노동이 육체노동과 정신노동으로 양분하면서 철학적 사고가 본격화 된 것이다.

· 탈레스(B.C 624~545경)
만물의 근원은 물이라고 주장. 원의 지름을 빗변으로 하면서 꼭짓점이 원둘레에 놓이는 삼각형은 모두 직각삼각형이다, 라는 탈레스의 '원'이론을 발표.
일식을 수학적 계산에 의해 예측.

· 피타고라스(B.C 540~500경)
만물의 근원과 본질은 수(數)라고 주장.
직각삼각형에서 빗변의 제곱은 다른 두 변의 제곱의 합과 같다는 '피타고라스 원리'발표. 수학 및 천문학과 연관시켜 음악이론을 정립.

· 헤라클레이토스(B.C 544~483경)
세계는 영원히 살아 있는 불이며 만물은 유전한다고 주장. 투쟁은 만물의 아버지이며 만물의왕이며 흐르는 같은 물속에 두 번 다시 발을 담글 수는 없다고 함.

· 엠페도클레스
만물의 생성과 소멸은 4원소 (불·공기·흙·물)의 혼합과 분리에 의해 이루어진다고 주장. 사랑은 원소들을 결합시키는 동인이고 미움은 분리시키는 동인이라고 함.

· 소크라테스(B.C 469~399)
철학보다도 철학하는 것을 가르침. 보편적 도덕에 대한 깨달음과 그 실행을 강조.
너 자신을 알라, 악의 원인은 인간의 무지에 있다고 함.

· 플라톤(B.C 427~347)
불변의 영원성을 지닌 이데아론과 이상국가론을 주장. 휴머니즘의 선구자.

· 아리스토텔레스(B.C 384~322)
논리학·자연과학·형이상학·윤리학·정치학·예술학의 기반을 다짐.

로마제국의 흥망과 기독교

로마 <콜로세움경기장>

로마는 기원전 509년부터 거의 200년 동안 귀족과 평민 간의 갈등과 투쟁이 이어진 끝에 공화정을 완성했습니다. 왕을 대신하는 집정관, 귀족의 지배 체제를 공고히 하는 원로원, 평민을 지켜주는 호민관과 민회가 모여, 폴리비오스가 말했던 이상적인 정치체제가 이루어졌습니다. 그 후 로마는 비약적으로 발전하게 됩니다.

— 정현경(2014) 『단숨에 정리되는 세계사 이야기』

로마가 제국으로 발전한 데는 귀족과 평민의 타협으로 이루어진 공화정, 노블레스 오블리주를 실천한 귀족들, 앞선 문화를 적극적으로 받아들이는 자세, 실용적인 분야에서 발휘된 탁월한 재능이 큰 힘이 되었습니다.

— 정현경(2014) 『단숨에 정리되는 세계사 이야기』

그러나 2세기 중엽 이후 이민족들의 침입이 잦았고, 로마가 다스리는 속주에서도 반란이 자주 일어났습니다. 3세기 중엽에는 군인 황제 26명이 등장하여 정치가 극도로 혼란스러웠습니다. 그러한 가운데 시민들의 삶은 갈수록 어려워졌습니다.
3세기 말에 디오클레티아누스 황제는 제국을 넷으로 나누어 통치하는 방법도 시도해 봤지만, 제국을 안정시키지는 못했습니다. 이러한 때에 로마 시민들을 위로해 준 것은 크리스트교였습니다. 크리스트교는 급속도로 퍼져 나가, 4세기에 콘스탄티누스 대제가 크리스트교를 공인하기에 이릅니다. (밀라노 칙령). 기울어 가던 로마 제국은 결국 395년에 동로마와 서로마로 분열되었고, 476년에 서로마 제국은 게르만족의 침입을 받아 멸망하고 맙니다.

— 정현경(2014) 『단숨에 정리되는 세계사 이야기』

카르타고와의 포에니전쟁 승리로 로마는 급속히 세력을 확장한다. 그리스의 도시 국가를 병합한 로마는 이집트, 시리아, 서유럽으로 그 세력을 확장한다. 원래부터 로마는 그리스와 인접한 관계로 그리스문화와의 접촉이 잦았다. 그리스를 정복한 이후에는 그리스 문화를 자국의 문화처럼 수용하고 발전시켜 서양문화의 터를 닦는다. 거기에 헬레니즘 문화까지 융합해 세계 문화의 본거지를 이룬다. 또한 로마법전은 세계적 법체계의 효시로 근대법의 핵심을 이룬다. 무엇보다도 로마의 문화적 공헌은 그리스 문명을 부활시키고 확장해 세계에 전달한 점이다.

로마는 기독교를 국교로 삼고 기독교의 세계화에 결정적 역할을 한다. 또 그리스신화를 그리스-로마신화로 개편해 전 세계에 널리 알리는 데도 공을 세운다. 기독교와 그리스신화는 로마의 막강한 세계적 영향력을 배경으로 세계적 종교와 신화로 부상한 것이다.

로마는 처음에는 기독교를 심하게 박해한다. 굶긴 사자 우리에 기독교도들을 집어넣을 정도로 잔혹했다. 그런 로마가 도덕적으로 타락이 극심했던 313년에 기독교를 로마의 국교로 삼기에 이른다. 그 후 기독교는 서양 정신사와 문화 발달에 획기적인 기여를 한다. 로마는 기독교를 발판으로 서양을 정신문화 영역까지 지배하고, 기독교는 로마에 의해 세계의 종교로 급부상하는 상승효과를 거둔 것이다.

기독교는 바울을 거쳐 아우구스티누스와 아퀴나스에 이르러 본격적인 체계를 갖춘다. 그리고 유럽 전역을 기독교권에 포함시킨다. 그러나 수도원과 교황청의 부패, 마녀재판, 끊임없는 종교분쟁, 십자군 전쟁 등의 후유증으로 가톨릭과 개신교로 나뉘어 오늘에 이르고 있다.

로마는 오랜 시간에 걸쳐 이루어진 것처럼 멸망에도 오랜 시간이 소요되었다. 동서로마로 분리되고, 서로마 멸망 후에도 동로마는 1,000년간이나 그 수명을 연장한다. 로마 멸망의 원인은 다양한 분석을 필요로 한다. 일부에서는 부패와 안일, 게르만 족의 침입을 요인으로 꼽지만 실재로는 내부적 요인이 더 컸다. 무엇보다도 여론의 지지를 잃은 체제의 불안정과 235년에서 284년까지 계속된 내란의 피해가 가장 결정적이었다. 또한 노예의 감소에 따른 인력부족에 의해 악화된 경제적 침체도 심각한 쇠퇴의 요인이었다.

중세와 르네상스

미켈란젤로의 <피에타>

정치에서도 중세에 큰 변화가 나타났습니다. 의회가 생긴 것입니다. 입법, 행정, 사법의 삼권이 구분되지 않던 시대라, 중세의 의회는 지금의 입법기관인 국회와는 다릅니다. 그러나 중세의 의회는 각 집단의 대표가 모여 왕과 의논하는 대의제로, 그전까지는 없던 제도였습니다.

의회가 생기기 전에도 왕이 대표들을 불러 의논하는 일은 많았습니다. 전쟁이 없을 때 봉신은 주군에게 가서 정치 문제에 대해 의논 상대가 되어 주거나 재판을 도왔습니다. 이렇게 의논하던 관행이 의회로 발전했다고 볼 수 있습니다. 또한 중세의 왕은 자신이 소유한 경작지와 숲, 관세에서 나오는 소득 말고는 자유롭게 쓸 수 있는 재정이 없었습니다. 전쟁이 얼어나면 막대한 비용을 마련하는 게 큰 문제였습니다. 신하들이 십시일반 모아 주는 돈으로는 충분치 않았고, 세금을 더 거둘 수밖에 없었습니다. 그러려면 대표들을 불러 모아 의논해야 했습니다. 이렇게 해서 의회가 생겼습니다.

— 정현경(2014) 『단숨에 정리되는 세계사 이야기』

중세 유럽의 학문은 신학을 중심으로 발달했습니다. 철학도 크리스트교 신앙과 인간의 이성을 조화시키는 데 초점을 두었습니다. 토마스 아퀴나스는 고대 그리스 아리스토텔레스의 철학을 바탕으로 크리스트교의 교리를 이해하고 정리했습니다. 그가 집대성한 철학을 스콜라 철학이라 합니다. 스콜라 철학자들은 인간의 이성에 대한 확고한 신념을 갖고 있었습니다. 그들은 이성에 의해 사물의 본질을 밝혀낼 수 있기에 신의 존재 또한 사물들의 근본적인 원인으로서 입증할 수 있다고 생각했습니다.

중세 예술 역시 그 바탕에는 크리스트교가 짙게 깔려 있었습니다. 교회와 수도원의 건축물과 내부를 장식한 조각과 벽화, 서적을 꾸민 그림은 높은 수준을 보여줍니다.

― 정현경(2014) 『단숨에 정리되는 세계사 이야기』

교황은 이교도에 대한 적대감을 부추기면서 성지 예루살렘을 되찾기 위한 전쟁을 선포했습니다. 사람들은 하느님이 이 전쟁을 원하며, 참전하면 구원받을 거라 확신했습니다. 사람들이 너도나도 옷에 십자가를 달고 출전하여 '십자군'이라는 이름이 생겼습니다.

십자군이 종교적 열정만으로 가득 찬 것은 아니었습니다. 서유럽은 늘어난 인구에 비해 땅이 턱없이 부족했습니다. 전쟁을 기회로, 복작이는 서유럽을 떠나 기름진 땅, 새로운 삶을 찾으려는 사람들이 많았습니다. 이런저런 노동과 세금으로 등골이 휜 농노, 빚에 쪼들린 사람, 귀족이긴 해도 장남이 아니어서 물려받은 재산이 시원찮은 사람, 목숨 건 모험을 즐기려는 기사, 답답한 수도원을 벗어나고 싶은 수도사들이 십자군에 섞여 있었습니다.

― 정현경(2014) 『단숨에 정리되는 세계사 이야기』

중세 유럽의 질서는 크리스트교와 봉건제에 의해 유지되었습니다. 왕은 나라 전체를 지휘할 만한 힘이 없었고, 지방마다 왕의 봉신인 제후들이 독자적인 세력으로 존재했습니다. 이런 봉건제하에서 유럽을 하나로 묶어 준 것이 크리스트교였습니다. 중세 말에는 크리스트교와 봉건제, 이 두 요소가 무너지면서 사회에 변화가 찾아옵니다.

― 정현경(2014) 『단숨에 정리되는 세계사 이야기』

1453년에 비잔티움 제국이 멸망하면서 많은 학자가 이탈리아로 피난을 왔습니다. 비잔티움 제국은 서로마 제국 멸망 후에도 그리스 고전을 보전, 연구하여 학문적 전통을 계승했습니다. 비잔티움 제국의 학문이 전해지면서 이탈리아는 고전 연구의 중심지가 되었습니다.

고전 연구는 새로운 지식으로 이끄는 학문적 자극이 되었습니다. 그전까지는 성직자들이 지식을 독점하고 있었습니다. 고전을 읽는 가운데 사람들은 하나하나 알아 가는 즐거움을 누렸습니다. 그러는 가운데 인간이 능동적으로 생각하고 행동하는 존재임을 깨달았습니다. 지식에 대한 욕망은 인간을 둘러싼 자연, 사회, 정치로 확대되었습니다. 이렇게 인간에 주목하면서 참다운 앎을 추구하는 것을 인문주의, 휴머니즘이라 합니다. 르네상스의 본질은 바로 인문주의에 있습니다.

― 정현경(2014) 『단숨에 정리되는 세계사 이야기』

르네상스는 특별한 사람 몇몇이 만들어 낸 것이 아닙니다. 비잔티움 제국의 몰락으로 인해 고전 연구가 활성화된 데 힘입었고, 레오나르도 다 빈치가 응용할 만큼 해부학, 수학 등 학문도 발달해 있었습니다. 르네상스는 인간을 새롭게, 다시 보는 데서 시작했습니다. 고전 연구에서 시작된 르네상스는, 인간과 인간을 둘러싼 모든 것에 대해 정확히 알려는 지적 탐구심, 사회문제에 대한 사색과 비판으로 발전했습니다. 특히 중세를 지배하던 가톨릭교회의 문제를 파헤쳤습니다. 이러한 르네상스기의 새로운 움직임은 이후 종교개혁, 대항해 시대를 부르는 원동력이 되었습니다.

— 정현경(2014)『단숨에 정리되는 세계사 이야기 』

중세는 정치, 경제, 사회, 문화면에서 근세의 징검다리 역할을 한 시기였으며 르네상스시대의 토대를 마련한 시기이기도 했다. 11세기 전만 해도 유럽은 이슬람세계보다 낙후되어 있었다. 그러나 중세의 전성기로 일컫는 11세기부터 14세기에 이르는 시기에 비약적으로 발전한다. 전쟁의 소강상태로 평화가 지속되자 나라마다 경제발전에 집중한다. 기술이 발달하고 인구가 급증하자 농업혁명이 일어난다. 농업의 발달은 제조업을 발달시키고 상공업과 도시의 발달에 의한 경제적 부의 축적은 문화에 대한 욕구를 불러일으킨다. 이는 후에 나타날 르네상스의 잠재적 동력이 된다. 정치사회적으로는 장원제와 봉건제가 형성되고, 이어서 국민적 군주국가 등장한다.

그러나 중세는 기독교 중심의 세계관에 입각한 교회 권력의 비대와 부패, 십자군전쟁 등의 후유증으로 심각한 위기를 맞는다. 중세 말기(1300-1500)에 이르면 전성기의 축제 분위기는 사라지고 재난과 기근의 시대가 찾아온다. 경제 불황에 흑사병까지 겹치자 사회 정서적으로 혼란에 휩싸인다. 프랑스와 영국에서는 농민반란, 유럽의 다른 지역에서는 도시반란이 일어난다.

이와 같은 혼란은 인간에 대한 주체적 자각을 부르고, 이에 따라 새로운 사조가 탄생하는데 이 시기를 르네상스 시대(1350년~1500년)라고 부른다. 르네상스는 종교적 억압 분위기에서 벗어나 인간 본연의 자유로움을 추구한다. 따라서 중세문화에 비해 세속적이고, 그 바탕엔 휴머니즘이 자리 잡고 있었다. 신 중심의 경직된 정신세계에서 인간 중심의 자유세계로 자리바꿈을 한 것이다. 그리고 그 중심엔 예술가를 비롯한 인문학자들이 있었다.

이탈리아는 르네상스의 중심지였다. 르네상스의 배경인 고전의 중심엔 그리스문화가 있고, 이탈리아는 그리스로마문화의 발상지였기에 그 열정이 남달랐다고 볼 수 있다. 이 시기에는 미술과 음악, 문학을 예술을 비롯해 과학, 천문학, 의학, 해부학 등의 발전이 두드러진다. 레오나르도 다빈치와 미켈란젤로를 비롯한 다양한 분야의 천재들이 그 능력을 마음껏 발휘하게 된다.

십자군에 참여했던 한 병사의 수기

도시에 입성한 순례자들은 솔로몬신전 안에까지 쫓아가 사라센인(이슬람교도들)을 모두 죽였다. 거기에서 우리 병사들은 복사뼈가 피에 잠길 정도의 대학살을 자행했다. 이윽고 십자군 병사들은 마을을 휩쓸며 금, 은, 말, 당나귀 등을 약탈하고 부가 가득한 가옥들을 황폐화시켜 버렸다. 이어서 우리 병사들은 극도의 환희와 행복에 취해 비명을 지르고 눈물을 흘리며 우리들의 주 예수 그리스도의 무덤에 참배하고 그리스도에게 약속한 의무를 완수했다.

— 이윤희 편역(1991) 『에세이 세계사』

유럽의 팽창과 식민지 전쟁

잉카문명의 유적 마추픽추

교회에 대한 비판은 중세 말부터 곳곳에서 제기되고 있었습니다. 이단으로 몰린 영국의 위클리프와 보헤미아의 후스, 『우신예찬』을 쓴 네덜란드의 인문학자 에라스뮈스는 교회를 비판했던 대표적인 사람들입니다. 루터는 중세 교회를 무너뜨리는 커다란 흐름 속에 나타난 사람들 중 하나였을 뿐입니다. 다만 루터는 '종교개혁'의 시작이라는 타이밍에 절묘하게 맞은 사람임에는 틀림없습니다.

루터의 종교개혁을 계기로 사람들은 신앙생활에서 교회가 아닌 개인이 주체가 되어야 함을 깨달았습니다. 독일 농민들은 루터의 주장에서 자유와 평등의 메시지를 찾아내 농민전쟁을 일으키기도 했습니다. 이후 유럽 국가들은 종교에 대해 다양한 모습을 보이게 되었고, 가톨릭교회의 지배에서 벗어나 제각각 독자적으로 발전하게 되었습니다. 개인의 자각과 국가의 발전은 근대의 핵심적 요소입니다. 종교개혁으로 이 두 가지가 가중되었습니다. 종교개혁은 종교 문제를 넘어 중세를 끝내고 근대로 나아가는 시발점이 되었던 것입니다.

— 정현경(2014) 『단숨에 정리되는 세계사 이야기』

15세기 말 콜럼버스의 항해 즈음부터 유럽은 바닷길을 개척하기 시작했지만, 동양은 유럽을 능가하는 항해 업적을 일찍부터 이루었습니다. 특히 중국은 그 당시 세계에서 가장 큰 배를 만들어 먼 바다를 항해했습니다.
이를 입증하는 사실이 중국 명나라 정화의 대원정입니다. 정화는 영락제의 명에 따라 함대를 이끌고 1405년부터 1433년까지 일곱 차례 원정을 떠났습니다. 정화가 이끄는 원정대는 중국 난징을 떠나 동남아시아 해역과 인도양을 지나 동아프리카까지 이르렀습니다. 이 원정은 연간 2만 명 이상이 100척이 넘는 배에 나눠 타고 총 18만 5천 킬로미터를 항해한 대규모 원정이었습니다.

— 정현경(2014) 『단숨에 정리되는 세계사 이야기』

대 항해는 유럽 사람들의 생활을 풍요롭게 하고 경제를 발전시켰습니다. 아메리카에서 들어온 감자, 고구마, 옥수수, 토마토, 고추, 담배 등은 유럽 사람들의 식생활을 바꿔 놓았습니다. 특히 사탕수수의 정제물이 대량으로 들어오면서 유럽 사람들은 설탕을 곁들인 홍차와 커피를 즐기게 되었습니다. 이러한 여유는 식민지로 전락한 아메리카의 넓은 땅과 노예로 끌려온 아프리카 사람들의 희생이 있었기에 가능했습니다.
한편 아메리카에서 많은 금은이 들어오면서 통화량이 늘어나 유럽 물가가 치솟았습니다. 이를 가격혁명이라 합니다. 그리고 대 항해를 계기로 유럽 경제의 중심이 지중해에서 대서양으로 옮겨졌습니다. 대항해의 결과 유럽과 아시아, 아메리카, 아프리카가 연결되었습니다. 진정한 세계사가 시작되었다고 할 수 있습니다.

— 정현경(2014) 『단숨에 정리되는 세계사 이야기』

종교개혁은 중세에서 근대로 넘어오는 교두보 역할을 하게 된다. 기독교의 부패와 제도적 모순에 실망한 루터, 츠빙글리, 칼뱅 등 개혁세력들은 성서번역을 비롯한 다양한 개혁을 통해 교회를 성직자의 손에서 신자들의 것으로 돌려놓는다. 기독교는 개신교와 가톨릭으로 양분되고 가톨릭은 내부 개혁을 통해 기독교 신앙의 위기를 극복한다.

종교개혁이 서양역사에 미친 영향은 컸다. 성서 국어역의 보급, 성직자 신분적 특권의 부정, 수도원제의 폐지와 교회재산의 접수, 정교(政敎)의 분리, 양심의 자율에 신교의 자유 등은 시민사회의 진보적 세력과 함께 근대화의 추진력이 되었다. 또한 교회의 혁신은 봉건국가에서 근대국가를 성립한 프랑스, 영국 등 유럽 각국의 정치적

변혁과 동시에 이루어 졌다.

한편 중세에서 근대 초기에 이르는 과정에서 대항해가 키워드로 등장한다. 대항해시대는 인류에게 역사상 가장 놀라운 변화를 선물했다. 유럽의 팽창은 대항해시대를 통해 이루어진다. 유럽이 삽시간에 세계의 패권을 장악하는 데 대항해 활동이 결정적 역할을 했기 때문이다. 에스파냐와 포르투갈에 의해 시작된 대항해 활동은 지구의 지도를 새롭게 그려 놓는다. 그 뒤를 이어 영국, 프랑스, 네덜란드 등이 참가해 아프리카와 인도, 아메리카의 자원을 수탈한다. 화려한 잉카문명이 순식간에 종적을 감춘 것도 이들에 의해서였다. 뱃길은 차츰 육로로 이어지고 지구의 거리는 급속도로 가까워진다.

보다 크고 빠르게 만들어진 서구의 선박들은 아메리카, 동양, 아프리카 등지에서 약탈한 금은보석을 실어 나른다. 여기에 곁들여진 후추와 향료 등 향신료는 서양인들에게는 보석이나 다름없는 재화였다. 설탕과 담배, 홍차 등도 마찬가지였다. 무역의 가치가 새롭게 부각되고, 약육강식의 약탈전이 버젓이 대세를 이룬다. 침탈자의 선박에 자국의 자원을 실어주기 바쁘던 지역의 국가들은 대부분 그들의 식민지로 전락한다.

동양과 서양의 격차가 벌어진 것도 이 무렵부터였다. 그 결과 중상주의가 발달하고 이는 후에 전개될 산업혁명과 더불어 자본주의를 형성하는 길잡이 역할을 한다. 농업혁명에 이어 상업혁명이 일어나고 이어서 산업혁명이 전개된 셈이다.

▌▌ 혁명의 물결

시민사회가 성장하면서, 사회와 국가를 비판적으로 바라보고 새로운 사회를 만들려는 사상이 나타났습니다. 영국의 홉스와 로크는 17세기 내전의 경험을 토대로 사상을 전개해 나갔습니다. 이들은 개인들이 평화와 안전을 위해 사회 계약을 맺음으로써 국가가 등장한다고 보았습니다. 이를 사회계약설이라고 합니다.

홉스는 《리바이어던》에서, 지배자에게 절대적 권력을 주지 않는다면 질서를 유지할 수 없게 되어 '만인 대 만인의 투쟁'으로 돌아갈 것이라고 주장했습니다. 반면에 로크는 정부가 개인의 자연권을 침해할 경우 정부에 저항할 권리가 있음을 주장했습니다. 이러한 로크의 사상은 명예혁명을 정당화했고, 미국 독립선언에도 영향을 주었습니다.

프랑스의 루소도 〈사회계약설〉을 주장하면서, 국가의 주권이 인민에게 있다고 말했습니다. 여기에 더해, 루소는 문명 발달을 비판하면서 자연성을 회복해야 한다고 주장했습니다.

이러한 사상가들은 인간 이성의 힘으로 낡은 사회에서 벗어나 밝은 빛의 사회로 나아갈 수 있다고 믿었습니다. 이를 계몽사상이라 합니다.

— 정현경(2014) 『단숨에 정리되는 세계사 이야기』

산업혁명은 그전까지 인류가 걸어온 길에 비추어 볼 때 엄청난 변화였습니다. 인류의 경제사를 통틀어 중요한 혁명을 두 가지만 꼽는다면 신석기 혁명과 산업혁명을 듭니다.

신석기 혁명은 인류가 농사를 짓고 가축을 길러 비로소 먹을거리를 생산하게 된 것을 말합니다. 만약 신석기 혁명이 없었다면 인류는 일찌감치 굶어 죽었을 것입니다. 산업혁명 역시 인류가 삶을 이어 가고 발전하는 데 큰 역할을 했습니다. 농업 사회에서는 점점 늘어나는 인구를 먹여 살릴 만큼 생산력이 충분하지 않았습니다. 그러나 산업혁명으로 기계가 생산을 담당하게 되면서 인류는 대량 생산, 대량 소비, 풍요의 시대로 들어섰습니다. 또한 산업혁명은 19세기 이후 유럽이 우위를 점하고 다른 대륙을 침략하는 데 발판이 되었습니다.

— 정현경(2014) 『단숨에 정리되는 세계사 이야기』

프랑스혁명과 산업혁명은 세계의 정치와 경제의 역사를 새로 쓴 근대사의 대사건이다. 그리스와 로마에서도 온전한 형태는 아니지만 민주주의가 실시되었고, 프랑스혁명보다 앞서 미국에서도 민주주의는 시행되고 있었다. 영국의 <마그나카르타>, 루소와 몽테스키외, 로크 등도 인간이 누려야 마땅한 권리에 대해 주장한 바 있다. 그럼에도 역사가들은 미완으로 끝난 프랑스혁명에 특별한 가치를 부여한다.

프랑스혁명은 민중이 인권을 쟁취한 최초의 혁명이었다. 왕정의 절대 권력을 무너뜨리고 민중이 주체적으로 제자리를 찾았다는 데 세계사적인 의미와 가치가 있는 것이다. 그 슬로건은 자유, 평등, 박애 (우애로도 번역함)였다. 민주주의를 실현하는 데 자유와 평등은 지극히 상식적이며 원론적인 테제다. 다시 말해 민주주의를 위해서는 가장 필요한 절대요소다. 여기에 박애가 추가된다. 박애는 휴머니즘의 극치로, 인간이 사회적 공동체로서의 고귀한 가치를 실현하는 에너지원이다. 인권은 자유와 평등만으로는 완전하기 어렵다. 박애가 그 바탕을 이루어야 비로소 인권이 온전히 보장될 수 있다. 그런 점에서 프랑스혁명은 휴머니즘에 입각한 민주주의의 효시로 일컬어진다.

프랑스 혁명 외에 또 하나, 주목할 혁명으로 러시아혁명이 있다. 이 혁명도 민중이 주체가 되어 왕정을 타파하고 마르크스 사회주의 정부를 세운다. 그러나 이 혁명은 스탈린에 의해 마르크스주의의 이상과는 동떨어진 독재적 공산주의로 변질되고 만다.

민중이 평등한 인간으로서 인간다운 대우를 받고자 주체적으로 인권에 대해 눈 뜬 지는 근대에 이르러서다. 프랑스혁명은 그런 욕구의 실천적 결실이었다. 결과적으로 나폴레옹이라는 독재자를 낳고 미완에 그치지만 그 정신과 실천의지는 민주와 인권의 텍스트로 각인된다. 이는 프랑스혁명을 프랑스대혁명이라고 부르는 이유다.

산업혁명은 영국에서 시작되어 전 세계로 퍼져 나간다. 영국은 정치가 안정되어 있었고, 식민지를 통한 원료 조달이 쉬운 데다 동인도회사를 비롯한 무역회사들의 활발한 교역으로 넓은 해외 시장을 가지고 있기 때문이었다. 방적기계의 발명으로 면직물 생산량이 획기적으로 증가하면서 그 기세가 산업계 전체로 퍼진다. 대항해 시대의 중상주의적 상업혁명에 의해 싹튼 자본주의가 산업혁명에 이르러 본격적으로 확립된 것이다. 시민 계급이 사회의 주도층으로 활동하게 된 것도 이 때부터다.

산업혁명은 기계화 시대의 출발을 의미하기도 한다. 당시에는 기계를 통해 생산력을 높이고 인간을 중노동의 고통으로 부터 해방시킬 수 있으리라는 기대가 컸다. 그러나 현재에도 인간의 열악한 노동은 그치지 않고 있으며, 한편으로는 기계에 일거리를 빼앗긴 노동자들의 고용 불안은 늘어가고 있다.

자본주의의 원동력인 산업혁명은 민주주의의 상징인 프랑스혁명과 더불어 근대사의 핵심을 이루는 혁명이었다. 민주주의와 자본주의가 거의 동시에 정치와 경제 방향에서 각각 자리를 펼친 것이다. 그리고 민주주의와 자본주의의 조화로운 공존은 21세기의 당면 과제로 제기되고 있다.

두 차례의 세계대전으로 문을 연 현대

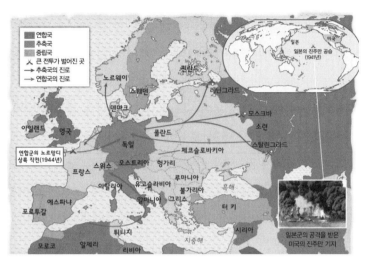

양오석/송영심(2014) 『재미있는 전쟁 이야기』

제1차 세계대전에는 30여 개국이 참전하여 천만 명 이상이 희생되었고, 재산 피해도 엄청났습니다. 처음 치른 세계대전 앞에 오랜 세월 유지된 제국들, 즉 독일, 오스트리아-헝가리, 러시아, 오스만 제국이 쓰러졌습니다. 유럽은 승전국과 패전국을 막론하고 전쟁으로 깊은 상처를 입었습니다.

그러는 동안 미국은 한층 더 국력을 키워 전후 국제 질서를 주도하게 되었습니다. 일본도 연합국 측에 참전하여 독일 식민지를 챙겼습니다. 패전국의 식민지였던 폴란드, 체코슬로바키아 등은 독립했습니다.

한편 전쟁을 치르는 동안 여성과 노동자의 역할이 부각되었습니다. 그 결과 전후 유럽 여러 나라에서 여성에게 참정권을 주고, 재산에 따른 선거권 제한을 없애면서 민주주의가 확대되었습니다.

— 정현경(2014) 『단숨에 정리되는 세계사 이야기』

제2차 세계대전에서는 원자폭탄을 비롯한 최첨단 무기가 무차별적으로 사용된 결과 약 5천만 명이 목숨을 잃었습니다. 인간 이성의 힘을 의심케 하는 홀로코스트(유대인 대량 학살)도 일어났습니다. 이 전쟁은 과학 기술의 방향과 인류의 미래에 대한 근본적 검토가 절실함을 보여 주었습니다.

유럽은 제2차 세계대전 후 패권을 완전히 내려놓았습니다. 영국과 프랑스의 국력이 크게 쇠퇴한 가운데 아시아, 아프리카의 여러 나라가 식민지 지배에서 벗어났습니다. 이후 미국과 소련이 국제 정치를 주도했습니다. 두 국가는 전쟁 중 나치 독일을 물리치기 위해 손을 잡았지만, 공동의 적이 사라지자 첨예하게 대립하기 시작했습니다. 세계는 미국과 소련 중심의 두 진영으로 나뉘어 체제 경쟁에 돌입했습니다. 이 시기를 냉전 시대라 합니다.

— 정현경(2014) 『단숨에 정리되는 세계사 이야기』

인류 역사는 전쟁의 역사라고 해도 지나친 말이 아니다. 그러나 그동안의 전쟁은 일부 지역이나 일부 국가 간에 치르는 국지전이었다. 그런데 세계의 열강이 두 패로 나뉘어 치른 전쟁이 두 차례나 발발한다. 현대사의 첫 새벽인 20세기에 초에 그것도 불과 20년을 사이에 두고 벌어진다. 현대사는 세계를 울리는 전쟁의 총성으로부터 시작된 셈이다.

　　두 전쟁도 대부분의 전쟁이 그렇듯이 당사국 간의 이해가 충돌해 발발한 전쟁이었다. 전쟁 참여국들은 미국과 러시아를 포함해 서양의 국가이며, 전쟁터도 서양인데 동양에서는 유일하게 일본이 두 번의 전쟁에 연이어 참여한다. 1차 세계대전이나 2차 세계대전이나 그 중심에는 독일이 있었다. 독일은 두 차례 모두 침략국의 위치에 있었다. 그리고 히틀러의 지휘 아래 유대인 대학살이라는 인류 최대, 최악의 범죄를 저지른다. 그런데 역설적이게도 전쟁 범죄국인 일본과 독일은 패전 후에도 여전히 세계 경제대국으로 군림하고 있다.

　　2차 세계대전은 현대사의 지형을 바꾸어 놓는다. 미국은 세계 최강대국의 위치를 탄탄히 굳히고 러시아도 강대국으로 부상한다. 그리고 세계 도처에서 민족주의가 급 물살처럼 번지고 수많은 독립국가가 탄생한다. 일본제국주의의 식민지 상태에 놓여 있던 한국도 2차 대전 중 징병, 군수물자 조달, 종군위안부 등으로 전쟁에(일본의 강압에 의해) 참가한다. 그리고 전쟁이 끝남과 동시에 아시아의 여러 국가들과 함께 해방을 맞는다. 두 차례의 세계 대전을 통해 현대전의 참극을 뼈저리게 실감한 현대사는 3차 세계대전만큼은 어떻게든 막아야 한다는 과제를 안고 있다.

다시 보기

바로 보기

1. 역사에서는 기록하는 사람의 책임이 막중하다.

2. 고대사는 현대에도 영향을 미치고 있다.

3. 르네상스시대는 인간의 능력에 대한 재발견과 동시에 인간의 능력을 최대한 발휘하고자 한 시대다.

4. 근대는 혁명의 시대로 프랑스혁명, 산업혁명은 민주주의와 자본주의의 기틀을 다졌다.

5. 현대는 두 차례의 세계 대전으로 시작되며 2차 세계대전의 결과 많은 식민지 국가들이 독립하게 된다.

거꾸로 보기

1. 로마가 아니었더라면 오늘날 우리가 알고 있는 그리스 문화가 전해질 수 있었을까?

2. 로마가 아니었더라면 기독교가 세계종교가 될 수 있었을까?

3. 헬레니즘 문화는 동서양문화의 융합으로 철학과 과학에 지대한 영향을 미쳤다. 하지만 부정적인 면도 있지 않았을까?

4. 서양보다 해양기술이 우수하던 중국이 대항해 시대를 먼저 열었다면 세계는 어떻게 바뀌었을까?

5. 프랑스혁명이 일어난 프랑스와 히틀러의 파시즘이 가능했던 독일의 차이는 무엇일까?

새롭게 보기

① 역사적으로 중요한 행사에 참가하는 것은 곧 역사의 생산자로 참여하는 것이다.

② 역사서를 읽을 때 독자는 역사의 해석자로 참여한다.

③ 다양한 주변 문화를 통해 이루어진 그리스문화는 그리스-로마로 문화로 이어져 세계화 과정을 밟았다. 따라서 어느 한 나라만의 단독적 문명이나 문화는 없다.

④ 종교개혁은 기독교의 혁신뿐 아니라 사회개혁에도 큰 역할을 했다

⑤ 1차 세계대전 패전국이던 독일은 불과 20년만의 2차 세계대전에서 어떻게 영국과 소련, 프랑스를 상대로 우세한 전투를 치를 만한 힘이 있었을까? 그리고 2차 세계대전의 패전국에서 어떻게 오늘의 경제대국으로 부활했을까?

⑥ 2차 세계대전 중심에는 독일이 있었다. 독일은 두 차례의 세계대전을 연이어 일으킨 상습적 전쟁 범죄 국가였다. 그러나 돌이켜 보면 독일의 침략에 대한 사전 방지와 대비를 소홀히 한 영국과 프랑스, 러시아, 미국 등의 책임도 크다고 볼 수 있다.

함께 읽으면 좋을 책

① 새로운 서양문명의 역사 (소나무)

② 이야기 세계사 (청아출판사)

③ 역사의 역사 (돌베개)

한 줄의 뉴스가 하루의 기분을 좌우할 때가 있다. 뉴스는 역사의 한 페이지다. 현대인들은 뉴스를 읽으며 역사의 한 순간을 공유한다. 뉴스는 실시간으로 기록되고 읽히는 역사서의 기능을 한다. 현대인은 역사의 생산자, 기록자, 해석자로 참여하며 역사를 이끌어 간다. 촛불집회에 참여해 100만 명 중의 하나를 이룰 때 우리는 역사의 생산자로 참여한다. 그 소식을 이웃에 전할 때는 역사의 기록자가 되고, 방송을 듣고 여론을 형성하며 역사의 해석자가 된다.

역사는 결코 개인의 소유일 수 없지만, 개인은 역사의 수요와 공급을 이루며 익명의 주체로 역사에 기여한다. 그리고 그 개인이 모여 역사를 이루고 공유한다. 이를테면 선거는 선택 받는 자와 선택하는 자로 나뉘어 쓰여 지는 역사이다. 그때 선택받았다고 해서 역사가 자신의 것은 아니다. 다만 역사의 일부로 주어진 역할을 담당할 뿐이다. 선택한 자도 마찬가지다. 자신들이 직접 담당해야 할 업무의 일부를 선택받은 자에게 위임한 채 곧장 감시자의 역할을 통해 역사에 참여한다.

역사 앞에서는 누구나 민족과 국가를 모태로 하는 공동운명체다. 일제강점기의 나라 잃은 설움은 역사를 잃은 고통을 의미했다. 이는 곧 민족과 국가가 역사의 주체가 될 수 없는 반역사적 현실을 말했다. 역사의 주체가 될 수 없다는 것은 더 이상 역사를 자신이 쓸 수 없고, 자신의 언어로 읽을 수도 없는 상황을 말한다. 외국의 침략뿐 아니라, 독재정권에 시달리는 민중의 삶도 마찬가지의 경우다.

민주사회는 역사를 손수 쓰며 손수 해석하는 사회를 의미한다. 선거를 통해, 집회를 통해, 사건 현장을 지켜보며, 민원을 제기하고 여론을 형성하며 역사를 이끌어 간다. 그리하여 국가와 사회가 평안하고 건전해야 자신도 편안할 수 있다. 한편, 건강한 사회는 건강한 개인을 통해 이루어진다. 따라서 나부터 건강해야 역사가 바로 서고 사회도 건강해진다.

오늘의 과제(토론)

❶ 프랑스 인권선언문 전문 읽기

❷ 2차 세계대전의 원인과 결과에 대해 간단히 쓰기

09 무한한 상상력과 창조의 원천
그리스신화

Chapter

미리 보기

『그리스신화』를 읽는 다섯 개의 코드

1 그리스신화의 배경

2 프로메테우스 고통의 내면화

3 시지프스의 노역

4 그리스신화의 현대적 해석

5 그리스신화의 세계적 영향

그리스신화를 주제나 모티브로 한 작품

르네상스	미술	보티첼리의 <비너스의 탄생> <팔라스와 켄타우로스>, 레오나르도 다 빈치 <바쿠스>, 미켈란젤로의 <바쿠스> 라파엘로의 <갈라테아>
	문학	페트라르카의 시 <아프리카>, 보카치오의 <필로스트라토> 단테의 <신곡>, 초서의 <캔터베리 이야기>, 존 밀턴<실낙원>, 셰익스피어 <겨울 이야기>, 로버트 브리지스의 시 <6월이 오면 인생은 아름다워라>, 장 라신<페드르>, 괴테의 시 <프로메테우스>
18세기	음악	헨델의 오페라 <아드메토> <세멜레>, 모차르트의 <이도메네오> 글루크의 <아울리데의 이피게네이아>
	문학	키츠의 <엔디미온>, 바이런의 <프로메테우스>, 셸리의 <사슬에서 풀린 프로메테우스 >, 테니슨의 <율리시즈>
	미술	프란시스코 고야 <에우로페의 납치>
19세기	문학	토마스 불핀치의 <그리스로마신화>, 너대니얼 호손 <그리스신화이야기>, 장 아누이의 <안티고네>, 장 콕토의 <바쿠스> <오이디푸스 왕> <오르페우스>, 유진 오닐의 <상복이 어울리는 엘렉트라>, T. S. 엘리엇의 시 <황무지>, 제임스 조이스 <율리시즈>, 앙드레 지드의 <나르시스론>
	음악	리하르트 슈트라우스의 <엘렉트라>, 자크 오펜바흐의 <지옥의 오르페우스> <아름다운 헬레네>

그리스신화의 구성

그리스신화는 지역과 종족 간에 교류가 이루어지는 과정에서 다듬어지고 보완되었다. 『일리아드(Iliad)』와 『오디세이(Odyssey)』의 저자 호메로스와 『신통기』의 저자 헤시오도스는 그리스신화를 구체적으로 서술하였다. 특히 헤시오도스의 『신통기』는 그리스 신들의 계보를 체계화 해 놓았다. 현재 우리가 읽고 있는 체계적인 신화집은 헬레니즘 시대를 거쳐 로마시대 이르러서야 그리스에서 편찬된 것이다. 로마는 그리스의 신화를 받아들이면서 그 내용을 편집해 오늘날의 '그리스로마 신화'로 재구성했다.

- **그리스의 12신**(괄호 안은 로마신화 속의 이름)

제우스(주피터) : 천지를 지배하는 주신

헤라(주노) : 여신 중의 최고의 여신. 제우스의 누이이자 아내

테네(미네르바) : 지혜와 전쟁의 여신

아프로디테(비너스) : 아름다움과 사랑의 여신

아르테미스(다이아나) : 달과 사냥과 출산의 여신

데메테르(케레스) : 곡물의 성숙을 주관하는 대지의 여신

헤스티아(베스타) : 밤과 화롯불을 주관하는 여신

아폴론(아폴로) : 태양신이자 음악의 신

헤르메스(머큐리) : 전령이자 나그네의 수호신

헤파이스토스(발칸) : 화산과 대장간의 신

아레스(마르스) : 전쟁의 신

디오니소스(바쿠스) : 술의 신

그리스인들은 신화를 통해 신과 인간, 자연에 관한 이야기를 종합적으로 그려낸다. 그리스신화에서는 주신(主神)인 제우스를 중심으로 많은 신들이 등장하는데, 그들은 영웅을 비롯한 인간들과 복잡한 관계를 맺고 있다. 제우스는 최고신이자 올림포스의 지배자로, 하늘과 천둥, 정의의 신으로 일컬어진다. 그의 부인인 헤라는 신들과 하늘의 여왕으로, 여성의 결혼과 양육을 관장한다. 그 밖에 데메테르, 디오니소스, 아프로

디테, 아폴론, 아레스, 아르테미스, 헤파이스토스, 헤르메스 등이 올림피아 12주신을 구성하고 있다. 12신은 대립과 보완 협력을 통해 신의 세계를 이끌어 간다. 그 외에도 다양한 신들이 등장하여 서사구조를 풍성하게 한다.

그리스신화는 세계의 여러 신화 중에서도 그 방대한 양만으로 최고의 위치를 차지한다. 뿐만 아니라 고도의 상징을 내포한 그 내용 또한 깊고 높은 수준을 자랑한다. 그러기에 철학과 사상, 문화와 예술 등 다방면에 걸쳐 폭 넓은 지혜와 영감의 원천으로 전 세계 인류의 꾸준한 사랑을 받고 있다. 그리스신화는 다양한 구성과 복잡한 내용으로 이루어져 있다. 그리스문화가 일시에 단일 지역민에 의해 형성된 것이 아니듯 그리스신화도 오랜 세월에 걸쳐 다양한 계층에 의해 탄생한다. 많은 신이 등장하고 신들의 성향 또한 복잡하고 다양한 것이 그 사실을 입증해 준다. 아래의 글은 그리스신화의 가치에 대해 새삼스럽게 재조명하고 있다.

> 그리스신화가 없었다면 우리는 고전시대가 끝난 이후로 오랜 세기 동안 서구와 세계의 다른 많은 지역의 예술과, 문학 사고방식을 이해하기가 무척 어려웠을 것이다. 고대 상상력의 산물인 이러한 신화들은 신선한 독창적 작품에 영감을 불어넣는데 끊임없이 이용되어 왔고, 이러한 작품들은 우리의 전체 문화유산에서 매우 중요한 부분을 차지하고 있다. 때로는 그렇게 개작한 작품들과 응용작품들이 등장인물과 작품의 진의 면에서 원전의 전통과 아주 동떨어진 것처럼 보일 때도 있지만 그래도 그들 작품 역시 고대의 원전에 직접적으로 뿌리를 둔 것이며, 원전 없이는 생각조차 할 수 없는 것들이다.
>
> — 마이클 그랜트, 서미석 옮김(1999)『그리스 로마신화』

그리스신화는 이름을 외우기도 힘들 정도로 많은 신들이 제각기 임무를 부여받고 분업적 역할을 한다. 그러나 그 핵심 권력은 제우스로 모아진다. 그렇다고 그가 절대 권력자는 아니다. 말하자면 집단적 단일지도체제와 흡사하다. 그것은 신화가 만들어 질 당시 그리스가 여러 폴리스들의 느슨한 독립적 연합체인 것과 관련지어 해석할 수 있다.

그리스신화는 휴머니즘이 그 바탕을 이루고 있다. 프로메테우스처럼 인간을 위해 제우스의 권위에 과감히 도전하는 신들도 있는가하면. 신들도 질투하고 사랑하고, 분노하며, 실수를 하는 등 인간과 다를 바 없는 욕망과 성격을 지니고 있다. 프로메테우스 신화와 시지프스 신화는 인간의 한계와 숙명을 적절하게 상징하고 있다. 니체가 그의 저서에서 인용한 아폴론신과 디오니소스 신은 인간의 유형을 이해하는 변별적 기준이 되어왔다. 신들의 세계를 통해서도 그 이면에는 인간 중심의 사고가 신화의 본질을 이루고 있음을 알 수 있다. 또한 그리스에서 민주주의가 태동하고 발달한 배경과 그리스신화와의 관계에서도 그런 시각을 읽을 수 있다.

아폴론 형	디오니소스 (바쿠스) 형
태양의 신	포도주와 연극의 신
문화, 조화, 질서	역동적, 열광적, 야성적
이성적	창조적
질서정연	무질서
논리적	감정적
서사시	서정시
조형예술	음악과 춤
절제	도취 환락
고전주의	낭만주의

그리스신화에서 유래된 용어들

오이디푸스 콤플렉스

그리스신화를 빌려 프로이트가 주장한 심리학 용어로, 아들이 동성인 아버지에게는 적대적이지만 이성인 어머니에게는 호의적이며 무의식적으로 성(性)적 애착을 가지는 복합감정을 이른다. 오이디푸스기의 아동은 근친상간과 부모 살해에 대한 소망을 가지며, 이로 인해 보복당할 것을 두려워한다. 특히 소년은 거세될 것을 두려워한다고 한다. 융은 남아뿐만 아니라 여아에게도 오이디푸스 콤플렉스에 해당하는 것이 있다고 보았고, 이를

'엘렉트라 콤플렉스'라고 불렀다.

테베(Thebes)의 왕인 라이우스(Laius)는 앞으로 태어날 아들이 자신을 죽일 것이라는 신탁을 듣고 여왕인 이오카스테(Iocaste)가 아들을 낳자 아이를 산에다 버려 죽게 하라고 명령한다. 그런데 양치기가 아이를 발견 하고 폴리부스(Polybus) 왕에게 갖다 주자 왕은 아이를 맡아 기른다. 이윽고 오이디푸스가 청년이 되었을 때, 갈림길에서 우연히 라이우스를 만나 서로 길을 먼저 가려고 다투다 오이디푸스는 자신의 아버지인 라이우스를 죽인다. 그리고 왕이 되어 자신의 친어머니인 이오카스테와 결혼을 하지만 나중에 자신이 아버지를 살해하고 어머니와 결혼했다는 사실을 알게 된다. 이 사실에 놀란 어머니는 목을 매어 자살하고 오이디푸스는 스스로 눈을 찔러 시력을 잃게 된다. 한편, 엘렉트라는 미케네 왕이었던 아가멤논의 딸이었다. 아가멤논은 트로이 전쟁을 마치고 고국으로 돌아오지만 아내와 정을 통한 남자에게 살해당하고 만다. 이를 알게 된 딸 엘렉트라는 동생과 함께 어머니와 그 남자를 살해한다.

아킬레스건

아킬레스건은 발뒤꿈치에 있는 장딴지 근육과 발꿈치를 연결하는 강한 힘줄을 말한다. 보통 치명적 약점(弱點)을 이야기할 때 인용한다. 아킬레스라는 이름은 고대 그리스신화에서 유래한다. 바다의 여신 테티스는 인간인 펠레우스와 결혼하여 아킬레우스를 낳는다. 테티스는 아들 아킬레우스를 불사신으로 만들기 위해 저승에 흐르는 스틱스강 물에 그를 담근다. 이때 잡고 있던 발목부위는 물에 잠기질 않아서 그 부분은 불사신의 몸이 되지 않는다. 그 후 트로이 전쟁 때 아킬레우스가 적군인 트로이 공주와 결혼식을 올리게 되자 이때 트로이의 왕자 파리스가 아킬레우스의 발뒤꿈치를 화살로 쏘아 죽인다. 아킬레스의 결정적인 약점을 이용해 죽이고 만 것이다.

큐피터의 화살

　사랑과 욕망을 주관하는 신 큐피트(에로스)는 홧김에 아폴론에게 화살을 쏘아 명중시킨다. 그런데 그 화살에 맞으면 애욕에 빠지게 하는 화살로 금색에 날카로운 촉을 달고 있었다. 그리고 다른 한 대는 납으로 만든 둔한 촉이 달린 화살로, 이것은 애욕을 식혀주는 효과를 가지고 있었는데 이를 페네우스의 딸인 아름다운 요정 다프네에게 쏘았다. 그 결과 아폴론은 다프네를 열렬히 사랑하지만 반대로 다프네는 아폴론을 한사코 싫어하게 된다. 아폴론은 다프네를 끝없이 쫓아다니고 다프네는 계속 도망을 다니다 결국 월계수나무로 변하고 만다. 이 화살은 나중에 어머니와 큐피터 자신도 맞게 된다.

나르시시즘

　지나친 자기애를 말한다. 나르키소스는 타인을 사랑할 줄 모르는 미소년이었다. 자기를 좋아하는 여자들에게 눈길조차 주지 않자 상사병에 걸린 많은 여성들이 자살하기에 이른다. 이에 격분한 복수의 여신 네메시스는 나르키소스에게 자신만 사랑하는 저주를 내린다. 어느 날 물속에 비친 자신의 모습에 반한 나르키소스는 정신이 혼미해져 빠져 죽고 만다. 그 후 그 물가에 꽃이 하나 피었는데 그것이 수선화가 되었다고 전해진다.

이카루스의 날개

이카루스(Icarus)는 미노스(Minos)왕의 명공 다이달로스(Daedalus)의 아들이다. 다이달로스는 한때 미노스 왕의 총애를 받았으나 후에 크레타의 왕비 파시파이의 부정을 도와주었다는 이유로 왕에게 미움을 사서 아들과 함께 탑 속에 갇히게 된다. 감옥에서 탈출하기 위해서는 바다를 건너야 하는데 왕은 모든 배를 통제하고 만다. 다이달로스는 성 위에 떨어지는 새들의 깃털을 모으기 시작한다. 그리고 날개를 만들어 아들과 함께 탈출을 시도한다. 그러나 아들 이카루스는 아버지의 충고를 잊고 너무 높게 날아오른다. 그리고 뜨거운 햇볕에 날개를 붙인 풀이 녹아 바다로 추락해 죽고 만다. 지금도 이카루스가 떨어진 그 바다를 이카리아해라고 부르며 이카루스의 날개는 과욕으로 인한 추락을 상징한다.

피그말리온 효과

심리학 용어인데 진심으로 바라고 긍정적인 믿음을 가지면 실제 그 믿음대로 이루어진다는 뜻을 지니고 있다. 자신이 만든 조각상을 사랑한 청년 피그말리온의 소망이 너무도 간절하여, 이를 지켜 본 미의 여신 아프로디테가 조각상에 생명을 불어 넣어 아름다운 여인으로 만들어 준 데서 유래되었다.

트로이의 목마

10년에 걸친 트로이 성 포위 작전에 승리하지 못한 그리스 군은 오디세우스(율리시즈)의 계략으로 큰 목마를 만든다. 그 목마는 전쟁의 여신 아테나에게 바치는 것이라고 선전하며, 그 속에는 오디세우스와 그가 거느리는 부하들이 숨어 있었다. 그리스 군은 전부 군함을 타고 귀국한 것처럼 속이고, 전체 함대는 가까운 섬 뒤에 숨 어 있었다. 트로이군이 사로잡은 위장 탈영병인 그리스 병사는 "트로이 편에서 목마를 차지하더라도, 성문 안으로 끌고 들어갈 수 없게 하기 위하여 크게 만든 것"이라고 말한다. 그 말에 트로이사람들은 성벽 한 부분을 부셔가면서까지 오기로 그 목마를 성 안으로 끌고 들어가 승전을 축하한다. 밤이 되자 목마 속에서 나온 오디세우스와 그의 부하들은 트로이 성문을 연다. 성문 밖에 잠복하고 있던 그리스 군은 트로이를 공격해 성을 함락시킨다. 이처럼 '트로이의 목마'는 치명적인 피해를 입힐 수 있는 위장물을 숨겨 놓은 것을 말한다. 컴퓨터에서도 트로이 목마 바이러스는 마치 유용한 프로그램인 것처럼 위장하여 사용자들의 설치를 유도하는 악성코드 프로그램을 가리킨다.

판도라 상자

불을 얻게 된 인류에게 재앙을 주려는 제우스의 뜻에 따라 여러 신들이 힘을 합해 빚은 최초의 여자인 판도라가 탄생한다. 제우스는 판도라를 프로메테우스의 동생 에피메테우스에게 선물한다. 에피메테우스의 저택에는 항아리가 하나 있었는데 그 안에는 인간에게 해가 되는 재앙들이 봉인되어 있었다. 판도라는 그 안을 확인해보고 싶은 유혹에 시달리다가 결국에는 어느 날 살짝 열어보고 만다. 그러자 그 속에서 죽음, 병, 질투, 증오 등 무수한 재앙이 튀어나와 사방에 흩어지게 된다. 제우스의 흉계에 따른 판도라로 인해 인류는 온갖 재앙으로 고통이 그칠 새가 없게 된다. 판도라는 서둘러 항아리를 닫았지만, 이미 모든 해악은 풀려나오고 만 뒤다. 다만 유일하게 항아리 안에 희망만 들어 있었다.

미다스의 손

이 말은 무엇이든 손만 대면 성공한다는 뜻으로 사용된다. 이는 미다스가 만지는 것마다 황금으로 변하는 데서 유래되었다. 디오니소스는 미다스에게 무슨 소원이든 한 가지 들어주겠다고 한다. 미다스는 자신의 손에 닿는 모든 것을 금으로 바꿔달라고 한다. 디오니소스는 망설이다가 미다스가 절실히 원하자 그 소원을 들어 준다. 그러나 미다스가 만진 모든 것은 음식이고 술이고 다 금으로 바뀌어 버리니 먹을 수도 마실 수도 없게 되자 미다스는 결국 소원을 철회하게 된다.

프로크루테스의 침대

프로크루테스의 침대는 남의 의견을 억지로 뜯어고쳐 자신의 생각에 맞추려 드는 경우에 빗대어 사용한다. 프로크루테스는 아테네 케피소스강 가에 철 침대를 갖다 놓고 지나가는 사람을 눕혀 본 다음 그가 침대보다 크면 사지를 절단해 죽이고, 침대보다 작으면 늘여 뜨려 죽였다. 나중에 자신도 테세우스에 의해 똑같은 방법으로 죽임을 당한다.

프로메테우스 신화

끝없는 고통의 반복

그리스신화에도 금기가 많이 등장한다. 우선 프로메테우스는 인간에게 불을 훔쳐다 줌으로써 제우스가 내린 금기를 어겼다. 또 에피메테우스는 "제우스의 선물은 무엇이든 받지 마라!"는 형 프로메테우스의 금기를 어기고 판도라를 아내로 받아 인류의 불행을 초래했다. 프로메테우스와 판도라의 이야기는 크로노스의 티탄 신족과 제우스의 올림 포스 신족 사이에 벌어진 전쟁 직후로 거슬러 올라간다.

전쟁이 올림포스 신족의 승리로 끝난 후 프로메테우스의 형제들은 운명이 엇갈렸다. 우직하게 티탄 편에서 싸웠던 맏형 아틀라스는 어깨로 하늘을 떠받치는 벌을 받았다. 둘째 메노이티오스 역시 제우스의 벼락을 맞고 지하의 암흑세계 에레보스로 내던져졌 다. 하지만 프로메테우스와 막내 에피메테우스는 공을 인정받아 제우스로부터 주요 임무를 떠맡았다.

　프로메테우스는 신을 공경할 인간과 짐승들을 창조하고, 에피메테우스는 피조물들에게 살아가는 데 필요한 선물을 배분하기로 합의했다. 그래서 새에게는 날개, 사자에게는 날카로운 이빨과 발톱, 거북이에게는 딱딱한 등판 등이 돌아갔다. 그런데 '뒤늦게 깨닫기'라는 이름의 에피메테우스가 아무 생각 없이 손에 잡히는 대로 이것저것 줘 버리다 보니 마지막 창조된 인간에게는 줄 것이 없었다.

　에피메테우스는 사려 깊은 형에게 이 난감한 상황을 이야기했다. 자신이 창조한 어떤 피조물보다 인간을 사랑한 프로메테우스는 궁리 끝에 인간에게 금지된 불을 훔쳐 주기로 결심했다. 제우스는 불이 인간의 손에 넘어가면 위험한 상황이 초래되리라는 것을 염려하여 그것을 엄하게 금하고 있었다. 프로메테우스는 속이 빈 회향나무에 불을 숨겨 인간에게 건네주었다.

　제우스는 자신이 내린 금기를 어긴 프로메테우스를 가혹하게 처벌했다. 그는 힘의 신 크라토스와 폭력의 신 비아를 시켜 프로메테우스를 잡아들여 대장장이 신 헤파이스토스가 만든 견고한 쇠사슬로 코커서스 산 절벽에 묶어 놓았다. 이어 자신의 독수리를 보내어 프로메테우스의 간을 파먹게 했다. 하루 종일 파 먹힌 간은 밤새 다시 돋아나 이튿날 또다시 독수리의 먹이가 되었다.

　그리스신화는 프로메테우스가 겪는 고통이 3,000년이나 지속된다고 전한다. 그동안 제우스는 전령 헤르메스를 통해 그를 협박하기도 하고 회유하기도 했다. 앞을 내다보는 프로메테우스가 자신의 앞날에 드리워진 액운을 알고 있었기 때문이다. 프로메테우스는 제우스의 협박과 회유에 굴복하지 않았다. 그는 불의와 억압에 무릎 꿇지 않는 저항 정신의 상징으로 자리 잡는다. 3,000년 후 영웅 헤라클레스가 나타나 독수리를 활로 쓰러뜨리고 프로메테우스를 사슬에서 해방시킨다. 그제야 프로메테우스는 제우스의 운명에 얽힌 비밀을 밝혀 준다.

　불을 훔친 프로메테우스를 처벌한 제우스는 인간들도 손을 보기로 결심했다. 자신이 금지한 불을 사양하지 않고 넙죽 받은 인간이 괘씸했기 때문이다. 제우스는 인간이 불을 받은 대가로 평생 불행을 껴안고 살아가게 할 목적으로 최초의 여성 판도라를 만들 계획에 착수했다. 헤시오도스는 『신통기』와 『노동과 나날』에서 판도라에 관한 이야기를 두 번에 걸쳐 상세하게 기술하고 있다.

— 김원익(2009)『신화, 세상에 답하다』

시지프스의 형벌이 중노동의 반복이라면 프로메테우스의 형벌은 극한적 고통의 반복이다. 흔히 뼈를 깎는 고통이라고 하지만 프로메테우스의 고통은 그 이상이다. 대부분 고생 끝에 낙이 온다는 속담처럼 지루한 고통에도 그 보상으로 얼마의 즐거움이 주어지는데 프로메테우스의 생은 숨 돌릴 틈 없는 고통의 연속일 뿐이다.

인간사도 정도의 차이일 뿐 고통의 연장이다. 고통 속에 잠시 신기루처럼 행복이 어른거리다 사라진다. 아무리 운 좋은 사람이라도 늘 행복하지만은 않다. 대개는 불행이나 고통이 더 많다. 인간은 누구나 숙명적으로 늙고, 병들고, 죽어가는 한계에서 벗어날 수 없기 때문이다. 살다보면 뜻하지 않은 사고와 봉변, 병, 가난, 이웃과의 불화, 생존경쟁, 실패, 주위의 비난, 사랑하는 사람의 죽음, 배반, 오해 등 고통의 복병은 수두룩하다. 더욱이 행복은 느끼지 못하고 지나치기 쉽지만 불행이나 고통에는 민감하기에 고통지수는 한결 두드러진다.

프로메테우스가 선물한 창조와 예지

인류와의 관계에 있어서 프로메테우스를 이해하는데 그의 인도주의적 정의감과 불이 상징하는 지식에 대해 새겨봐야 한다. 일단 인류를 위해 불을 훔친 것으로 그의 이타적 의지와 정의감은 증명된다. 그에게서 선물 받은 불을 이용해 인류는 고도의 문명과 예술을 일구었다. 그런데 예술의 창조적 고통은 프로메테우스의 고통과 흡사하다. 작품이 완성된 순간 잠시 희열을 맛볼 따름 다시 창작의 고통이 따르는 새로운 미완의 작품을 시작하기 바쁘다. 프로메테우스의 이름에는 '미리 생각하는 사람'이라는 뜻이 담겨있다고 한다. 그러니까 사상가나 예술가를 비롯한 인간들에게서 발견되는 특유의 예지능력은 프로메테우스의 선물로 해석될만하다. 그러나 그 예지능력은 인간의 문제를 근본적으로 해결할 지혜보다는 욕망의 충족을 위한 근시안적 지식에 그치는 경우가 대부분이다. 이는 신의 위력에 못 미치는 인간능력의 한계인지도 모른다.

시지프스 신화

끝없는 노역의 반복

신(神)들은 시지프스에게 끊임없이 바위를 산꼭대기까지 굴려 올리는 형벌을 부과하였다. 그러나 이 바위는 자체의 무게로 다시 산꼭대기에서 굴러 떨어진다. 무익하고도 희망 없는 일보다도 더 무서운 형벌은 없다고 신들이 생각한 것은 일리 있는 것이었다. 호머의 말을 믿는다면, 시지프스는 사람들 중에서 가장 현명하고 신중한 사람이었다. 그러나 또 다른 전설에 의하면, 그는 주로 산적의 직업에 종사하였다고 한다. 그가 지옥의 무익한 노동자가 된 원인에 관해서는 갖가지 의견이 있다.

첫째로 그는 신들을 경시했다는 비난을 받는다. 그는 신들의 비밀을 누설했다는 것이다. 아소프의 딸 에진느는 제우스에 의해 유괴되었다. 그녀의 아버지는 딸의 행방불명에 놀라 시지프스에게 호소하였다. 이 납치사건을 알고 있던 시지프스는 코린트 성채에 물을 대어 준다는 조건으로 사실을 아소프에게 가르쳐 주기로 했다. 시지프스는 하늘의 벼락보다도 물의 혜택을 받고 싶었던 것이다. 이 때문에 그는 지옥에서 형벌을 받게 되었다. 호메로스는 또한 시지프스가 죽음의 신을 쇠사슬로 얽어매었다는 것도 역시 우리에게 말해주고 있다. 플루톤(Pluton, 죽음의 신)은 자신의 왕국이 황량하고 조용해진 광경을 보고 참을 수가 없었다. 그는 전쟁의 신을 급히 파견하여 죽음의 신을 시지프스의 손에서 해방시켰다.

　또 전해지는 말로는, 시지프스가 죽어가려고 했을 때 경솔하게도 아내의 사랑을 시험해 보려 했다고 한다. 그는 자기 시체를 파묻지 말고 광장 한복판에 던져 버리도록 아내에게 명령하였다. 시지프스는 지옥에 다시 떨어졌다. 신들에 대한 그의 멸시, 죽음에 대한 증오, 사려에 대한 정열은 온갖 존재가 아무것도 성취할 수 없는 것에 노력해야 하는 형벌을 초래한 것이다.

— 알베르 까뮈, 이가림 역(1987) 『시지프스의 신화』

　시지프스는 그리스 헬레니즘 시대 코린토스 왕국의 시조로 알려져 있다. 이는 그의 위상이 만만치 않았음을 상징한다. 인간을 위해 불을 훔친 프로메테우스처럼 시지프스도 신들의 비밀을 인간에게 알려준 대가를 혹독하게 치른다. 시지프스는 죽음의 신 타나토스를 잡아 족쇄를 채운 탓에 한동안 아무도 죽지 않았다고 한다. 이처럼 시지프스는 불사조처럼 죽음으로부터의 해방, 즉 영원한 생명을 추구한다. 그러기에 시지프스는 신들의 세계에서는 지략이 뛰어난 골칫거리지만 인간의 입장에서는 고마운 존재일 뿐 아니라 생명의 존엄성을 일깨워 준 투사이다.

　그는 큰 바윗돌을 가파른 언덕 위로 굴려 올려야 했다. 정상에 올려놓으면 바윗돌은 다시 밑으로 굴러 내려가기 때문에 처음부터 다시 돌을 굴려 올려야 하는 것이다. 끝없는 노동을 반복해야 하는 인간의 운명도 이와 다를 바 없다. 시지프스는 프로메테우스와 더불어 인간의 한계와 고통을 극적으로 상징하는 존재이다.

욕망의 짐 내려놓기

　인간은 노동을 통해 생계를 유지한다. 또한 노동이 아니면 운동이라도 해야 건강을 지킬 수 있다. 인류 역사는 노동의 산물이다. 그러나 노동은 적당히 휴식이 주어지고, 자발적 욕구에 따라 노동의 결실이 새롭게 창출될 때만 그 가치가 인정된다. 그렇지 못한 노동은 강제 노역일 뿐이다.

　흔히 시지프스의 형벌을 끊임없이 되풀이 되는 노동에 비유한다. 그러나 시지프스의 경우는 노동이 아니라 노역이다. 프로메테우스가 내면의 고통에 시달리며 신음하는 데 비해 시지프스는 외부를 향한 노역에 시달린다. 시지프스는 바윗돌을 산 정상까지 밀어 올린다. 그러나 정상에 이르는 순간 바윗돌은 다시 굴러 밑바닥에 떨어지고 만다. 그리고 다시 밀어 올려야 하는 반복된 노역이 다음 과제로 주어진다.

바윗돌의 행방은 이미 정해져 있다. 앞으로 나아가는 게 아니라 다람쥐 쳇바퀴 돌듯 제자리를 왕복할 뿐이기 때문이다. 이는 시계추와 같다. 시계추는 시간의 수레바퀴를 오가지만 결국 시간의 숫자판 위를 맴돌 뿐이다. 그러면서 점차 낡아가고 느려진다. 그리고 언젠가는 멈춘다. 그제야 휴식에 이를 수 있다. 죽음만이 대책 없이 끈질긴 노역으로 부터의 해방인 것이다. 그러나 죽음 역시 새로운 생으로 이어지는 반복적 과정으로 본다면 산 정상에서 다시 떨어지는 바윗돌의 신세와 다를 바 없다.

한편, 시지프스의 노역을 욕망으로 해석할 수도 있다. 인간은 욕망의 경계선상에서 쉴 새 없이 서성거린다. 그러다 욕망이 경계수위를 넘으면 욕망의 포로로 사로잡히게 된다. 욕망도 도가 지나칠 경우, 자신이 욕망하는 게 아니라 욕망이 욕망하게 된다. 이는 욕망의 변질이고 과잉이다. 한편 사회적 동물인 인간은 스스로의 욕망이 아니라 남들과 사회가 요구하는 욕망을 아바타처럼 따라서 모방하기도 한다.

무리한 욕망은 늘 참담한 허망을 부른다. 욕망에 취해 시지프스의 바윗돌처럼 나락으로 굴러 떨어진다. 따라서 욕망의 바윗돌을 굴려 올릴 게 아니라, 무거운 욕망의 짐을 훌훌 벗고 가벼운 차림으로 홀가분히 산을 올라야 한다. 그러면 산 정상에서 푸른 하늘의 해맑은 공기를 후련히 마실 수 있다. 그리고 가벼운 발걸음으로 유유히 산을 내려올 수 있다.

III

다시 보기

바로 보기

1. 그리스신화는 인류에게 많은 영감과 지혜를 선물한다.
2. 그리스신화는 다양한 이야기꺼리를 제공한다.
3. 그리스신화는 서사와 의미를 함께 지닌 문학작품이다.
4. 그리스신화는 인류의 문화사에서 가장 많이 인용되어 왔다.
5. 그리스신화는 가장 오래되고 가장 많이 읽힌 고전이며 베스트셀러다.
6. 그리스신화는 그리스로마신화로 로마화하면서 로마제국의 영향에 힘입어 세계적 텍스트로 부상한다.

거꾸로 보기

1. 그리스신화에서 상징성을 도려내고 사실성만 보기
2. 그리스신화를 윤리적 측면에서 보기
3. 그리스신화를 과학적 시각으로 보기
4. 그리스신화 속에서 제우스조차도 전지전능하지 못하다. 이를 신이라고 할 수 있을까?
5. 그리스신화 속에서 인간과 신의 갈등 구조에 대해 살펴보기
6. 그리스신화를 부정적 시각으로 보기(피타고라스, 플라톤 등도 비판적이었음)
7. 세계의 신화와 지배 이데올로기와의 관계에 대해 살펴보기

새롭게 보기

1 왜 후세 사람들은 그리스신화에 지속적으로 관심을 가지게 되는가?

2 현재에도 신화는 만들어지고 있다. 신화는 왜 만들어지는가?

3 프로메테우스의 간과 시지프스의 바윗돌이 시사하는 의미는 무엇일까?

4 프로메테우스와 시지프스는 인간을 도운 죄로 제우스의 노여움을 사고 극한의
형벌을 치른다. 그리스신화에서 신과 인간의 관계는 무엇인가?

5 신들의 제왕인 제우스와 기독교 하느님과의 차이는 무엇인가

6 그리스신화와 단군신화의 공통점과 차이점은 무엇인가?

함께 읽으면 좋을 책

1 왜, 그리스 신화를 읽어야 하나요? (자음과 모음)

2 그리스 로마 신화 (현대지성 클래식)

3 그리스 신화의 세계 2 (현대문학)

문학치유적 독해

프로메테우스와 시지프스의 끝없이 반복되는 고통은 인간의 비극적 숙명과 닮아있다. 프로메테우스는 인간의 내면적 고통을 상징하고 시지프스는 반복 노역의 숙명적 고통을 상징한다. 인간의 삶엔 크고 작을 따름 늘 번뇌와 불안, 고통이 따른다. 또 끊임없이 노동을 해야만 생명을 유지할 수 있다.

석가는 일찍이 이 세상을 탐욕으로 인한 프로메테우스적 고통의 세계로 보았다. 그리고 시지프스의 형벌과 다름없는 생로병사의 사슬로부터 해방되고자 청정하고 평안한 정신세계를 추구했다. 일단 숙명을 인정하고 그에 따른 해결책을 모색한 것이다.

이처럼 고통에서 해방되는 길은 부조리한 숙명에 대한 회피나 공포보다 긍정적 자각에서 출발하는 것이 효과적이다. 그리고 고통의 원인인 지나친 욕망을 줄여야 한다. 자신도 모르게 범하기 쉬운 과욕의 어리석음을 깨달아야만 프로메테우스와 시지프스의 고통으로 부터 벗어날 수 있는 것이다.

니체의 '영원회귀설'도 그 순환 구도만으로는 시지프스 신화와 다르지 않다. 단순하게 해석하면 현재의 순간과 동일한 삶이 원의 형상을 띠면서 영원히 반복된다고 볼 수 있다. 이를테면 인류는 지겨운 형벌일 수밖에 없는 숙명론의 포로들인 셈이다.

그러나 니체는 '순간'에 '영원'의 가치를 부여한다. 그리고 그때그때의 현재에 최고의 생명력을 발휘하라고 역설한다. 이는 곧 순간을 영원처럼 활용하는 창조력의 극대화를 통해 시지프스의 바윗돌을 굴리는 발걸음마다 새로운 세계가 열릴 수 있음을 의미한다. 그것만이 인류가 숙명적 단순 반복의 굴레에서 해방될 수 있는 유일한 처방이다. 니체는 시지프스의 형벌에 대한 해결책으로 이 순간 삶의 가치를 어떻게 개척하느냐에 따라 미래의 운명이 비롯된다는 메시지를 띄운 것이다.

IV

오늘의 과제

❶ 그리스신화를 주제나 모티브로 한 문학, 미술, 음악 작품에는 어떤 것이 있는가?

❷ 프로메테우스신화와 시지프스신화가 현대사회에 던지는 메시지는 무엇인가?

10

동서를 아우르는 공부법

현대인들은 어떻게 공부해야 하는가

Chapter

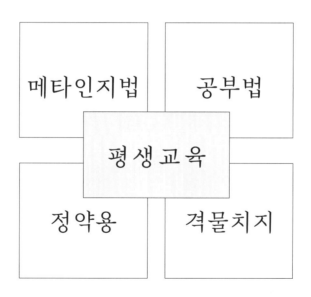

메타인지법

공부법

평생교육

정약용

격물치지

위 대 한   인 문 과 학 자 들 의   공 부 법 을   통 해   본

현대인들은 어떻게 공부해야 하는가

❝ 공부는 아이들만 하는 것이라고 생각하는 어른들은 ❞
자금보다 더 나은 삶을 꿈꿀 자격이 없습니다.

정신건강의학과 에서의 노규식 지음

SBS 영재발굴단 노규식 박사가 주목한 〈세계 인문과학자 7인의 공부법〉
현대인들은 왜 공부가 필요한지, 어떻게 공부해야 하는지
인문과학자들의 공부법을 통해 개인별 공부법을 제시한다

알투스

미리 보기

『현대인들은 어떻게 공부해야 하는가』를 읽는 다섯 개의 코드

1. 미래의 공부법 — 격물치지(格物致知)
2. 격물치지와 메타인지
3. 집중과 통합의 공부법
4. 정약용의 메타인지
5. 자신에 맞는 공부법

공부하는 사람과 공부하지 않는 사람은 어떻게 다른가?

공부하는 사람

세상은 늘 변화하고 있다. 그 변화에 적응하지 못하면 자연 도태되고 만다. 이런 변화의 물결에 자신의 의사나 의지를 떠나 불가피하게 따라야 하는 것이 현대인의 운명이다. 끊임없이 변화하고 있다는 것은 끊임없이 공부해야 한다는 말과 같다. 현대인은 공부하는 사람과 공부하지 않는 사람으로 구분된다. 생존경쟁의 시대에 적자생존을 위해서는 남녀노소를 가리지 않고 공부해야 한다. 그러기 위해서는 재미있게 즐기면서 공부하는 자신만의 공부법을 익혀야 한다. 평생 새로운 것을 배울 수 있는 능력을 기르는 사람이 되어야 한다. 또 문제점을 찾아낸 후, 해결을 위해 정보를 모으고, 우선순위를 정하고, 필요에 따라 새로운 것을 생각해내는 사람이어야 한다.

공부하지 않는 사람

공부하지 않는 사람은 세상이 변화하고 있다는 사실을 제대로 인식하지 못하거나 자신에 맞는 공부법을 찾지 못한 경우로 나눌 수 있다. 이 경우는 도시 한 복판에 살면서도 무인도에서 사는 것이나 다름없다. 아니면 세상과 담을 쌓고 스스로 감방에 갇혀 살기를 자청한 것과 마찬가지다. 또한 학교에서 가르쳐 주는 것만을 배우고 익히는 사람도 공부하지 않는 사람에 해당한다.

공부를 계속하는 사람의 뇌는 어떻게 달라지는가?

공부를 계속하는 사람은 아래 그림에서처럼 뇌의 부위별 기능이 활발하게 발휘되어 우수한 지적능력을 갖추게 된다.

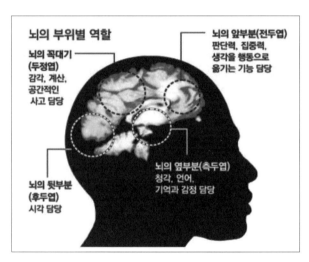

뇌의 부위별 역할

린 멜처 박사가 제안한 '전두엽의 실행기능 6단계'

- ① 계획하기 (planning)
- ② 조직화하기 (organize)
- ③ 우선순위 정하기 (priortize)
- ④ 단기 기억력 (working memory)
- ⑤ 점검하기 (monitoring)
- ⑥ 사고전환 하기 (shifiting)

창의력과 상상력 키우기

- ✓ 이미 존재하는 것에서 한발만 옆으로 비켜서서 살펴보고 생각하기
- ✓ 분석과 평가를 통해 정보를 창조하기
- ✓ 상상력은 뇌가 비논리적 사고를 잘할 수 있을 때 발휘된다.
- ✓ 알파파를 꾸준히 발생시키기 위해서는 독서가 필수적이다.

성공한 인물들의 공부법

— 노규식(2016) 『현대인들은 어떻게 공부해야 하는가』

인문과학자 7인의 공부 두뇌 유형

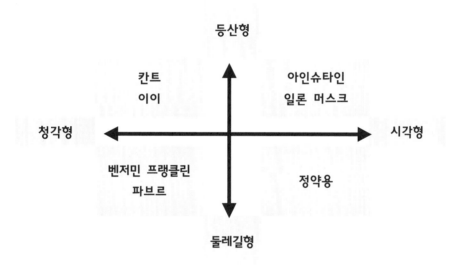

정약용 — 메타 인지 공부법

메타인지 (metacognition)	・심리학자 존 플라벨이 만든 용어 ・무엇인가를 배우거나 실행할 때 내가 아는 것과 모르는 것을 스스로 파악하는 능력을 말한다. ・읽기, 쓰기, 기억하기, 계산하기보다 한 차원 더 높은 인지

	능력으로 초인지 능력이라고도 한다. · 책을 읽기 전 반드시 내가 이 책에서 알고 싶은 것은 무엇인가라는 질문부터 자신에게 해야 한다.
격물치지 (格物致知)	무엇인가에 대해 깊이 연구하고(格物) 지식을 넓힌다는 뜻(致知)
정약용이 아들에게 이른 말	맨 밑바닥까지 완전히 다 알아내야 한다. 그렇게 하지 아니하면 아무런 의미가 없다.
정약용의 초서독서법 (抄書讀書法)	책을 읽다가 그때그때 요긴한 대목을 메모해 체계적으로 정리 하는 것
격물치지 학습법	처음에는 진도가 느린 것 같고 복잡하게 느껴져도 차츰 기억이 오래 남고 이해의 폭과 깊이도 확장된다.

칸트 － 사고전환 공부법

대인관계에 필요한 사고전환능력	· 칸트는 학자, 사업가, 군인, 여성 등 사교의 폭이 넓었다. · 칸트는 자신에게는 엄격했지만 타인들에게는 유연했다. · 칸트는 상황과 장소에 따라 스스로를 조절할 줄 알았다. · 칸트는 철학 뿐 아니라 과학이나 예술에도 조예가 깊었다.
계획 세우기	계획 세우기는 전두엽의 실행기능 중 가장 핵심적인 것이다. 계획을 세우려면 첫째, 목표 설정을 잘해야 한다. 둘째, 무엇이 더 중요한지 구분할 수 있어야 한다. 셋째, 돌발 상황에 대처할 대안도 생각해 두어야 한다.
칸트의 메모 습관	자신의 생각을 정리해 메모하며 이를 지식으로 재가공해 자신의 이론을 정립한다.
10% 미리 해두기 훈련	무조건 계획한 일의 10%를 미리해서 출발을 산뜻이 한다.

이이(李珥) ‒ 마인드 세트 공부법

마인드 세트	마인드 세트란 사물을 보는 방식이나 마음가짐으로, 습관이 된 태도를 말한다.
공부를 하려면 스스로를 경계하라	고착형 마인드 세트를 버리고, 성장형 마인드 세트를 가져야 한다.
성장형 마인드 세트를 키우는 공부법	• 이이(李珥)는 자신이 마땅히 가야 할 길을 밝히기 위한 공부를 해야 한다고 말한다. • 이이(李珥)는 또 배우기 전에 뜻을 세우라고 말한다.

파브르 ‒ 감정이입 공부법

관찰의 중요성	• 관찰은 모든 업적의 시작이다. • 관찰 할 때는 그 대상에게 감정이입을 해야 한다.
관찰의 전제인 주의력의 세 가지 요소	• 한 가지에 집중하는 힘 • 충동을 조절하는 힘 • 인내력

일론 머스크 ‒ 원리추론 공부법

일론 머스크의 독서	• 하루 열 시간 이상의 독서로 만권의 책을 읽음 • 인생의 질문을 책에서 찾아냄
일론 머스크의 사고 비결	• 어설픈 유추를 하지 않고 일일이 점검하는 습관을 지닌다. • 무엇이 중요한지 우선순위를 정하는 능력을 기른다. • 실패를 통해서도 배우는 회복탄력성을 지닌다.

아인슈타인 ― 연상사고 공부법

창조적 사고법	· 가설을 먼저 세운 뒤 실험적으로 사고하기를 즐긴다. · 우수한 패턴 찾기 · 이미지로 형상화 하고 상상하는 연상법 · 질문과 토론 위주의 학습

벤저민 플랭클린 ― 실천전략 공부법

철저한 시간 관리와 실천	· 공부가 그의 인생의 신념이었다. · 자신만의 실천적 덕목을 정함 · 철저한 자기평가를 바탕으로 실천전략을 세움

▌▌나에게 맞는 공부법 찾기

― 노규식(2016)『현대인들은 어떻게 공부해야 하는가』

등산형과 둘레길형

등산 형	· 먼저 큰 그림을 그려놓고 세부사항으로 들어가는 형 · 산 정상에 올라가서 전체 경치를 보기 좋아하는 형 · 일을 착수할 때 전체적인 구상을 먼저하고 세부계획을 수립한다. · 계획을 세울 때 전체적 윤곽을 잡는데 능하다. · 설득이나 감동을 주는 데 능하다.
둘레길 형	· 세부사항을 머릿속에 넣고 큰 그림을 완성해 나가는 형 · 길의 여기저기를 살펴보며 산을 오르는 형 · 일을 처리할 때 단계별로 순차를 가려서 한다. · 계획을 세울 때 세부적인 것부터 정하기에 치밀하다. · 결과보고를 하는 프레젠테이션에 강하다.

청각형, 시각형, 운동형

청각형 학습자	· 집중력이 높고 정보 처리력이 좋다. · 의사소통에 능숙하고 대화를 좋아한다. · 학습할 때 다른 사람의 설명을 들으면서 익힌다.
시각형 학습자	· 기억력이 좋다. · 관찰력이 뛰어나고 사색을 좋아한다. · 학습할 때 동영상을 보거나 글을 통해 익힌다.
운동형 학습자	· 눈과 손의 협응 능력이 뛰어나고 재빠르다. · 몸으로 직접 경험해 본 후 정확하게 인지한다. · 운동을 즐기고 활동적이다. · 책상 앞에 앉아 있을 때보다 자유롭게 움직일 때 생각이 더 잘 떠오른다.

톺아보기 —노규식(2016)『현대인들은 어떻게 공부해야 하는가』

▌▌ 격물치지(格物致知) 공부법

격물치지 공부법의 개괄

격에 맞는 이치를 올바로 깨닫는 것이 '격물'이라면 사물의 이치를 상황에 맞게 실천하는 자세를 갖추는 것이 '치지' 이다. 격물치지 공부법은 사물의 이치를 제대로 알아 이를 실천적 지혜로 활용하는 것을 말한다. 이는 주자의 주장이다. 반면 왕수인은 공부는 궁극적으로 마음을 바로 잡아 다스리는 데 있다고 한다. 마음을 잘 다스려 올바로 사용하는 것을 사회윤리 실천의 으뜸으로 본 것이다. 공부의 방법적 해석에서는 차이가 있지만 궁극적으로 공부를 사회윤리 실천의 수단으로 보는 데는 주자나 왕수인 모두 일치한다. 서양과 달리 학문과 윤리도 덕을 함께 추구하는 동아시아에서 격물치지는 최선의 공부법이었다. 격물치지를 통해 자연과학, 사회과학, 인문학 소양을 익히고 그 결실은 자연스럽게 수신이라는 사회윤리의 실천에 모아지기 때문이다. 격물치지는 사물에 대한 지식과 사회윤리 실천의 지혜를 동시에 탐구하는 복합적 공부법이었다.

격물치지 공부법의 특성

격물치지 공부법은 암기법이나 토론법과는 다른 공부법이다. 그 특징은 다음과 같다.

첫째, 격물치지 공부법은 자유연상적 공부법이다. 누구의 간섭이나 조언도 받지 않고 오직 자신의 독자적 사고와 연상만으로 사물의 이치를 깨치게 된다. 이때 사물의 핵심을 꿰뚫어 볼 수 있는 직관의 능력이 주어지게 된다.

둘째, 격물치지 공부법은 창의적 공부법이다. 격물치지에 집중하다보면 자유로운 사고와 폭넓은 상상력을 맘껏 발휘할 수 있어서 기대 이상의 창의적 성과를 거두게 된다. 사과나무 밑에서 만유인력의 법칙을 발견한 뉴튼, 상대성 원리를 발견한 아인슈타인, 발명왕 에디슨도 격물치지 공부법에 의해 세계 역사에 빛나는 창의적 성과물을 남길 수 있었다.

셋째, 격물치지 공부법은 사색적 공부법이다. 격물치지 공부법은 사색을 통한 연구에 의해 사물과의 거리를 좁힌다. 역사상 위대한 발견이나 사상은 고요하고 깊은 사색에서 비롯되었다. 고요한 사색을 위해서는 마음의 안정이 필요하며 이는 자신의 마음을 다스리는 데도 효과적일 수 있다.

넷째, 격물치지 공부법은 자연 관찰적 공부법이다. 격물치지는 사물에 대한 집중적 관찰에 의해 이루어진다. 이는 사물과의 긴밀한 대화를 의미한다. 사물과의 대화가 이루어지면 사물 깊숙이 들어가 그 내면의 이치를 쉽게 끌어 낼 수 있다. 나아가 자신의 내면에 들어가 자신의 실체도 알아낼 수 있다.

다섯째, 격물치지 공부법은 하나를 통해 열을 알 수 있는 공부법이다. 우물을 깊이 파면 그 곁의 얕은 물은 그 우물 속으로 모여든다. 애써 여러 개의 우물을 판 것보다 효과적이다. 물맛도 시원하고 맑고 깨끗하며 쉽게 마르지 않아서 오래 마실 수 있다. 공부도 마찬가지다. 하나를 배우면 열을 아는 사람이 있다. 이는 격물치지 공부법의 결과다. '하나를 배우면 열을 알 수 있는 사람이 돼라'는 속담에는 이와 같은 공부의 비법이 담겨있는 것이다.

다산의 공부법

격물치지와 메타인지 공부법

정약용의 격물치지 공부법은 오늘날 메타인지 학습법과 일맥상통하는 점이 있다. '메타인지'란 1976년에 심리학자 존 플라벨이 만든 용어로, 무언가를 배우거나 실행할 때 내가 아는 것과 모르는 것을 스스로 파악하는 능력을 말한다. 즉, 자신의 사고 능력을 정확히 인식하는 능력인 것이다. 이는 내가 잘 알고 있는 부분과 모르는 부분이 무엇인지 알고, 부족한 부분을 보완하기 위해 구체적인 계획을 세우고 스스로 평가하는 능력이다.

그 능력 중 하나가 어떤 방법으로 정보를 기억할 것인가를 결정하는 것이다. 책을 읽었을 때(정보를 만났을 때), 이것을 어떻게 하면 잘 분류해서 기억할 수 있을까? 계산 문제를 접했을 때, 어떻게 하면 빠르고 정확하게 계산할 수 있을까? 글을 쓰거나 말을 할 때, 어떻게 하면 체계적으로 할 수 있을까? 이런 식으로 방법에 대해 생각하는 능력인 것이다. 이것은 단순히 읽기·쓰기·기억하기·계산하기보다 한 차원 높은 인지 능력이다. 그래서 '초인지(超認知)'라고 번역하기도 한다.

공부에 있어서도 이 메타인지 능력은 엄청난 영향을 주게 된다. 시험공부를 할 때 무조건 오래 공부하는 사람과 어떻게 하면 더 잘 이해하고 기억할 수 있을까를 고민하며 공부하는 사람은 같은 시간을 공부해도 그 결과는 천지차이다.

— 노규식(2016) 『현대인들은 어떻게 공부해야 하는가』

자신을 아는 것은 남을 아는 것 못지않게 중요하다. 자신을 참으로 알고 나면 남도 저절로 잘 보이기 때문이다. 공부에서도 마찬가지다. 자신을 안다는 것은 자신의 특성과 능력을 정확히 파악하고 있음을 말한다. 따라서 그만큼 공부에 효율적일 수 있다. 자신이 잘 아는 부분과, 잘 할 수 있는 부분을 공부에 적용하면, 자신을 모르고 무작정 공부에 매달리는 경우에 비해 월등한 성과를 거둘 수 있는 것이다.

메타인지는 자신의 인지 과정과 실상에 대해 정확히 파악하고 보다 높은 차원에서 자신의 인지능력을 관찰하고 발휘하는 힘을 말한다. 정약용은 자신의 특성과 능력을 정확히 파악하고 적절히 발휘할 줄 알았다. 또한 자신의 처지와 조국의 현실에 대해 냉엄하게 인식하고 있었다. 그 바탕 위에서 위대한 학문적 업적이 뒤따를 수 있었다.

내가 몇 년 전부터 독서에 대하여 깨달은 바가 큰데, 마구잡이로 그냥 읽어 내리기만 한다면 하루에 백 번 천 번을 읽어도 읽지 않은 것과 다를 바가 없다. 무릇 독서하는 도중에 의미를 모르는 글자를 만나면 그때마다 널리 고찰하고 세밀하게 연구해서 그 근본 뿌리를 파헤쳐 글 전체를 이해할 수 있어야 한다. 날마다 이런 식으로 읽는다면 수백 가지의 책을 함께 보는 것과 같다. 이렇게 읽어야 책의 의리(義理)를 훤히 꿰뚫어 알 수 있게 되는 것이니 이 점 깊이 명심해라.

— 정약용(2009) 『유배지에서 보낸 편지』

예컨대 <자객전(刺客傳)>을 읽을 때 기조취도(飢祖就道)라는 구절을 만나 "조(祖)라는 것은 무슨 뜻입니까?"라고 물으면, 선생은 "이별할 때 지내는 제사다"라고 답할 것이다. "그렇다면 그러한 제사에다 꼭 조라는 글자를 쓰는 뜻은 무엇입니까?"라고 다시 묻고, 선생이 "잘 모르겠다."라고 대답하면, 집에 돌아와 자서(字書)에서 '조'라는 글자의 본뜻을 찾아보고 자서에 있는 것을 근거로 다른 책을 들추어 그 글자를 어떻게 해석했는가를 고찰해보아라. 그 근본 뜻뿐만 아니라 지엽적인 뜻도 뽑아두고서, <통전(通典)>이나 <통지(通志)>, <통고(通考)> 등의 책에서 조제(祖祭)의 예를 모아 책을 만들면 없어지지 않을 책이 될 것이다. 이렇게 하면 전에는 한 가지도 모르고 지냈던 네가 이때부터는 그 내력까지 완전히 알게 될 것이고, 홍유(鴻儒, 존경받는 이름난 유학자)라도 조제에 대해서는 너와 경쟁하지 못할 것이 아니겠느냐? 이러한데 우리 어찌 주자의 격물(格物) 공부를 크게 즐기지 않겠느냐?

— 정약용(2009) 『유배지에서 보낸 편지』

정약용은 자연과학, 사회과학, 인문학의 특성을 한 몸에 갖춘 보기 드문 천재다. 지식과 지혜를 동시에 갖춘 지성인 것이다. 거기에 윤리 도덕적 품성 또한 존경받을 만한 인격자의 경지에 오른다.

정약용에게 '격물'이 자연과학적 부분을 밝혀 준다면 '치지'는 사회 윤리적 측면을 강화해 준다. 그의 일생 또한 격물치지와 그 실천에 모아진다. 격물치지 공부법은 정약용에게 어울리는 공부법이며 정약용이 후세에 적극적으로 추천하는 공부법이기도 했다.

그는 격물치지 공부로 익힌 '수기(修己) 정심(正心)으로, 수신·제가·치국·평천하를 실천한다. 성실하고 올바른 심신(修己·正心)으로 자신을 지키고 닦아나간다(修身). 유배지에서도 아내를 다독이고 자식 교육에 힘쓴다(齊家). 또한 목민심서를 비롯한 명저를 조국과 세상에 남긴다. (治國·平天下).

정약용은 팩트를 철저히 이해하고 내 것으로 만들기 위해서는 자신이 무엇을 모르는지, 무엇을 알려고 하는지부터 분명히 정하라고 강조한다. 공부는 이러한 질문에서 시작하고, 이 질문은 결국 목표가 된다는 것이다. 이것은 '메타인지 독서법'의 대표적인 개념이기도 하다. 메타인지 학습법 전문가들은 책을 읽기 전에 반드시 '내가 이 책에서 알고 싶은 것은 무엇인가?'라는 질문부터 스스로에게 해보도록 권한다. 바로 'SQ3R 독서법'이다. 우선 훑어보면서(suvey) 질문거리를 찾고(question), 비로소 읽기(reading) 시작해서 읽은 내용을 회상해보고(recite), 내가 가진 질문의 답을 알아가고 있는지 점검하는(review) 방식을 말한다.

— 노규식(2016) 『현대인들은 어떻게 공부해야 하는가』

정약용은 사물의 이치를 완벽하게 확인하기 전까지는 잠시도 한 눈을 팔지 않고 탐구에만 몰두한다. 그가 과학적 사고와 연구를 여러 가지 획기적 발명품을 선보인 것도 사물에 대한 남다른 관찰과 탐구의 결과였다. 차에 대해 각별한 관심을 기울인 것 역시 깊은 사색과, 자유 연상적 상상력을 통해 사물의 이치를 꿰뚫어 보고, 고도의 자기 수련을 하기 위한 격물치지 공부의 일환이었다. 실제적 진실을 추구하면서도 정신문화적 측면에 소홀하지 않은 것은 그가 얼마나 격물치지 공부법에 대한 내공이 깊은 가를 실감케 한다.

　　그는 긴 세월을 유배지에서 국가 개혁과 민생을 위한 연구와 저술, 제자 양성, 그리고 학문의 실천을 위해 헌신한다. 유배 중에도 오로지 국가의 개혁과 백년대계의 설계에　열정을 쏟은 것이다. 목민심서는 마음을 청정하게 다스린 후 민중과 고락을 함께 할 것을 강조한다. 다산에게 격물치지의 대상은 민중이었다. 그리고 그 해답은 민중의 생활에 직접 도움이 되는 실제적 학문이었다.

바로 보기

1. 지금은 평생 교육 시대다. 이는 평생 공부 시대를 의미한다.
2. 누구에게나 자신에 맞는 공부법이 있다. 성공한 사람은 자신에 알맞은 공부법을 효과적으로 활용한다.
3. 인간은 잠시도 공부를 멈출 수 없다. 현대사회는 많은 정보와 생활 지식을 필요로 하기 때문이다.
4. 최선의 공부는 스스로 지도를 만들어 그 길을 걸어가는 것이다. 그러기 위해서는 숱한 정보와 지식을 적극적으로 활용해야 한다.
5. 격물치지 공부는 동양 공부법의 효시였다.

거꾸로 보기

1. 격물치지 공부법은 구체적이지 못하고 너무 막연하다.
2. 격물치지 공부법으로 공부해 온 동양은 근대에 이르러 서양 문명에 뒤쳐진 채 그들의 지식과 공부법을 배우고 있다. 이는 격물치지 공부법의 한계를 증명한 것이 아닐까?
3. 몸에 맞는 옷을 고르듯 공부법은 스스로 찾아내는 것이 최선이 아닐까?
4. 현대의 공부법에서 다양성과 효율성을 어떻게 조화해야 할까?
5. 공부가 먼저인가? 공부법을 익히는 것이 먼저인가?

새롭게 보기

1. 칸트, 아인슈타인, 파브르, 프랭클린도 그 이름을 몰랐을 뿐 격물치지 공부법의 장점을 효과적으로 활용했다.

② 이이(李珥)와 정약용의 공부법은 격물치지였다.

③ 이이(李珥)와 정약용은 메타인지의 대가였다.

④ 변화하는 세상에 맞는 자신만의 공부법을 익혀야 한다.

⑤ 현대는 남녀노소 모두에게 날마다 공부 과제를 안겨 주고 있다.

함께 읽으면 좋을 책

① 생각은 기술이다 (인간사랑)

② 메타인지 치료 (학지사)

③ 삶을 바꾼 만남 (문학동네)

문학치유적 독해

공부법에는 여러 가지가 있다. 그리고 공부하는 사람의 성향에 따라 공부법도 다르다. 또 공부법은 지역에 따라 다르다. 이를테면 동양과 서양의 공부법이 다르다. 따라서 공부법에는 왕도가 없다. 그러나 자신의 정신을 추스르고 인격을 다듬는데 있어서는 어떤 공부법도 격물치지 공부법을 넘어서기 어려울 것이다. 격물치지 공부법은 수신의 텍스트로 활용해 왔기 때문이다.

수신은 마음을 다스리는 공부다. 다시 말해 격물치지 공부법은 마음의 고요와 평정을 바탕으로 한 공부법이다. 마음을 고요히 가다듬고 사색을 통해 하나의 주제나 사물에 집중하는 것은 선가의 수행과 비슷하다. 그러기에 격물치지 공부법을 따르다 보면 저절로 마음공부부터 이루어진다. 사물이 제대로 보이고 그 이치를 깊고 쉽게 깨치게 된다. 그러기에 제대로 격물치지 공부법을 익힌 이들 중에는 성현 못지않은 인품을 갖춘 학자들이 많다.

　이 부분에서 서양의 공부법은 격물치지 공부법을 따르지 못한다. 그럼에도 한국을 비롯한 동양에서는 이런 고유한 전통적 공부법의 특성을 살리지 못하고 아직도 암기 위주의 공부법에 의존하거나, 맹목적으로 서양의 공부법을 따르고 있다. 평생교육을 비롯한 다양한 미래의 교육 환경은 통섭적이고 복합적인 공부법을 필요로 한다. 이점에서도 격물치지 공부법은 미래의 훌륭한 공부법일 수 있다.

오늘의 과제

❶ 자신에 맞는 공부법 고르기

❷ 다산의 격물치지 공부에 대해 알아보기

11 중용
가장 보편적이며 실질적인 처세의 진수

Chapter

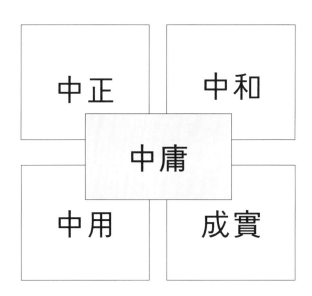

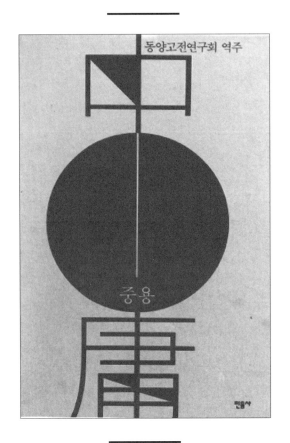

동양고전연구회 역주

중용

中庸

민음사

미리 보기

『중용』을 읽는 다섯 개의 코드

1 중용의 철학적 의미
2 중용의 실천 방법
3 중용의 지혜
4 중용과 처세
5 중용의 실용적 가치

중용의 개요

일찍이 서양에서도 아리스토텔레스는 양극단에 치우치지 않은 이상적인 윤리를 '중용의 덕'이라고 말한 바 있다. 불교의 핵심인 '중도'는 양극단을 버리고 치우침이 없이 온전한 조화를 이루는 것을 가리킨다.

유가의 경전 중 대표적 철학서인『중용』의 내용도 큰 틀에서 보면 이들과 맥을 같이한다. 그러나 중용은 치우치지도 모자라지도 않은 바르고 성실한 도리를 인격과 생활의 지침으로 제시한다. 그리고 이를 통해 상대와 거리낌 없는 화합을 이룰 것을 권한다. 우리는 중용이 현실적이며 실용을 중시하는 중국을 배경으로 태어난 사실에 주목해야 한다. 삶과 처세의 지혜를 밝히고 사회적 실천을 강조한 점에서 중용은 합리적이며 실천적인 실용성을 갖추고 있는 것이다.

논어, 맹자, 대학과 함께 사서에 속하는『중용』은 공자의 손자인 자사가 썼다고 알려져 있다. 이를 송나라의 주자가 오늘의 형태로 체계화했다. 원래는 대학과 마찬가지로 예기에 포함되어 있었으나 주자가 별도로 경전으로 독립시킨 것이다. 전체 33장으로 구성되어 있는데 각 장의 이름은 따로 붙이지 않았다. 중용은 한 마디로 함축하면 치우치거나 모자람이 없는 마음이 어느 쪽으로도 기울지 않게 실생활에 임하는 것을 말한다.

중용의 실천적 이해

서양의 실용주의

실용주의는 미국을 중심으로 서양에서 발달한 근대철학의 하나이다. 철학이면서도 관념을 배제하고 실제 생활에 맞는 경제성과 실질적 이익을 추구한 점에서 현대 자본주의와 맥이 맞닿아 있다. 실용주의는 학문과 지식의 유용성·효율성·현실성을 추구하며 추상적 이론보다는 실제적 이용 가치를 더 중시한다. 실용주의의 키워드인 실용은 인간의 욕망과 필요에 따라 얼마나 실제적으로 유용하게 쓰이느냐에 의해 그 가치가 검증된다.

실용주의는 사회의 일부 계층에 경제적 풍요를 안겨준 것만으로는 충분하지 않다. 실용의 대상은 특정 소수가 아니라 다수의 사회적 공동체여야 그 혜택을 온전히 누릴 수 있기 때문이다. 사회가 전체적으로 평화롭고 활기차야 그 구성원인 개인도 안정되고 행복하게 실용을 누릴 수 있는 것이다. 반면 일부 특정 세력에게 실용의 혜택이 쏠리게 될 때 사회는 불안과 불화로 인해 급격히 삶의 질이 떨어지게 된다. 따라서 사회 보편적 실용의 필요성만 더 환기시켜 줄 따름이다.

경제적 풍요를 독점한 이들도 실은 그 진가를 다 누리는 게 아니라 소유한 재물의 일부도 실질적으로 사용하지 못한다. 그러면서도 대부분의 시간을 소유를 더 늘이기 위해 허비한다. '경제적'이라는 표현이 최소의 에너지를 활용해 최대의 효과를 얻는 것을 말한다면 지극히 비경제적인 행위인 셈이다. 따라서 실용과는 거리가 멀 수밖에 없다. 실용은 실질적으로 얼마나 혜택을 누릴 수 있느냐에 따라 그 가치가 결정되기 때문이다. 여기에서 실질적으로 실용의 혜택을 누리려면 경제적 여건과 건강, 정신적 즐거움이 함께해야 한다. 또한 사회적 안정이 뒷받침 되어야 한다. 그래야만 온전한 실용이 실현될 수 있다. 삶의 질을 바탕으로 한 행복지수가 높은 것이야말로 궁극적

실용인 것이다

현대인은 실제 필요한 사물을 사용하는 것이 아니라 타자의 시선이나 욕구에 의해 조작된 환상, 즉 가짜 이미지를 소비하고 있는 것이다. 이를테면 실제적으로 일상생활에 유용한 상품보다도 주위의 시선을 끌 수 있는 명품이 소비의 기준이자 목표로 기능한다. 소비의 욕망이 가상의 이미지에 사로잡히게 되면 그럴수록 실용과는 멀어진다. 실용은 참으로 인간에게 유용한 것을 말하기 때문이다. 이 부분에서 서양의 실용주의는 실패한 실용, 가짜 실용으로 변질되기에 이른다.

참다운 실용은 어떤 것인가?

동양은 사회적 의리에 충실해 온 반면 서양은 실리를 중시한다. 그런데 학문이나 사고방식에서는 서양이 사물의 구조에 대한 탐구와 자연의 적극적 이용에 치중하는 데 비해 동양은 어떻게 사는 것이 잘 사는 것인가 하는 처세의 방법에 집중한다. 그리고 이웃과 함께하며 자연과 더불어 사는 지혜를 좇는다. 이에 따라 동양에서는 윤리도덕과 정신문화가 발달하고 서양에서는 철학과 과학문명이 발달한다. 그러나 서양세계의 철학은 현재까지도 인간의 바람직한 삶에 대해 명쾌한 해답을 제시하지 못한 채 논쟁만 반복하고 있다. 다만 자연의 무분별한 이용에 의존하는 과학문명이 결코 인류 행복의 정답이 될 수 없다는 사실을 거듭 확인할 뿐이다.

동양에서는 일찍이 어떻게 하는 것이 이웃과 더불어 잘 사는 것인가에 대한 길을 제시하고 그 실천에 주력해 왔다. 실용이 실제 생활에 필요하고 유용한 결실을 가리킨다면 이는 지극히 실제적이고 근본적인 실용주의를 뜻한다. 여기에서 정신적 행복 지수를 좇느냐 물질적 풍요를 기준으로 하느냐에 따라 실용의 성격은 달라진다. 서양의 실용주의가 경제적 편리와 이익에 집중한다면, 동양의 실용은 사회윤리의 실천에 무게를 두기 때문이다.

사회윤리는 사회생활의 실천적 규범으로 인간이 살아가는 데 기본적인 사회적 장치이다. 그런데 근본적 실용은 너와 내가 함께 보다 나은 삶의 질을 누리는 실질적 유용성에 모아진다. 따라서 본질적으로 사회윤리가 뒷받침 되지 않는다면 경제적 실용은 그 효과를 제대로 누릴 수 없다. 아무리 민주적 평등을 강조해도 부익부 빈익빈의 양극화 현상이 심화되는 현실이 이를 증명한다. 경제 민주화가 이루어 지지 않고는 민주주의도 사회 공동의 실용도 제대로 실현되기 어려운 것이다.

이기적 욕망을 충족하는 데 연연하는 특정 계층만의 이익은 참다운 실용과는 거리가 멀다. 그런데도 대개는 실용을 사회 공통의 과제로 보지 않고 개개의 현실적 편리와 이익으로 해석하기 쉽다. 그러나 이런 식의 실용주의는 사회성이 결여된 일방적 이기주의에 지나지 않는다.

중용과 실용주의

우리는 날마다 많은 사람, 다양한 사건들과 만난다. 그때마다 어떻게 대처하는 것이 최선인가에 대해 망설이고 고민하게 된다. 그 적절한 방법을 가르쳐 주는 것이 중용이다. 그뿐이 아니라 중용은 평소 어떤 마음가짐을 지니고 있어야 하는가에 대해서도 일러준다. 그렇게 평소에 갈고 다듬은 마음가짐이 사람들을 만나고 사건을 해결할 때마다 곧장 마땅한 길을 제시하기 때문이다. 따라서 중용의 가르침대로만 한다면 개인도 사회도 무리 없이 평안하고 건강해 질 수 있다.

중용은 추상적인 것 같지만 가장 실질적인 처세의 기본이다. 중용(中庸)은 중용(中用)이라고도 한다. 실용(實用)과 용(用)자를 공유하는 셈이다. 여기에서 용(用)은 실제 생활에 유용한 것을 뜻하며 중(中)은 용(用)을 실행하는 방법을 말한다. 중(中)은 어느 쪽에도 치우치지 않고, 모자람도 넘침도 없는 상태를 말한다. 그리고 이런 마음가짐이 적절한 마음 씀에 이르도록 이끈다. 그러니까 중용은 과부족이 없는 지극히 떳떳한 마음으로 유용성을 실천하는 것을 뜻한다.

실용은 실제적 유용성을 말한다. 그러나 그 실제적이라는 수식어는 사람에 따라 다양하게 풀이된다. 물질적 가치를 중시하는 사람은 경제적 풍요가 실제적일 수 있지만 정신적 가치를 중요하게 여기는 사람에게는 삶의 질이 실제적이다. 그런데 중용은 가장 바람직한 유용성을 이루는 최선의 방법을 제시한다. 어떻게 몸가짐과 마음 씀을 하는 것이 나와 사회를 위해 최선인가를 말해주는 것이다.

사회가 바로 서야 나도 편하다. 그러기 위해서는 나를 잘 다스리는 데서부터 그 첫 걸음을 시작해야 한다. 이는 세상을 살아가는 데 있어서 가장 기본적이며 실질적인 방법이다. 실용은 현실적 필요에 의해 수시로 그 목표를 달리하지만 중용은 진리를 바탕으로 진리의 실행을 추구한다. 그럼으로써 가장 적합하고 유익한 실용을 이룬다.

실용이 현실적인 유용성을 강조하는데 비해 중용은 궁극적인 유용성, 즉 가장 바람직한 쓰임새를 어떻게 이룰 것인가 그 방법을 제시한다. 그것은 누구에게나 통할 수 있는 가장 보편적인 실용의 길이다. 한 마디로 중용은 올바른 마음가짐을 지니고 이웃과 화합하며 살아갈 수 있는 참다운 삶의 방식을 가르쳐 준다. 이때 올바른 마음가짐은 인간의 본성을 가리킨다.

인간의 본성은 맑고 밝고 고요한 마음의 상태이다. 이 본성이 흐트러지지 않고 온전하게 실제 생활에 쓰일 수 있도록 마음가짐과 마음 씀의 길을 가리키는 것이 중용이다.

과부족은 불평등 사회를 조성하는 결정적 요인이다. 평등도 정의도 과부족 때문에 제자리를 찾지 못하기 때문이다. 과부족 때문에 사회는 소란스럽고, 피곤하며, 각박해진다. 한 쪽이 넘치면 한 쪽은 반드시 결핍의 아픔을 겪는다. 그렇다고 넘치는 쪽도 온전한 만족을 누리지는 못한다. 이때 과부족의 균형을 잡아주는 것이 중용이다. 항상 지나치지도 모자라지도 않은 자세로 원만한 실용에 이르도록 길을 밝혀주는 것이 중용인 것이다.

天命之謂性, 率性之謂道, 修道之謂教.

하늘의 뜻을 거스르지 않는 것을 본성이라고 하며, 그 본성을 따르는 것이 도이고, 남들이 본받도록 도를 닦는 것을 가르침이라고 한다.

서양에서 하늘은 신이 머무는 곳으로 일컬어져 왔다. 그런데 동양에서는 신의 존재보다도 하늘의 이치를 최고의 가치로 받들어 왔다. 하늘의 이치는 천도 혹은 천명으로 부르는데 감히 어느 누구도 거스를 수 없는 불변의 법칙이다. 오랜 경험에서 비추어 볼 때 한결 같이 우주를 움직이는 하늘의 도리는 부정할 수 없는 진리인 것이다.

더러는 하느님의 실체를 볼 수 없듯이 천명의 실체도 막연하다고 할지 모른다. 그러나 비록 뚜렷이 실체는 드러나지 않지만 천명은 상상에서 비롯된 허구는 아니다. 아침이면 어김없이 해가 뜨고, 겨울이 길다 싶으면 기다렸다는 듯 봄이 온다. 가뭄이다 싶으면 단비가 내려 지상의 목을 축이고, 올해도 사과나무는 작년처럼 튼실한 열매를 선물한다. 그렇듯 지구는 화산이 폭발하고, 가뭄과 홍수가 일고, 끊임없이 전쟁이 터져도 언제 그랬냐는 듯 헤아릴 수 없는 시간 동안 생명을 이어왔다. 이것이 곧 하늘의 이치이다.

천명을 믿지 못하는 사람들도 때가 되면 천명의 실상인 우주 자연 속으로 되돌아간다. 그리고 보이지는 않지만 누구에게나 뚜렷한 천명의 증거가 있다. 이른바 인간의 본성이다. 성경에서는 인간은 하나님의 형상을 본 떠서 만들었다고 한다. 그런데 공자는 형상이 아니라 인간의 마음 즉 본성을 천명과 동일시한다. 천명을 거스르지 않는 것, 즉 천명을 닮은 인간의 참마음을 본성으로 본 것이다.

인간의 본성은 누구나 지니고 있는 참마음을 가리킨다. 그것은 하늘의 이치를 닮아 지극히 순수한 마음이다. 그런데 외부환경과 욕망에 의해 조작된 거짓 마음이 그 실체를 가로막는다. 따라서 우리는 거짓마음이 자신의 실체인 줄 착각하며 살아가기도 한다.

불교에서는 인간의 본성은 선하지도 않고 악하지도 않은 것으로 본다. 다만 살아가며 마주치는 환경과 욕구에 따라 선할 수도 있고 악할 수도 있다는 것이다. 선과 악은 인간의 본성이 지닌 자연스러움과는 거리가 있다. 인간의 본성에 가까운 아이들 마음에서는 선의도 악의도 찾아보기 어렵다. 그냥 순수하고 자연스러울 뿐이다. 그런데 점차 자라면서 욕망이 커지고, 세상 물정에 익숙해지면서 선과 악이라는 인위적 분별에 치우치게 된다. 그리하여 점차 마음은 본래의 순수성을 잃고 타락한다.

인간은 마음이 본성에서 멀어질수록 괴롭고 세상은 살기 힘들어진다. 본성의 회복은 진리로 충만한 세계에 이른 것을 뜻한다. 이때 비로소 참다운 자유와 평화를 누릴 수 있게 된다. 그런데 평범한 인간이 본성을 되찾기란 쉽지 않다.

그러기에 본성을 회복했거나 그 경지 가까이에 이른 이들을 성현이라고 부른다. 이들은 자신이 먼저 본성을 되찾고, 그 광명을 세상과 더불어 나누기 위해 헌신한 인류의 스승들이다. 그런데 그 경지에 이르지 못한 현재의 위치에서도 본성에 가까운 축복을 누릴 수 있다. 마음을 맑고, 밝고, 따뜻하고, 고요하게 씻고 닦아서 그 청정한 기운을 이웃과 함께 나누는 것이다. 그것은 하늘의 가르침, 즉 천명을 실천하는 것이기도 하다.

莫見乎隱, 莫顯乎微, 故君子愼其獨也.

아무리 어둡고 은밀한 곳에서도 자신의 잘못이 보이지 않아야 하고, 아무리 미세한 것에서도 자신의 잘못이 나타나지 않아야 한다. 이에 현명한 자는 혼자 있을 때 더 조심한다.

명심보감에 '인간의 사사로운 속삭임도 하늘은 우레 소리와 같이 듣고, 어두운 밀실에서 이루어지는 혼자만의 속마음도 신은 번갯불처럼 들여다본다.'는 구절이 있다. 세상 어느 한 곳도 하늘의 눈과 귀가 미치지 않는 데가 없다는 경고이다. 사람들 앞에서는 대부분 의젓하고 점잖게 행동한다. 사방의 눈과 귀가 지켜보기 때문이다. 자연히 긴장하게 되고, 일거일동에 세심한 주의를 기울이게 된다.

그러나 일부러 혼자 있는 시간을 통해 사색과 명상, 산책 등을 하는 경우도 있다. 불가의 선은 세상에서나 혼자 있을 때나 한결같이 고요하고 평화로운 마음을 유지하는 것을 말한다. 유가의 성리학에서도 홀로 있을 때의 바르고 청정한 마음가짐을 강조한다. 동서양을 가리지 않고 인류는 혼자만의 명상을 통해 흐트러진 정신을 가다듬어 왔다. '홀로 있을 때를 삼가라'는 말은 평소 끊임없이 마음을 잘 다스리라는 뜻을 지니고 있다. 그래야 밖에 나가서도 실수 없이 원만하게 행동할 수 있기 때문이다. 혼자 있을 때부터 마음의 준비가 충분히 되어 있어야 하는 것이다.

이처럼 혼자 있을 때는 자신을 차분히 돌이켜 보고 마음을 가다듬을 수 있다. 바깥에서 잃어버린 자신을 되찾는 자신만의 시간인 것이다. 혼자만의 시간을 갖는다는 것은 자신과의 밀린 대화를 통해 내면에 쌓인 상처를 치유하는 절호의 기회를 의미한다.

> 子曰 "道之不行也, 我知之矣, 知者過之, 愚者不及也, 道之不明也, 我知之矣, 賢者過之, 不肖者不及也. 人莫不飮食也,鮮能知味也.

> "도가 행해지지 못하는 까닭을 알겠다. 안다는 이들은 지나치고, 어리석은 이들은 미치지 못하는 탓이다. 도가 널리 알려지지 않는 까닭을 알겠다. 현명한 척 하는 이들은 지나치고, 현명하지 못한 이들은 미치지 못하는 탓이다. 마시고 먹지 않은 사람은 없지만 그 맛을 참으로 아는 이들은 적듯이 도를 제대로 알고 행하는 이들은 드물다."

도는 동양사상을 한 마디로 함축해 놓은 압축파일이다. 도는 인간이 살아가는데 지켜야 할 기본 도리를 말하는데 유가에서는 도를 윤리의 규범으로 삼는다. 또한 도가에서는 우주 자연의 오묘한 현상을 도의 실체로 본다. 불교에서도 양극단에 치우치지 않은 참다운 수행의 길을 중도라고 한다. 그러기에 만물이 머무는 곳에는 반드시 도가 있게 마련이다. 도는 우주가 존재하는 이치이자 우주를 움직이는 에너지원이기 때문이다.

도는 바르고 한결같아서 무수한 변화 속에서도 제자리를 지킨다. 그러면서도 도는 어느 때 어느 곳을 가리지 않고 만물과 함께 한다. 종종사도가 판을 치는 시대를 탄식할 때가 있다. 그렇다고 도가 자리를 비운 것은 아니다. 그 순간에도 도는 제 몫을 다한다. 다만 도의 실체를 인간들이 발견하지 못하기 때문일 뿐이다.

지식은 스스로가 직접 깨닫는 것이 바람직하다. 그 지식은 곧장 지혜로 연결되기 때문이다. 그런데 대개 지식은 타인이나 책에서 전수받기 쉽다. 이때는 그 알맹이를 충분히 되새겨 자기 것으로 온전히 소화해야 자신의 지식이 될 수 있다. 자연과학 지식보다 인문학적 지식의 경우는 더 그렇다. 눈에 보이는 사실보다 보이지 않는 이치를 다루기 때문이다. 그 중에서도 윤리와 법도, 진리를 뜻하는 도(道)의 경우는 단순한 앎에 그칠 게 아니라 반드시 깨달음이 따라야 한다.

그런데 문자의 해석만으로 도의 깊은 뜻과 지혜를 터득한 것처럼 여기는 이들이 많다. 수박 겉핥기식이다. 이들은 진정한 지식인일 수 없다. 온전히 깨쳐야만 참 지식을 소유할 수 있기 때문이다. 흔히 "도가 넘치다"는 표현을 쓴다. 이 역시 도의 참경지에 이르지 못한 경우를 말한다. 이를테면 도에서 벗어나 중용과 거리가 멀어진 것이다.

예부터 동양에서는 도에 이른 경지를 이상적으로 여기며 동경해 왔다. 도의 경지에서 느끼는 그 희열을 안다면 어느 누가 도에 이르기를 망설일 것인가. 다만 그 사실을 제대로 깨치지 못해 안타까울 뿐이다. 그러니 마음만 고쳐먹는다면 마음 씀씀이 하나, 걸음 하나에서도 도를 행하며 그 참맛을 즐길 수 있는 것이다.

君子之道四 丘未能一焉, 所求乎子 以事父, 未能也. 所求乎臣 以事君, 未能也. 所求 乎弟 以事兄, 未能也. 所求乎朋友, 先施之, 未能也. 庸德之行, 庸言之謹, 有 所不足, 不敢不勉, 有餘不敢盡, 言顧行, 行顧言, 君子胡不慥慥爾.

군자에게는 네 가지 도가 있는데 나는 그 중 어느 하나에도 능하지 못하다. 자식에게 바라는 만큼 부모를 섬기지 못하며, 이웃에게 바라는 만큼 나라를 섬기지 못하며, 아우에게 바라는 만큼 형을 섬기지 못하며, 친구에게 바라는 만큼 친구에게 베풀지 못한다. 언제나 덕을 베풀고 말을 신중히 한다. 부족함이 있으면 감히 힘쓰지 않을 수 없으며, 남아도 감히 다 소진하지 않는다. 말을 행실을 돌이켜보고, 행실은 말을 돌이켜 보며 어찌 군자가 말과 행실을 돈독히 하지 않겠는가.

효도와 애국, 우애와 우정은 예나 이제나 사회적 존재인 인간의 대표적 덕목이다. 효는 도덕의 근본이며 인륜은 물론 천륜의 핵심이다. 자신의 실질적 창조주이자 길러주고 가르쳐 준 부모의 크고 높은 은혜는 아무리 강조해도 부족하다. 그 은혜에 대한 보답인 효는 인간으로써 가장 먼저, 가장 지극하게 실천해야 할 기본 도리이다. 인간이 동물과 다른 것 중 으뜸은 효도를 알며 행한다는 점이다. 동물도 어미의 사랑은 사람 못지않다. 그러나 동물은 효도를 모른다. 다만 내리 사랑만 종족보존의 수단으로 반복될 뿐이다.

부모와 자식은 최초이자 최후의 관계를 이룬다. 자식이 태어나는 순간 부모가 함께하듯 부모의 임종의 순간에는 자식이 함께한다. 효도는 그런 특별한 관계에 대한 특별한 보답이다. 부모가 자식을 사랑하고 베푼 만큼 부모를 섬긴다면 그 이상의 효도는 없을 것이다. 그러나 아무리 지극한 효자라도 부모가 자식에게 베푼 사랑에는 턱없이 못 미친다. 따라서 항상 부족하다는 반성을 채찍 삼아 더욱 분발해야 한다.

한결같은 정성이 에너지원인 효도는 추호의 망설임이나 게으름도 없는 진정에서 자연스럽게 우러나오는 자발적 행위이다. 은혜와 신뢰가 그 바탕을 이루기 때문이다. 핏줄로 이어진 부모와 자식 사이의 믿음은 아무리 예리한 칼로도 끊어놓을 수 없는 견고한 결속이다. 따라서 누구나 효도를 하는 순간은 이해타산을 떠나 아무런 사심도 없이 지극 정성을 바친다. 이는 어떤 신앙에 비교해도 나무랄 데 없는 지고지순의 경지이다.

애국과 우애, 우정은 효의 연장선상에서 이루어져야 한다. 국가와 사회, 형제, 친구 역시 은혜의 대상이기 때문이다. 부모를 통해서 되새기게 된 은혜의 가치를 인간사회와 우주로 확대하면 사회와 더불어 자신의 삶도 그만큼 충만해질 수 있다. 국가와 사회, 이웃과 친구는 더불어 살아가는 은혜로운 존재들이다. 이들에 대한 은혜의 발견은 사회적 윤리의 기본이다.

은혜는 지식의 산물이 아니라, 그 고마움을 깊이 깨쳐야 은혜에 대한 감사의 마음이 자발적으로 우러나게 된다. 우주와 인간의 은혜에 대해 제대로 깨치면 세상에 대한 지나친 경쟁심이나 이기적 행태도 사라진다. 그리고 세상이 다시 보이게 된다. 저절로 세상의 은혜를 갚고 싶은 마음으로 헌신의 기쁨을 누릴 수 있다. 이때 정신은 저절로 밝고 건강해지며, 마음의 상처 따위는 설 땅이 없어지게 된다. 이런 세상에서 어떻게 그 말과 행동을 성실하게 하지 않을 수 있겠는가.

도를 중용의 '중'으로 볼 때 덕은 '용'에 해당된다. 도덕은 일상생활 속에 온전히 녹아 있어야 한다. 생활과 도덕이 일치할 때 비로소 그 인격이 완성되는 것이다. 이를 위해서는 항상 완벽한 경지에 미치지 못함을 반성하고 더욱 분발해야 한다.

유학은 언행일치를 학문의 근간으로 삼는다. 이는 실천되지 않은 말의 공허를 염려하고, 실천력을 기르기 위한 배려이다. 또한 학문과 인격 수양을 동시에 꾀하려는 배려이기도 하다. 지식인은 그 지식이 실행에 이르렀을 때 참 지식인, 명실상부한 지성인으로 인증 받는다. 스승도 마찬가지다. 몸소 실천으로 그 가르침을 증명해야 스승의 자격이 주어진다. 사랑하는 사람들은 한결같은 사랑으로 언행의 일치를 이루어 간다. 허물없는 친구 사이에도 그 언행이 정확히 일치해야 진정한 우정을 이어갈 수 있다.

실천에 이르기 전에는 말이 앞서는 것을 삼가야 한다. 실천이 따르지 않은 말은 검증되지 않은 탓에 제 무게를 지니지 못한다. 그리고 그 발화자를 경박하고 신뢰할 수 없는 존재로 떨어뜨린다. 그러기에 어리석은 이는 말로 행동을 대신하는데 비해 지혜로운 이는 행동으로 말한다. 말을 실행에 옮길 때는 그 완벽함에 대한 검증을 철저히 해야 한다. 그리고 실천한 후에는 반드시 그 말을 돌이켜 보아야 한다. 그 언행에서 도덕의 향기와 인간적 성실함이 느껴지지 않은 사람은 아무리 나름의 내공이 숨어 있다고 해도 두루 환영받지는 못한다. 현명한 이들은 남들과 경쟁할 시간에 오로지 자신의 원만한 인격을 추구할 따름이다.

III

다시 보기

바로 보기

1. 중용은 처세의 방법을 제공한다.
2. 중용은 보편과 합리를 바탕으로 한 윤리의 지침이다.
3. 중용은 사서삼경을 대표하는 철학서다.
4. 중용과 중간은 다르다.
5. 중용은 실천을 위한 사상이다.

거꾸로 보기

1. 중용은 어렵고 모호하다.
2. 중용의 논리는 자의적으로 해석하기 쉽다.
3. 중용을 적당주의로 해석하기 쉽다.
4. 중용은 보수 편에서 진보적 시각을 비판하는 데 이용할 수 있다. 또 그 반대의 경우도 있을 수 있다.
5. 중용은 다의적으로 해석되어 단순한 사건의 해답을 이끌어내는데도 어려움을 줄 수 있다.

새롭게 보기

1. 중용은 바람직한 인간의 삶을 위한 최선의 방법을 일러주고 있다.
2. 중용은 인격완성을 돕는 실용적 사상이다.
3. 중용에는 고도의 지혜가 담겨 있다.
4. 중용의 핵심은 올바르면서도 합리적인 데 있다.
5. 중용은 원리와 실천방법을 동시에 제공한다.

함께 읽으면 좋을 책

① 논어 (민음사)

② 대학 (민음사)

③ 맹자 (민음사)

문학치유적 독해

아무리 큰 원도 중앙의 작은 점 하나를 기점으로 이루어진다. 이 때 가운뎃점을 원의 중심이라고 부른다. 원의 중심이 한 쪽으로 치우친다면 그 원은 온전한 원 모양을 이룰 수 없다. 동양에서는 일찍이 그 '중심'에 역점을 두고 이를 인격의 기준으로 삼아 실제생활에 응용해 왔다. 중심(中心)은 사전적으로는 '사물의 중요하고 기본이 되는 부분'으로 풀이된다. 그런데 여기에서 마음 심(心)자를 사용한 사실, 그리고 가운데 중(中)자가 마음 심(心)자를 수식하고 있는 것에 주목해야 한다. 중심은 사물의 한 가운데에 마음을 두는 것, 또는 '한 가운데 마음'으로 해석된다. 이처럼 중용은 좌우 어디에 조금도 기울지 않고 중심을 지키는 오롯한 마음을 뜻한다. 문제는 그 마음을 실제 생활에 어떻게 적용하느냐이다. 마음의 중심을 바로 잡고 그대로 실행하려면 여러 잡다한 욕심을 비우고, 버리고, 내려놓아야 한다. 그러기 위해서는 첫째, 어떤 상황에도 마음의 중심을 잃지 말고 의연히 지켜야 한다. 혼자 있을 때에도 그 마음이 흔들리지 않아야만 이후에 이웃과 부딪쳐도 자연스럽게 중심을 유지할 수 있다. 그러기에 지혜로운 이들은 혼자 있을 때일수록 자신을 경계한다.

둘째, 사심을 버리고 올바른 마음가짐을 습관화해야 한다. 사심에 끌리지 않아야 온전한 마음을 지키고 발휘할 수 있기 때문이다. 사심은 이웃과의 화합을 거스르고 이기심을 조장한다. 마음을 흐트러뜨리는 잡념도 대부분 사심에서 싹튼다.

셋째, 매사에 성실한 마음을 기울여야 한다. 자신이 헌신적일 때 이웃과 화합하게 되고 세상은 가치 있고 소중하게 다가온다. 참으로 성실할 때 자신이 곧 우주의 중심을 이룬다. 우주가 없이는 나도 있을 수 없다는 진리를 깨치면 우주의 중심에 이를 수 있다. 그리고 그에 맞는 행동을 하게 된다. 이는 이웃과 화합하는 마음의 바탕으로, 정신건강을 유지하는 가장 본질적이며 궁극적인 처방이다. 중용은 바로 이런 지혜를 일러주고 있다.

IV

오늘의 과제

❶ 중용에서 가장 인상적인 구절 쓰기

❷ 일상생활에서 중용을 실천해 본 경험 쓰기

12 Chapter

새로운 자신과의 만남

이집트 여행기

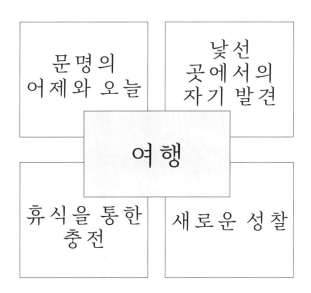

『이집트 여행기』를 읽는 여섯 개의 코드

1 나를 찾아 나서는 길
2 이집트 문명
3 문화재 관리의 중요성
4 과거와 현재의 단절
5 문명의 미래에 대한 질문
6 여행의 의미와 가치

여행이란 무엇인가

여행은 미지의 세계와 만나기 위한 여정으로 미래를 향한 새 출발이라는 데 묘미가 있다. 상투적 일상의 늪에서 벗어나 새로운 환경, 새로운 시간과 만나는 것이기 때문이다. 환경을 바꾼다는 것은 새로운 환경 속에서 자신의 변화를 꾀하는 것을 말한다.

여행은 다양한 목적에서 이루어진다. 가장 흔한 경우로 관광을 들 수 있다. 구체적으로 구경, 유흥, 쇼핑, 친목 등이 여기에 해당된다. 휴양이 목적인 여행도 있다. 휴식을 통해 피곤한 심신을 달래고 활기를 되찾기 위해서다. 보통의 여행과는 다르지만 학술조사를 위한 여행도 있다. 연구자료 수집, 유적이나 문화 답사, 역사탐방, 유물 발굴 등이 그 사례다. 때로는 각오를 새롭게 다지거나 새로운 구상, 창작을 위해 여행을 떠나기도 한다. 그러나 어떤 여행이든 일상에서 떠나 새로운 공간을 찾는 데 있어서는 일치한다.

여행은 새로운 시간과 공간의 합주다. 미지의 공간을 향해 현재의 시간을 에너지로 제공한다. 공간과 시간이 합세해 동시에 연출해 내는 상황극을 여행을 통해 즐긴다. 따라서 여행을 떠나려면 시간 그리고 장소와 충분한 협의를 거쳐야 한다.

언젠가 가 본 적이 있는 곳을 다시 찾을 때도 있다. 그렇다고 그 여행길이 지루한 것만은 아니다. 세상은 수시로 변하기 때문이다. 이제 도시뿐 아니라 시골이나 산중조차도 예전의 모습을 고스란히 간직한 곳은 찾아보기 힘들다. 그러기에 갈 때마다 낯설다. 또 얼마 전에는 업무 차 들렀지만 지금은 홀가분히 잠시 쉬어가려고 찾기도 한다. 어떤 이들은 갈 때마다 새롭고 감회가 깊어서 가까운 산과 바다를 찾기도 한다.

'여행에서 돌아온 나는 여행을 떠나기 전의 내가 아니다'라는 말이 있다. 이는 무엇인가 한 둘 쯤은 달라진 것이 있어야 비로소 여행을 마치게 됨을 뜻한다. 물론 발전적인 차원에서다. 여행은 휴식을 통해 자아를 환기시키고 새로운 활력을 충전한다. 여행은 과로나 무기력증, 스트레스, 안일에 빠진 심신에 새로운 생명력을 부여하는 회복탄력성의 일환이다.

▌▌ 여행, 어떻게 해야 할까?

여행을 떠날 때는 크든 작든 나름의 짐을 꾸린다. 그런데 사람에 따라 짐의 내용도 다양해진다. 이는 그 속에 무엇이 들었는가에 따라 그 사람의 여행 정보를 알아낼 수 있음을 뜻한다. 그뿐 아니라 그 성향과 교양을 지레짐작할 수도 있다. 인생도 하나의 긴 여정으로 본다면 그 짐을 어떻게 꾸리느냐에 따라 그 삶의 질이 결정된다고 할 수 있다.

마음 편한 여행을 하려면 짐을 잘 꾸려야 한다. 짐은 충실한 보호자 및 동행자 역할을 한다. 꼭 챙겨 가야할 것을 빠뜨려 생고생을 하거나 괜히 불필요한 짐을 지고 험준한 산등성이를 오른 경험은 한 번으로 끝내야 한다. 자칫 함께 간 일행이 불편한 짐이 되기도 한다. 그러나 함께 떠나는 일행에 따라 여행지보다 여행 자체가 신나는 경우도 있다. 사랑하는 사람이나, 배울 점이 많은 사람, 대화가 잘 통화는 사람이라면 함께 가는 것도 좋다. 문제는 평소 괜찮은 줄 알았는데 막상 같이 다니다보니 사사건건 실망을 주는 사람들이 많다는 점이다.

　여행은 큰 부담 없이 훌쩍 다녀오는 것이 편할 수 있다. 그러나 본격적인 여행을 위해서는 시작부터 마무리까지 충분한 준비와 철저한 실행이 뒤따라야 한다. 무엇보다도 여행은 잘 돌아오기 위해서 떠난다는 사실을 기억해야 한다. 여행에서 돌아올 때는 출발지를 여행지처럼 신선하고 즐거운 장소로 바꾸어야 한다.

여행지에서의 사색
박경자(2015)

　인도 하면 제일 먼저 떠오르는 곳은 어디일까. 타지마할? 아그라 성? 그보다 10시가 넘어도 수그러들 줄 모르는 안개가 삶과 죽음의 경계를 지운 듯 착각을 불러일으키는 곳, 끊임없이 수많은 사람들을 다닥다닥 불러 모으는 마력을 지닌 옛 도시, 인도에는 갠지스 강의 왼쪽 기슭을 끼고 물끄러미 강물을 지켜보고 선 바라나시가 있다.

　그러나 정작 눈에 밟히는 인도의 진풍경은 극과 극의 전시장을 연상케 하는 빈부와 계급의 극심한 차이에 있다. 화려한 궁전과 거대한 성문, 그리고 그 성문을 나서기 바쁘게 어린아이들과, 간난아이를 옆에 낀 임산부가 먹을 것을 달라고 다투어 손을 내미는 풍경 중 어느 것이 인도의 참 모습일까?

　즐겁고 좋았다는 느낌표보다 끝없이 이어지는 물음표만 잔뜩 안고 돌아와 다시는 가고 싶지 않다고 고개를 틀던 곳. 그러나 한 달도 채 못 돼 다시 한 번 꼭 가봐야 할 곳으로 마음을 돌이키게 된 이유는 무엇일까? 가난에 찌든 모습과 대비되는 아이들의 그토록 맑고 천진한 눈망울은 신의 무슨 조화일까? 곳곳에 깃들어 있는 여유와 평화, 그리고 고요한 해방감! 그 시간을 부려놓은 듯한 '느림의 문화'가 나를 다시 인도로 부른 것이었다.

　　당신이 인도를 찾아올 때에는 많은 것을 벗어 두고 올 것을 권합니다. 먼저 시계를 풀어 두고 오기 바랍니다. 그리고 옷을 벗어 두고 와야 합니다. 누군가가 당신에게 입혀놓은 보이지 않는 옷까지 벗어 두고 와야 합니다. 그리고 이 호왈라교 위의 인파 속에서부터 시작해도 좋습니다. 인간이 겹겹의 의상과 욕망을 하나하나 벗어 가면 최후로 남는 모습이 어떤 것인가를 찾아야 합니다.

육탈(肉脫)한 도시의 철골(鐵骨)과 적라(赤裸)가 된 정신의 뼈대를 맞대면하는 일을 시작하여야 합니다. 이것은 우리가 결코 외면할 수 없는 것입니다. 그것은 우리가 영위하고 있는 일상적인 삶의 형식과 삶의 내용을 자각하는 일이기 때문이다.

— 신영복(1998)『더불어 숲』

여기에서 시계를 풀어놓으라는 것은 느리게 사는 법을 배우라는 뜻이고, 옷을 벗어 두고 오라는 것은 외화내빈의 허상을 알차게 바로잡으라는 주문이다. 그런데 신영복은 마지막으로 스스로에게 입혀 둔, 보이지 않는 옷까지 벗어 두고 오라고 한다. 겹겹이 포장된 욕망의 허울을 다 벗어던지고 나서 최후로 남는 모습이 어떤 것인가를 깨치라는 재촉이다.

그는 또 서울과 캘커타, 이를테면 서울의 강남스타일과 테레사 수녀의 캘커타를 비교해 살펴보기를 권한다. 거짓 허울을 벗고 인간의 본성, 즉 잃어버린 마음을 되찾으라는 메시지이다.

누군가는 세상을 다 가지고 싶다고 하고, 또 누군가는 가진 것을 다 버려버리고 싶다고 했던가. 버릴 것이 많음은 가진 것도 많다는 것이다. 그러나 아무것도 가지지 못한 자들의 벌거벗은 육신과, 어차피 가질 수 없어서 아예 욕심조차도 갖지 않는 자들이 많다는 걸 이번 인도 여행길에 배웠다. '나는 가난하다'는 혼잣말도 사치스러울 수 있다는 걸 알았다.

■■ 과거가 박제된 나라, 이집트

박경자(2010)

드디어 이집트에 첫발을 내딛다.

아직 낯설고 먼 나라. 그렇지만 누구나 그 나라의 이름은 알고 있으며, 그 이름을 떠 올릴 때면 자기도 모르게 인류의 아련한 타임캡슐 속으로 빨려들 것만 같은 신비의 나라 이집트. 여름 한철 사막 온도가 50도까지 오른다는 아프리카 대륙 최초 문명의 발상지를 찾아 나섰다.

사실 떠나기 전 이 나라에 대한 지식은 중 고등학교시절 세계사 시간에 배운 게 전부였다. 세계 4대문명 발상지이며 피라미드 같은 세계 7대불가사의 문화유적이 2개나 있다는 점, 스핑크스와 투탕카멘·황금마스크·람세스 2세 조각상 그리고 클레오파트라가 떠오를 정도라고나 할까.

하필 그때, 정국 혼란으로 반정부시위와 테러가 자주 일어나 여행 금지국가로 낙인찍히기 직전이라는 정보는 현지에 대한 불충분한 지식으로 야기된 불안을 한층 증폭시켰다. 그러나 연일 이어지는 유혈시위와 외국인 테러주의보보다도 세계문화유산 탐방을 목표로 하는 여행자라면 한번 쯤 다녀와야 할 것 같은 마력에 끌려 비행기에 몸을 실었다.

카이로까지 직항이 있긴 하지만 터키의 이스탄불과 에페소·카파도키아·파묵깔레 등을 돌아보고 아테네로 들어가 그리스 유적을 훑고 나서야 드디어 이집트에 도착했다. 이왕이면 중간 경유지도 요모조모 살펴보고 더불어 목적지에 대한 기대감을 부풀려 키우고 싶은 욕심에서였다.

이집트 여행의 주요 코스는 카이로와 룩소르, 아부심벨로 정했다. 먼저 카이로에서 기차로 이동해 피라미드와 스핑크스, 낙타 트랙킹을 하고 아부심벨에서 람세스 2세를 모신 대 신전과 소 신전을 둘러본 다음, 룩소르에서 멤논거상 왕가의 계곡·합세

슈트 장제전·카르낙 신전과 룩소르신전 등을 참배하고 다시 카이로로 돌아와 고고학 박물관을 관람하는 순서였다.

찬란한 문화유산, 남루한 오늘

이집트 왕조는 기원전 3,200년경 메네스 왕이 나일강 유역에 통일왕국을 건설, 3천년 가까이 존속하다가 알렉산더 대왕의 침략으로 막을 내리게 된다. 국토의 90%가 사막이지만 수도 카이로를 관통하는 나일강이 6,000여 km에 거쳐 흐르며 젖줄 역할을 하기 때문에 이집트는 4대문명의 발상지가 된다.

5,000년이 넘는 역사를 자랑하듯 곳곳에 많은 유물들이 남아 있는데 그 유적들을 한데 모아 놓은 곳이 이집트 고고학 박물관이다. 전시관에는 13만 점이나 되는 유물이 전시되어 있는데 그중 최고 인기품목은 투탕카멘왕의 황금마스크와 황금관을 비롯한 그의 소장품들이다. 수많은 고대 유적들이 도굴되어 해외로 방출되었으며 현재도 많은 유적과 유물들이 길거리에 방치되어 있는 터에 다행히 투탕카멘왕의 유품은 전량 이곳에 전시되어 있다. 그 중 람세스 무덤 밑에 투탕카멘의 무덤이 있어 도굴을 면하게 된 금관은 1,170kg으로 금세공 기술의 극치를 과시하고 있다.

소년왕의 무덤에서 나온 부장물이 이렇게 웅장하고 화려한데, 60여 년이나 막강한 권력을 누린 람세스 2세의 무덤이 도굴되지 않았다면 어느 정도였을까? 람세스2세를 비롯한 여러 파라오 무덤에서 발굴한 미이라와 왕가 소장품 등 이집트 국보급 유물들 일부를 지난해에 영국 대영박물관에서 보았던 터라 궁금증은 더했다.

그러고 보니 대영박물관 외국 유물들의 절반이 이집트 것이고, 프랑스 루브르 박물관에도 다수의 이집트 유물들이 전시되어 있었다. 문득 프랑스에서 소장하던 우리의 기록 유산물 '외규장각 의궤'가 145년 만에 우리 품에 들어오게 된 사실과 이집트인들의 자국문화에 대한 애정과 자긍심이 너무 미약한 것 같은 안타까움이 오버랩 되어왔다.

관광지마다 조악한 기념품 하나씩 들고, 세계에서 모여든 관광객들을 상대로 구걸하는 어린아이들과 저 거대한 금관은 대체 어떤 미래적 상관관계를 지니고 있는 것일까. 5,000년 전 위대한 제국으로 위용을 떨치던 이집트는 이제 없었다. 이탈리아나 그리스를 보면서 '참으로 이들 나라는 조상 덕에 먹고 사는가 보다'하고 부러움 반 흉 반으로 중얼거리던 그 말마저 여기에서는 꺼낼 수 없었다. 과거의 영광은 접고라도 조상 덕조차 못 찾아먹고 과거와 단절된 채로 살아가는 남루한 생활상만이 눈에 띌 뿐이었다.

이집트 고고학박물관과 투탕카멘 황금 마스크

생명의 젖줄 - 나일강

1년 내내 비가 한 번도 내리지 않을 때가 더러 있는 카이로의 년 평균 강수량은 25mm인데, 그들의 삶을 지켜주고 3,000년 동안 문명을 유지할 수 있게 하여 준 것은 역설적이게도 나일강의 범람으로 인한 비옥한 땅이었다. 에티오피아에 내리는 폭우는 수많은 고원과 계곡을 흘러 이집트로 몰려왔다. 매년 7월부터 10월까지 나일강의 양쪽 유역은 일부를 제외하곤 거의 모든 땅이 물속에 잠겨버렸다. 한해도 거르지 않고 매년 반복되는 이 재앙을 그들은 오히려 '신의 축복'이라 여겼다. 이 범람은 에티오피아와 수단을 지나면서 엄청난 양의 기름진 양분이 들어 있는 진흙을 쓸어 와서 사막의 도시인 이집트 땅에 뿌려주기 때문이다.

적도 부근에서 발원해 지중해로 흘러드는 세계에서 가장 긴 나일강은 이집트인들의 신화와 신앙의 바탕이자 축복을 상징했다. '역사학의 아버지'라고 불리는 그리스인 헤로도토스는 2,500여 년 전 이집트를 돌아보고 나일강은 '천상에서 발원한 강'이라고 소개했다고 한다. 해마다 7월 19일 즈음에 밝은 별 시리우스가 동쪽 지평선에 낮게 나타나면 나일강의 범람시기가 가까워졌음을 의미했다. 시리우스 별이 희고 푸른빛을 내뿜는 것과 동시에 시작되는 나일강의 범람을 이집트 농부들은 차분히 기다리기만 하면 되는 것이었다.

이집트인들이 피라미드를 축조한 또 다른 이유는 나일강의 범람과도 관계가 있다. 앞에서 이야기 한 바와 같이 나일강은 4개월 동안 하류의 평원을 덮고 있다. 이 짧지 않은 기간 동안 대부분이 농업을 생계로 하는 이집트 백성들은 땅이 물속에 잠겨 있으니 물 빠지기만을 기다릴 뿐 달리 할 일이 없었다. 국민 대부분이 1년 중 4개월 동안을 실업자로 살아야 한다면 이는 국가 기반을 흔들어 놓을 만큼 중대한 문제다. 먹을 것이 창고에 가득 쌓여 있다 할지라도 모든 사람이 4개월 동안 아무 일도 하지 않고 살아야한다는 것은 굶주림보다 더 심각한 부작용과 혼란을 가져 올 수 있기 때문이다. 통치자들은 이 문제를 해결하기 위해 피라미드를 만들기 시작했다. 파라오는 일거리가 없는 나라 안의 농부들을 모아서 피라미드를 건설하게 하고 노역자들의 의식주를 해결해 주었다. 피라미드 건설의 목적은 종교적 신성뿐 아니라 실업자 구제를 위해 무엇이든 일거리를 만들기 위한 것이기도 했다.

나일강 상류에서 쓸려온 유기질 풍부한 검붉은 흙에서는 거름을 주지 않아도 농작물이 잘 자라주었고, 작물을 수확 할 때까지 적당한 수분을 함유하고 있어서 물을 주지 않아도 항상 풍작이 이루어졌다고 한다. 그러나 이제 더 이상 나일강은 범람하지 않는다. 새로 건설한 아스완댐 때문이다.

자연을 거스른 형벌이라고 해야 할까. 현대 문명을 동원해 나일강의 범람을 틀어막은 지 40여년, 댐을 이용해 전기를 생산하고 2모작을 할 수 있게 되었지만 오히려 이집트는 빈민국으로 전락하여 고통스런 삶을 살고 있는 현실을 어떻게 설명해야 할까? 더욱이 미처 파악하지 못한 수많은 문화유산을 댐 속에 수장시켜버렸으니 이제 와서 그 책임은 누구에게 물어야 할까? 자연의 축복이던 나일강에는 더 이상 풍요의 젖줄이 흐르지 않는다. 이집트는 이제 잃어버린 낙원인 것이다

나일강의 잃어버린 신화는 많은 것을 시사해 주고 있다. 그 신화는 검증된 진리이기 때문이다. 새삼 자연이 축복을 가져다준다는 신화가 필요한 세상이다. 물길을 바꾸면 그 나라의 운세도 바뀐다는 신화가 여전히 유효한 세상 말이다. 그렇다. 우리의 4대강도 그냥 그대로 자연스럽게 남겨두었어야 했다.

아! 피라미드

세계 7대 불가사의 중의 하나인 피라미드는 세계에서 가장 오래되고 가장 큰 석조 건축물이다. 고대 이집트 문명 자체가 많은 수수께끼를 품고 있지만 그중 가장 신비한 것이 피라미드이다. 천문·점성·지질·수학·기하학·토목·건축·과학에 이르기까지 모든 학문과 지혜를 총동원해 만든 것이기 때문이다. 어쨌든 이런저런 수식어를 다 버리고, 누구나 사막 한가운데 우뚝 선 피라미드를 보면 감탄의 소리를 지르지 않을 도리가 없을 것이다. 이집트의 왕인 파라오는 태양신의 아들로 숭배되었다. 이집트인은 사후의 세계를 믿어 시체를 미라로 만들어 '사자의 서'와 함께 무덤 속에 묻었다. 피라미드를 짓기 위해서는 수천 백성들의 목숨을 건 희생이 뒤따라야 했다. 이는 살아있을 때는 물론 죽어서까지 권세와 영원을 누리고자 하는 파라오와 그 집단의 욕망 때문이라고 볼 수 있다. 그러나 이집트인들은 파라오는 단순한 통치자이기 이전에 신과 같은 존재여서 죽어서까지 파라오가 자신들을 돌봐주어야 한다고 믿었다. 파라오가 죽기 전까지 피라미드를 완성하지 못하면 파라오는 영원한 삶을 이어가지 못한다고 믿었고 당연히 백성들도 지켜줄 수 없다고 생각한 것이다. 이런 이유로 피라미드 건축은 파라오 개인의 욕망을 뛰어넘어 이집트 백성들의 숙원 사업이 될 수밖에 없었다.

많은 사람들이 피라미드 앞에 서면 먼저 그 규모에 압도당한다. 무엇보다 그 거대하고 단순한 건축물이 치밀하고 정확한 형태를 지니고 있으며, 한 치의 오차도 없이 자연의 질서와 일치되게 설계되고 건축되었다는 사실에 감탄하게 된다. 나일강의 범람 후 토지측량이나 토목공사를 위해 측량술이나 기하학이 발달하게 되고, 나일강의 범람을 예견하기 위한 태양력이 만들어지고, 천문학도 발달하게 된다. 이 기술이 피라미드가 탄생하게 된 문명적 배경이다.

피라미드에서 영원한 생명을 얻게 되는 파라오가 결국 도달하게 될 세계는 최종적으로 하늘이었다. 이집트인들은 영생의 힘을 지닌 왕의 영혼이 피라미드를 통해서 하늘로 올라가 별과 결합된다고 믿었다. 그래서 죽은 파라오가 영원히 살아서 백성들을 지켜주기 위해서는 그를 하늘로 올려 보내야만 했다.

피라미드는 중앙에 왕이 잠들어 있고 이 시신을 기점으로 V자 형을 한 두 개의 총신이 있는데 하나는 북극성, 또 하나는 오리온자리로 향하고 있다고 한다. 이 두 개의 별을 연결하는 일직선의 중앙에 피라미드의 꼭짓점이 놓이고 정확하게 왕의 시신과 평행한다. 이렇게 하나의 피라미드를 짓기 위해 천문학적 지식과 기하학적 지식 그리고 이를 종합하는 사고가 필요 했던 것이다. 문득 화순의 운주사 와불과 일곱 개의 운석이 각각 하늘의 북극성, 그리고 북두칠성 별자리와 정확히 일치하는 사실이 예사롭지 않게 떠올랐다.

피라미드와 스핑크스

아직도 이어지고 있는 스핑크스의 질문

스핑크스는 "아침에는 네 다리로, 낮엔 두 다리로, 밤에는 세 다리로 걷는 짐승이 무엇이냐"는 수수께끼를 내놓는다. 그리고 오이디푸스가 그곳을 지나가며 "그것은 사람이다"라고 답을 맞히자 물속에 몸을 던져 죽은 신화 속 전설의 동물이다. 스핑크스는 아프리카, 아메리카, 아시아 등 세계적으로 분포되어 있다고 한다. 그런데 수수께끼를 주제로 어디나 대동소이한 줄거리를 이루고 있다. 그 중에서도 이 순간 내 눈앞에 있는 기자의 스핑크스가 가장 규모가 큰 것으로 알려져 있다.

힘과 지혜의 상징으로 이집트 전역에 수많은 스핑크스가 세워졌지만 기자에 남은 것이 가장 크고 유명하다고 한다. 하나의 거대한 석회암 바위를 조각해서 만든 스핑크스는 몸은 사자로 하고 그 상징인 얼굴은 사람으로 배치해 놓았다. 만약에 연약한 사람의 몸에 그 크고 무거운 사자의 머리를 올려놓는다면 외형상 불균형은 두고라도 그런 비참한 형벌이 어디 있겠는가? 그러기에 몸은 사자에게서 육중함을 빌려 사람의 머리를 안정되게 떠받치게 하고, 사람은 그 머리를 써서 천하를 지배하게 한 것이다. 이처럼 스핑크스는 피라미드처럼 철저히 계산된 기하학적 구도의 산물이다.

그래서일까. 그 앞에 서니 절로 안정감이 느껴진다. 그것은, 얼굴만 빌려주었을 뿐 이 거대한 물체가 우선 사람의 몸이 아니라는 안도감 때문일는지도 모르지만 그보다는 기하학이 발달한 이집트문명의 소산이기 때문이 아닐까? 전 세계에서 가장 안정된 건축물을 꼽으라면 단연 이곳 기자의 스핑크스일 것이다. 지구 전체가 대지진이나 쓰나미에 휩쓸려도 이 스핑크스는 끄떡도 않고 바른 자세를 차분히 지킬 것만 같다.

안정된 대상 앞에서면 우선 마음이 안정된다. 그리고 그 대상에 대한 믿음이 뒤따른다. 안정된 사람과 마주해도 마찬가지다.

수장될 뻔 했던 세계문화유산 – 아부심벨 신전

람세스 2세는 67년간 이집트를 다스리며 가장 위대한 왕이라 불렸던 파라오로 그를 위해 세운 대 신전 입구에는 22미터 높이의 왕좌에 앉아 있는 네 개의 파라오 좌상이 있다. 한쪽 귀에서 다른 쪽 까지는 4미터가 넘으며 입술선만 해도 1미터라고 한다. 세계문화유산으로 지정된 아부심벨은 아스완하이댐 건설로 수몰위기에 처했었는데 유네스코는 이 신전을 구하기 위해 1960년 범세계적인 운동을 전개하여 1964년 이 신전을 물길이 닿지 않은 약 200미터 위 지금의 위치로 옮겨 놓았다고 한다.

신전을 둘러보는 내내 "우리는 댐이 필요하다. 돈을 주지 않으면 신전을 가라앉히겠다."는 압둘 나세르 대통령의 말이 어른거렸다. 찬란한 과거 유산을 지키지 못하고 가난하고 미개한 국가로 전락시킨 현 이집트인들의 정신을 대변해주는 것만 같았기 때문이다.

오벨리스크는 태양신의 상징으로 항상 두개를 나란히 세웠었는데 현재는 하나만 서 있고 하나는 파리 콩코드 광장에 세워져 있다. 이외의 수많은 이집트의 오벨리스크들도 해외에 많이 반출되어, 뉴욕과 이스탄불 아야소피아 성당 앞에도 세워져 있다.

이스탄불 / 로마 / 프랑스 / 뉴욕으로 옮겨진 오벨리스크

화려한 옛 도시 테베 – 룩소르 / 카르나크 신전

룩소르(Luxor)는 세계 최대의 야외 박물관으로 일컬어지는데 우리나라 사람들에겐 경주와 비교되기도 하는 도시다. 도시 전체가 경외심을 불러일으키는 고대문화 유적으로 가득하다. 카르나크 신전은 룩소르 북쪽에 있으며 현재 남아있는 고대 이집트의 신전 가운데 최대 규모다. 신왕조시대의 파라오들이 아몬신을 숭배하기 위해 2,000년 동안 계속 건립하고 해체하고 복구하면서 그 화려함이 더해진 거대한 신전이다.

호머는 <일리아드>에서 이곳을 '100개의 관문을 가진 거대한 도성'이라고 그 화려함을 칭송하였다. 실제 이곳은 134개의 기둥을 가진 웅대한 다주식 홀이 있다. 영화 '트랜스포머'와 '패자의 역습'의 배경이어서 낯설지 않은 곳이기도 하다. 입구에 람세스 2세가 만든 숫양의 머리에 사자의 몸을 한 스핑크스가 있는데 예전에는 이곳에서 룩소르 신전까지 양쪽으로 길게 늘어선 대로로 연결되어 있었다고 한다. 세계문화유산 제 2호로 지정된 곳이기도 하다. 알다시피 1호는 파르테논 신전인데 그를 1호로 지정한 심사위원이 나중에 이집트로 와서 이 신전을 보고는 1호가 아닌 2호로 지정하게 된 것을 못내 아쉬워했다는 후문이 전해진다.

이집트를 방문하기 전, 그리스에서 파르테논 신전을 본 뒤 아크로폴리스에 서서 아테네 시내를 내려다 볼 때의 황홀경은 잊을 수 없다. 마치 문명과 문화예술 태동의 심장부에 와있는 느낌이었다. 하지만 이집트에 와 룩소르의 신전들과 사막 한가운데 서있는 피라미드, 스핑크스를 보면서, 인류 문명의 배꼽은 바로 여기 이집트가 아닌

가하고 생각을 고치게 되었다. 비록 오늘날의 이집트는 옛 문명의 화려한 영광은 간 데없고 가난하고 비루한 삶의 모습들만 눈에 밟히지만.

카르나크 신전 대 열주

하셉수트 여왕 장제전

룩소르 서안 멤논 거상에서 1km 떨어진 곳에 깎아지른 절벽 밑에 거대한 신전 하셉수트여왕 장제전이 있다. 파라오란 칭호가 부여된 유일한 여성으로 이집트 최초의 여왕인데 클레오파트라는 하셉수트 여왕보다 1,000년 뒤의 사람이다. 이밖에도 왕들의 계곡과 왕비들의 계곡이라 불리는 곳에는 미라를 제작했던 흔적들과 무덤들이 곳곳에 방치되어 있다. 이집트 문화를 '죽은 자를 위한 문화'라고 하는 말이 과장이 아님을 실감하게 된다.

예술성이 무시된 최고의 예술 작품

이집트 왕의 무덤에는 어디를 가나 벽화들과 상형문자 같은 기록물들이 무덤 전면에 빼곡하게 적혀있다. 그러나 각기 다른 왕의 무덤 속 그림들이 하나같이 천편일률적이어서 좀 전에 보고 나왔던 무덤벽화가 이미 다른 왕의 무덤에서 보았던 벽화의 복사물 같다는 착각이 든다. 한 작가나 한사람의 장인이 도맡아 그린 동일 작품이 아닌가, 궁금했는데 나중에 알고 보니 이것이 이집트 미술의 특징 중 하나라고 한다.

작가성이 부재 한다는 것 ─ 예를 들어, 이집트 그림 하면 제일 먼저 까만 단발머리를 한 사람들이 몸은 정면을 보는듯하나 항상 옆얼굴로 꼿꼿하게 서 있는 인물상이 쐐기모양의 상형문자들과 함께 떠오른다. 그런데 그 이상한 포즈의 인물들이 이집트 인물화의 황금비율이다. 300여년의 역사 동안 미술 양식에 있어 단 한 번의 변경도 없었던 이유는 표준화된 규격이 있었기 때문이다.

언제 어디서 누가 어떻게 그렸더라도 얼굴과 하체는 항상 옆면을 유지하면서 눈은 정면을 보고 가슴은 정면에 놓이면서도 발은 옆면에 놓여 있게 그린다. 이는 그들 나름의 가장 아름다운 신체비율을 나타내기 위함이라고 한다. 원근법을 무시한 채 표현하고자 하는 사물을 가장 잘 보이는 방향에서 보고, 의도된 기록을 하나의 평면에 그려 넣은 것이다. 이 때문에 어디를 가나 어디서 보았음직한 문자와 그림들만 있는 것 같아 과학과 문명은 있되 예술은 없는 나라가 아닌가 하는 생각이 들다가도 혹 피카소의 입체 그림보다 몇 천 년 앞서서 시도된 혁명적인 미술기법을 모독한 것은 아닌지 염려스럽기도 하다.

이집트 미술은 화가의 눈을 통해 세상을 관찰한 모습이 표현된 것이 아니라 정지된 감각 속에 내재된 형상들이 문자처럼 배열 된 것이다. 이집트 고대화가들은 자신이 배운 형태들의 표상과 지식들을 질서정연하게 이끌어내는 과정을 충실히 수행했다. 그들의 주도면밀한 기록 기술과 수준으로 보아 저마다 개성 있는 작품성의 발휘가 충분히 가능했을 터인데도 말이다.

원근법에 의해 크기가 달리 표현된 것이 아니라 당대의 관념에 따른 크기로 한 집안의 가장은 아내나 노예보다 크게 그려지고, 중요하지 않은 사물은 작게 그려지며 왕이나 높은 지위의 사람은 유난히 크게 그린다. 이처럼 엄격하고 질서정연한 형태의 규칙은 사회적 위계를 강화하는 중요한 수단이었고 미술은 종교의 매개물일 뿐이었다.

새로운 미래를 추구하는 힘

이 나라에 천혜의 선물인 나일강과 더불어 피라미드와 스핑크스가 없었다면 어떻게 살았을까. 3천여 년 전의 그 화려한 문명과, 현재를 살고 있는 이집션(Egypcian)들의 차이는 사하라사막만큼이나 큰 것 같다. 프랑스와 영국 등에 점령당한 과거 식민지 풍 건물들이 널려 있는 도시에 철도와 운하가 건설됐지만 뭔가 이가 빠진 것 같고, 정체성이 상실 된 것만 같은 카이로의 거리는 어둡고 지저분하고 권태로웠다. 무엇이 그들을 그렇게 만들었을까? 과거의 영광과 대비되는 빈곤과 낙후만이 현재를 대변하고 있었다. 죽은 시신을 썩지 않게 미라로 만들었듯이 그들의 찬란한 문화마저도 과거 속에 박제 했을 뿐이다.

우리에겐 나일강도 피라미드도 없다. 스핑크스나 1톤이 넘는 투탕카멘의 금관도 없다. 스위스의 융프라우나 미국의 그랜드캐니언 같은 세계적 자연경관을 갖고 있지도 않고, 로마나 베네치아처럼 중세풍의 도시 건축과 현대의 여유로운 삶이 어우러진 도시도 없다. 그리스나 이집트같이 인류기원의 신화와 기원전의 유적과 유물로 사람들을 끌어 모으는 고대도시를 갖고 있는 것은 더욱 아니다.

그러나 우수한 문화민족이라는 자긍심과 조상 대대로 내려오는 무형의 정신문화가 우리의 혼 속에 면면히 흐르고 있다. 우리에겐 밖으로 채 다 드러내지 못했지만 한류 열풍에서 보듯 뿌리 깊게 내재해 있는 흥과 예술혼이 아직 살아 있다. 그것이 우리의 자산이다. 그걸 스스로 깨닫고 확인한 것이 이번 이집트 일정을 통해 느낀 가장 큰 교훈이다. 우리 나름의 전통문화와 예술혼을 발전시키려는 열정과 꿈을 갖고 있다는 것이 축복임을 깨닫게 된 것이다. 이제 그리스나 이집트가 인류문명의 배꼽이던 시대는 지났다. 저들은 지금 가난과 혼란에 빠져 자신들의 꿈을 잃어가고 있다. 이제 대한민국이 세계 미래문명의 옴파로스가 될 차례다.

III

다시 보기

바로 보기

1 여행은 일상의 공해에 지친 심신을 청정한 공기로 환기시킨다.

2 여행은 미루는 게 아니라 실행하는 것이다.

3 여행은 정착사회에서 유목시대로 돌아가는 것이기도 하다.

4 여행은 시각을 깊고, 넓고, 맑게 해줄 때 비로소 그 소임을 다한다.

5 여행은 잃어버린 자신을 되찾는 자신으로의 회귀다.

거꾸로 보기

1 여행에서 돌아와서도 변하지 않은 사람은 여행을 다녀 온 게 아니다.

2 인생은 긴 여정이다. 그렇다면 여행은 내가 장소를 고르는 것이 아니라 그 장소에 내가 선택되는 것이다.

3 여행은 무엇인가와 함께 하는 자신만의 특별한 시간이다. 그런데 그 절호의 기회를 제대로 활용하지 못하는 경우가 많다. 이는 시간과 돈, 그리고 에너지를 동시에 길바닥에 버리는 낭비다.

4 앉아서도 구만리를 여행하는 사람이 있는가 하면 세계 일주를 하고도 마음의 옷깃 먼지 하나 털지 않은 사람들도 있다.

5 여행지 사람들의 삶을 이해하지 못한다면 그곳을 여행하지 않은 것이나 다름없다.

새롭게 보기

1 여행은 평화를 무기로 한 영토 확장이다.

2 여행은 잘 돌아오기 위해서 떠난다.

3 여행은 시간과 공간의 합주다.

④ 여행은 멀리 가서 가장 가까운 것들을 재발견하는 것이다.

⑤ 일기는 하루의 여행기이다.

함께 읽으면 좋을 책

① 더불어 숲 (돌베개)

② 나의 문화유산 답사기 (창비)

③ 1 그램의 용기 (푸른숲)

문학치유적 독해

우주 만물은 시시각각 변한다. 엊그제 함박눈이 내리던 자리에 벌써 꽃잎들이 시나브로 지고 있다. 모두가 공간을 무대로 펼쳐지는 시간의 마술이다.여행은 단순히 시간에 따른 피동적 변화를 뜻하는 게 아니다. 자신의 마음가짐을 새롭게 다지기 위해 적극적으로 여행을 택하는 것을 가리킨다.

한편 낯익은 곳을 습관처럼 찾아가는 것을 여행이라고 하지는 않는다. 대부분은 아무리 가까운 나들이도 새로운 감흥이나 감정을 맛보기 위해 집을 나선다. 그 중에는 뭔가 변화가 필요한 때 새로운 자극과 계기를 찾기 위해 낯선 곳이나 기억에 남는 곳을 찾는 발길들도 있다. 낯선 사물이나 환경은 일상적 안일과 습관적 상투성에 매몰된 자신을 새롭게 일깨워 주기 쉽다. 아울러 자기성찰과 심신의 건강 회복을 동시에 이룰 수 있게 해주기도 한다.

　그렇다고 꼭 멀리 낯선 곳을 찾아가는 것만이 여행은 아니다. 주말마다 가까운 산을 오르며 마음의 때를 씻고 대자연의 맑고 고요한 기운을 충전하는 이들도 있다. 그뿐 아니다. 자신의 내면세계로 여행을 떠나는 이들도 있다. 이를테면 잃어버린 자신을 찾는 마음 탐험인데 굳이 비용과 에너지를 소모하지 않고도 잘만 하면 최선의 효과를 거둘 수 있다.

IV

오늘의 과제(토론)

❶ 가고 싶은 첫 여행지로 어디를 꼽겠는가?

❷ 나만의 여행기 쓰기

13 Chapter

삶의 진실을 일깨우는 詩

시가 내게로 왔다

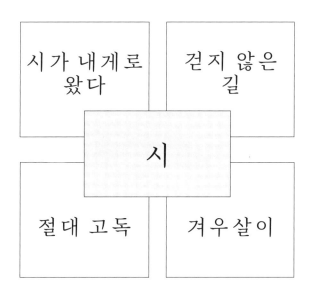

시가 내게로 왔다	걷지 않은 길
절대 고독	겨우살이

시

시가 내게로 왔다

파블로 네루다

그러니까 그 무렵이었다...... 시가
날 찾아왔다. 난 모른다. 어디서 왔는지
모른다. 겨울에선지 강에선지.
언제 어떻게 왔는지도 모른다.
아니다. 목소리는 아니었다. 말[言]도,
침묵도 아니었다.
하지만 어느 거리에선가 날 부르고 있었다.
밤의 가지들로부터
느닷없이 타인들 틈에서
격렬한 불길 속에서
혹은 내가 홀로 돌아올 때
얼굴도 없이 저만치 지키고 섰다가
나를 건드리곤 했다.

난 무슨 말을 해야 할지 몰랐다.
입술은 얼어붙었고
눈 먼 사람처럼 앞이 캄캄했다.
그때 무언가 내 영혼 속에서 꿈틀거렸다,
열병 혹은 잃어버린 날개들.
그 불에 탄 상처를
해독하며
난 고독해져 갔다.
그리고 막연히 첫 행을 썼다.
형체도 없는, 어렴풋한, 순전한
헛소리,
쥐뿔도 모르는 자의

알량한 지혜.
그때 나는 갑자기 보았다.
하늘이 걷히고
열리는 것을
혹성들을
고동치는 농장들을
화살과 불과 꽃에 찔려
벌집이 된
그림자를
소용돌이치는 밤을, 우주를 보았다.

그리고 나, 티끌만한 존재는
신비를 닮은, 신비의
형상을 한,
별이 가득 뿌려진
거대한 허공에 취해
스스로 순수한
심연의 일부가 된 것만 같았다.
나는 별들과 함께 떠돌았고
내 가슴은 바람 속에서 멋대로 날뛰었다

　굳이 초현실주의 기법을 차용하지 않더라도, 시는 의식과 이성보다는 감성과 무의식의 표출에 의해 탄생한다. 그런데 감성과 무의식은 이성과 의식처럼 내가 의지대로 조절할 수 있는 것들이 아니다. 명료하지도 구체적이지도 않다. 막연한 무형의 상태로 외부환경이나 감정의 변화, 우연의 향방에 따라 불쑥 정체를 드러내기 때문이다.

　분명 내게서 나오는 것이지만 감성과 무의식은 정처도 알 수 없고 내 맘대로 할 수도 없는 손님 아닌 손님이다. 시는 그 불가해한 존재가 나의 언어를 빌려 자신을 형상화한 것이다. 그러니까 내가 시를 쓰는 게 아니라 어느 순간, 시가 제 발로 나를 찾아와 자신의 존재를 일러준다. 다시 말해 시 창작은 나의 감성과 무의식이 불러주는 내용의 받아쓰기이다. 문득 시상이 떠오른다고 할 때가 바로 시가 나를 찾아 온 순간이다.

사랑은 찾아 나선다고 선뜻 만나지는 게 아니다. 어느 날 마주치게 된 상대와 우연히 사랑이 싹튼다. 시도 사랑처럼 우연의 결과물이다. 다만 그 전제로 시 창작에 대한 치열한 열정이 마중물처럼 앞장을 서야한다.

네루다의 「시가 나를 찾아 왔다」에서도 시가 어느 날 우연히 시인에게 찾아든다. 그러나 시의 정체는 묘연하다. 어디서 왔는지 언제 어떻게 왔는지 알 수 없다. 더욱이 목소리도 말도 아닌, 그렇다고 침묵도 아닌 미지의 존재다. 그런데 그 시는 어느 거리에선가 밤의 가지들로부터 느닷없이 타인들 틈에서 시인을 기다린다. 그리고 격렬한 불길 속에서, 혹은 시인이 홀로 돌아올 때 얼굴도 없이 저만치 지키고 섰다가 시인을 건드리곤 한다.

그리하여 시인은 무언가 영혼 속에 꿈틀거리는 열병 혹은 잃어버린 날개들의 불탄 상처를 해독하며 시의 첫 행을 쓴다. 그리고 마침내 별이 가득 뿌려진 거대한 허공에 취해 스스로 순수한 심연의 일부가 된다. 앞의 시 구절 중 거대한 허공은 일체의 본질인 공의 경지이다. 그리고 순수한 심연은 우주의 본체를 가리킨다. 이처럼 그 일부가 된다는 것은 개체와 전체의 합일, 즉 우주의 일원으로 복귀하는 것을 뜻한다.

시인은 시를 통해 별들과 함께 떠돌고 가슴이 바람 속에 풀려나기에 이른다. 풀려나는 것은 해방을 뜻하며 그 결실은 자유이다. 시는 궁극적으로 자유를 추구한다. 그리고 자유와 구원은 맞닿아 있다.

그런데 여기에서 놓치지 말아야 할 부분은 시의 결말부이다. 시를 완성하는 순간 그 불탄 상처는 거대한 허공, 즉 우주의 실상인 '공(空)'에 취해 가슴이 바람에 풀려나듯 치유되는 것이다. 이는 시인의 무의식 속에 내재된 억압/상처가 시를 통로로 탈출해 해소되었음을 뜻한다.

이 시의 주제를 시 대신 사랑으로 바꾸어도 크게 달라지지 않는다. 사랑의 완성, 즉 진실한 사랑은 상처를 치유하는 최고의 약이기 때문이다.

걸어 보지 못한 길

프로스트

노랗게 물든 숲 속에 두 갈래 길이 있었습니다.
몸이 하나니 두 길을 다 가볼 수는 없어
나는 서운한 마음으로 한 참 서서
덤불 속으로 접어 든 한쪽 길을
끝 간 데까지 바라보았습니다.
그러다가 다른 쪽 길을 택했습니다.
먼저 길과 똑같이 아름답고 어쩌면 더 나은 듯도 했지요.
사람이 밟은 흔적은 먼저 길과 비슷했지만,
풀이 더 무성하고 사람의 발길을 기다리는 듯 했으니까요.
그날 아침 두 길은 모두 아직
발자국에 더럽혀지지 않은 낙엽에 덮여 있었습니다.
아, 먼저 길은 다른 날 걸어 보리라! 생각했지요.
길은 길로 이어지는 것이기에
다시 돌아오기 어려우리라 알고 있었지만
오랜 세월이 흐른 다음
나는 한숨지으며 이야기를 할 것입니다.
두 갈래 길이 숲 속으로 나 있었다.
그래서 나는 사람이 덜 밟은 길을 택했고,
그것이 내 운명을 바꾸어 놓았다. 라고

프로스트는 시마다 마치 전문을 요약해 그 핵심을 도려 놓은 듯 결정적인 구절을 마지막 부분에 배치한다. 이 시의 핵심도 아래의 마지막 구절이다.

두 갈래 길이 숲 속으로 나 있었다.
그래서 나는 사람이 덜 밟은 길을 택했고,
그것이 내 운명을 바꾸어 놓았다.

이 구절만으로도 시 한 편을 충분히 읽은 셈이다. 그러나 실제로는 그가 걸어보지 못한 미지의 길에 대한 회한을 털어놓은 독백이다. 인생은 숱한 갈림길의 연속이다. 그때마다 선택의 기로에 놓인다. 그러기에 '순간의 선택이 평생을 좌우한다.'고도 한다.

이 시는 <두 갈래 길>, <걸어보지 못한 길>, <걷지 않은 길> 등 제목도 번역에 따라 각각 다르다. '두 갈래 길'은 단순한 설정에 그친다. 하지만 '걸어보지 못한 길'과 '걷지 않은 길'은 뉘앙스의 차이가 있다. 전자에는 가고 싶었지만 어쩔 수 없어서 가지 못한 아쉬움이 담겨 있다. 반면 후자에는 스스로가 택한 길이 최선이기에 다른 길을 가지 않은 확고한 의지가 담겨있다.

갈래 길 중 하나를 골라 한참이나 지나온 시인은 미처 걷지 못한 길, 덤불 속으로 접어 든 한쪽 길, 풀이 더 무성하고 사람의 발길을 기다리듯 길을 아쉬운 마음으로 한 참 서서 끝 간 데까지 바라본다. 사람의 발길을 기다리는 길은 사람의 발길이 덜 닿은 길이기도 하다. 모험심과 창조적 욕구를 불러일으키는 개척자의 길인 것이다.

프로스트는 농부시인을 자처하며, 평생 자연을 사랑한 시인이다. 그러기에 오랜 세월이 흐른 다음 한숨지으며 걸어보지 못한 길에 대해 이야기 한다. 잘 닦여지고 많은 사람들이 오가는 도시의 도로를 택하는 바람에 놓치고 만, 미지의 길에 대한 그리움이 짙게 배여 있음을 알 수 있다.

이는 곧 자연과 등 돌리고 문명의 길을 택한 데 대한 후회를 말한다. 문명은 겉으로 제공하는 편리보다도 몇 배의 불편을 안겨 준다. 그러나 자연은 인간과 더불어 살아갈 때 겉으로는 다소 불편하게 보일지라도 그 몇 배나 되는 즐거움을 선물한다.

절대 고독

김현승

나는 이제야 내가 생각하던
영원의 먼 끝을 만지게 되었다.
그 끝에서 나는 하품을 하고
비로소 나의 오랜 잠을 깬다.

내가 만지는 손끝에서
아름다운 별들은 흩어져 빛을 잃지만
내가 만지는 손끝에서
나는 무엇인가 내게로 더 가까이 다가오는
따스한 체온을 느낀다.
그 체온으로 내게서 끝나는 영원의 먼 끝을
나는 혼자서 내 가슴에 품어준다.
나는 내 눈으로 이제는 그것들을 바라본다.

그 끝에서 나의 언어들을 바람에 날려 보내며,
꿈으로 고이 안을 받친 내 언어의 날개들을
이제는 티끌처럼 날려 보낸다.

나는 내게서 끝나는
무한의 눈물겨운 끝을
내 주름 잡힌 손으로 어루만지며 어루만지며,
더 나아갈 수 없는 그 끝에서
드디어 입을 다문다.
— 나의 시는.

　　김현승에게 광주는 초등학교를 다녔고 평생의 대부분을 보낸 고향이었다. 그가 신
(김현승에게 신은 곧 하느님이었다)과 결별하고 혼자서 고독의 망망대해에 발을 내디

딘 '절대고독'의 시기는 광주를 떠나 서울에 머물던 때였다. 그처럼 그는 고향을 떠났을 때, 그리고 신과 멀어질 때 한결 고독했다. 그러나 그의 영혼은 고독할수록 치열하고 순수했다.

이윽고 그는 절대고독을 동반자로 신을 대신해 자신의 내부에서 새로운 돌파구를 찾게 된다. <푸라타나스>가 신에 의한 구원의 시라면 <절대고독>은 신을 떠나 스스로 주체적 구원을 시도한 시다. <절대고독>은 신과의 결별을 선언하고 독자적 세계를 추구한 시의 절정을 이루고 있기 때문이다.

그는 1연 첫 행부터 이제야 자신이 생각하던 영원의 먼 끝을 만지게 되었다고 선언한다. 마침내 오랜 잠에서 깬 주체적 자각으로 영원의 먼 끝, 즉 새로운 진리를 깨닫게 된 것이다. 오랜 잠은 그가 일상적으로 되풀이 해온 기독교 신앙에 비유할 수 있다. 그리고 그 잠에서 깬 것은 새로운 세계의 발견을 의미한다.

그런데 잠에서 깬 뒤 무엇인가 자신에게 더 가까이 다가오는 따스한 체온을 느낀다. 언뜻 따스한 체온은 신의 품을 연상케 한다. 그러나 그 체온은 시의 맥락으로 볼 때 신을 떠난 이단자가 새로 만난 낯선 세계의 체온이다. 그는 그 체온으로 영원의 먼 끝을 혼자서 가슴에 품는다. 다시 말해 그 품은 곧 자신이 자신을 끌어안는 자신의 품을 말한다. 신이 자신을 품어 주기를 바라던 종전의 의타심을 떨쳐내고 이제 스스로가 자신을 추스르는 자립을 선언한 것이다.

이어서 그는 이제 자신의 눈으로 그것들을 바라본다고 한다. 이는 신의 눈이 아닌 인간의 눈 (자신의 눈)으로 새로운 세계를 확인하는 주체적 자각을 말한다. 그리고 길의 끝에서 드디어 그의 시는 입을 다문다. 더 나아갈 수 없는 막다른 세계, 즉 '무(無)'의 경지에서는 언어도 시도 더는 무의미하다. 일상의 언어로는 표현하거나 설명할 수 없는 세계, 더 이상 인간의 언어가 필요하지 않은 세계인 것이다. 여기에서 '영원의 먼 끝'은 역설에 속한다. 만약에 끝이 있다면 그것은 영원일 수 없기 때문이다. '무한의 끝'역시 동일한 표현법으로 이는 기독교의 영생과 다른 '무(無)'의 세계로 생사와 욕망, 번뇌의 악순환이 끝난 '절대 순수'의 경지를 가리킨다.

겨우살이

박자경

나의 젖을 빨면서 너는 목이 메이나보다 사는 게 별 건가

내 젖은 언제나 달콤하지 않았으나 가끔 내게도 꿀물 같은 말을 한다 내 정수리 해골을 빨면서도 너는 내게 묻는다 행복하지? 우듬지 내 몸 한 켠을 빌려 목숨을 키우고 겨우 살면서도 팔랑거리지 않고 용케도 둥글게 똬리를 틀고 앉아 오가는 새들의 그림자도 쉬어가지 못하게 가시를 고슴도치처럼 세운다 햇빛에 녹아내린 상고대 눈물을 겨우겨우 받아 마시며 몸을 세우고 있는 내 몸에 달라붙어 살면서 나더러 죽지 말라고 애원한다.
너는 나 때문에 살고, 나는 너 때문에 그나마 겨우 산다.

— 박자경,『오래 묵은 고요』, 현대시, 2010

언뜻 풀처럼 보이는 겨우살이는 활엽수 가지 끝에 까치둥지 모양으로 매달려 있는 작은 상록 관목으로 다른 나뭇가지에 기대어 살아가는 기생식물이다. 잎도 줄기도 모두 진한 녹색인데 봄부터 가을까지는 잘 보이지 않다가 겨울에 접어들면 홀로 푸르러서 쉽사리 눈에 띈다. 끈질긴 생명력 때문에 항암제이자 고혈압 치료제로도 쓰여서인지 기껏 나무에 기대어 목숨을 부지하면서도 마치 눈부신 꽃이나 오랜 주인처럼 생기차고 당당하다.

서두에서 "사는 게 별 건가" 하고 툭 던지는 독백은 반어법적으로 해석해야 제 맛이 난다. 그만큼 '겨우살이'의 고통이 치열하다는 반증인 것이다. 시인은 겨우살이를 자신과 공생의 관계로 의인화하여 지난한 고통 속에서도 삶의 의지를 조곤조곤 음미하듯 되새긴다. 시종 시적 긴장의 벼릿줄을 움켜쥐고 처연한 감성과 감각적 사유를 교직해 생명 미학적 육화를 꾀한다. 그러기에 산문시인데도 생체 리듬 같은 율동이 살아 있어 옴니암니 속엣 말로 읊조린다.

이처럼 비장미 곤한 이 시는 이윽고 "햇빛에 녹아내린 상고대 눈물을 겨우겨우 받아 마시며 몸을 세우고 있는 내 몸에 달라붙어 나더러 죽지 말라고 애원한다."는 구절에 이르러 화룡점정의 방점을 찍는다. 그리고 마지막의 "너는 나 때문에 겨우 살고

/나는 너 때문에 그나마, 겨우 산다."는 표현은 자칫 언어유희로 비칠 위험수위를 비켜내며 시적 언어 특유의 묘미를 증폭시킨다.

겨우살이는 '겨울'과 '살이'의 합성어다. 또 겨우 겨우 살아가는 극한의 삶으로 읽힐 수도 있다. 고목의 가지 끝에 도사리고 있는 겨우살이는 엄동설한의 풍상을 견디어내는 인고의 결정체이기 때문이다. 한편 나무는 겨우살이에 의해 동면 속에서도 그 생존을 확인한다. 잿빛 겨울나무는 겨우살이의 초록을 빌려 자신의 존재를 주위에 새삼스레 부각시키는 것이다.

돌이켜 보면 이 세상에 무단 침입한 인간은 지상이라는 여행지에 기생하는 겨우살이다. 그리고 언젠가는 감쪽같이 사라져야 한다. 그런데도 마치 자신이 주인인 것처럼 지상의 사물 위에 군림하려고 든다. 그러기에 인간이 자신의 존재 의미를 겸허히 깨우쳐 자연과 공생의 지혜를 모을 때 비로소 주체적 삶을 누릴 수 있는 것이다.

문학치유적 독해

시가 그 치유적 역할을 효과적으로 수행하려면 정상적 인격과 정서, 일상의 활력이 필요한 독자들에게 위안을 주고, 삶의 의지를 새롭게 북돋아 줄 수 있어야 한다. 많이 읽히는 시나 빼어난 시라고 해서 다 인간의 영혼을 치유해 주지는 않는다. 인격과 시가 그 격을 함께한 경우의 시라야 사악하고 부조리한 세상의 삶에 지친 영혼을 치유할 수 있다. 독자의 소외와 결핍, 아픔에 동참할 수 있을 만큼 치열한 열정과 진정성이 깃든 시는 그만큼 울림이 크고, 강력한 치유력을 발휘할 수 있기 때문이다.

흔히 시를 일컬어 영혼을 순화하고 정신을 고양하는 효능을 지니는 것으로 해석한다. 시는 감성의 산물이면서도 순수의지로 충만한 정신력을 수반한다. 시 창작은 자아를 창조적으로 표현하는 훈련을 통해 억압된 무의식을 해방하는 역할을 한다. 시의 도구는 언어이지만 그 바탕은 내면세계의 정서다. 한 편의 시를 이해하기 위해서는 그 의식 못지않게 무의식 세계의 실상에 대해 주시할 필요가 있는 것이다.

시는 은유와 이미지, 상징 등의 언어를 장치로 즐겨 사용한다. 그런데 우리의 심연에 잠재해 있는 무의식은 해독이 쉽지 않은 상징과 은유의 집합처다. 따라서 독자는 시를 통해 무의식의 정체를 파악하고 의식과의 건강한 합류를 꾀하는 치유에 이를 수 있다. 성격적으로 미숙하고 병리적인 부분을 보완해 건강하고 합리적인 전인적 인격체로 변화시키는데 시치유의 목적이 있는 것이다.

❶ 여기에 수록된 시인들의 다른 시 읽기

❷ 자작시 한 편 써보기

참고 문헌

주요 텍스트

김진호, 『빅데이터가 만드는 제 4차 산업혁명』, 북카라반, 2016.

노규식, 『현대인들은 어떻게 공부해야 하는가』, 알투스, 2016.

동양고전연구회 역주, 『중용』, 민음사, 2015.

아폴로도로스 저, 천병의 역, 『원전으로 읽는 그리스 신화』, 숲, 2004.

정인경, 『과학을 읽다』, 여문책, 2016.

정현경, 『세계사 이야기』, 좋은 날들, 2014.

조남주, 『82년생 김지영』, 민음사, 2016.

허진모, 『휴식을 위한 지식』, 이상미디어, 2016.

홍익희, 『세상을 바꾼 다섯 가지 상품 이야기』, 행성비, 2015.

참고저서

*국외

다니엘 벨, 서규환 역, 『정보화 사회와 문화의 미래』, 디자인하우스, 1993.

도날드 J, 그라우트, 『서양음악사』, 세광음악출판사, 1993.

러셀, 이명숙/곽광제 엮김, 『서양의 지혜』, 서광사, 1990.

리처드 도킨스, 홍영남 옮김, 『이기적 유전자』, 을유문화사, 2002.

마이클 그랜트, 서미석 옮김, 『그리스 로마신화』, 현대지성사, 1999.

미케 발, 한용환/강덕화 옮김, 『서사란 무엇인가』, 문예출판사, 1999.

버트런드 러셀, 『서양철학사』, 을유문화사, 2009.

벤 웨이버, 배충효 옮김, 『구글은 빅데이터를 어떻게 활용 했는가』, 북카라반,

버지니아 울프, 김익배 옮김, 『나만의 방』, 도서출판 삼문, 1995.

보부아르, 정병희 옮김, 『인간은 모두 죽는다』, 신영출판사, 1994.

보부아르, 변광배 옮김, 『제2의 성』, 살림, 2007.

비토리오 주디치, 최영순 옮김, 『경제의 역사』, 사계절, 2005.

사로 다다유키, 여용준 옮김, 『미국 경제의 유태인 파워』, 가야넷, 2002.

세뮤얼 애드셰드,박영준 옮김, 『소금과 문명』, 지호, 2001.

스티븐 미슝, 윤소영 옮김, 『마음의 역사』, 영림카디널 2001.

아르놀트 하우, 백낙청 · 염무웅 역, 『문학과 예술의 사회사』, 창작과 비평사, 1981.

알베르 까뮈, 이가림 역, 『시지프스의 신화』, 문예출판사, 1987.

앨빈 토플러, 제3의 물결, 기린원, 1996.

에른스트 H, 곰브리치, 『서양미술사』, 예경, 2017.

윌리엄 카노크, 『21세기 쇼크』, 경향신문사, 1996.

장 마리 펠트, 김중현 옮김, 『향신료의 역사』, 좋은책만들기, 2005.

제레드 다이아몬드, 강주헌 옮김, 『문명의 붕괴』, 김영사, 2005.

제레드 다이아몬드, 김진중 옮김, 『총, 균, 쇠』, 문학사상사, 2006.

제레미 리프킨, 전영택 · 전병기 옮김, 『바이오테크 시대』, 민음사, 1999.

찰스다윈, 김관선 옮김, 『인간의 유래』, 한길사, 2006.

찰스 다윈, 이한중 옮김, 『나의 삶은 천천히 진화해 왔다』, 갈라파고스, 2003.

찰스 킨들버거, 『경제 강대국흥망사』, 주경철 옮김, 까치, 2004.

칼 세이건, 홍승수 옮김, 『코스모스』, 『사이언북스』, 2004.

케빈 메니, 형선호 역, 『메가미디어 대전쟁』, 동아출판사, 1996.

*국내

권홍우, 『부의 역사』, 인물과 사상사, 2008.

김동욱, 『세계사 속 경제사』, 글항아리, 2015.

김영한, 임지현 편, 『서양의 지적 운동』, 지식 산업사, 1994.

김원익, 『신화, 세상에 답하다』, 바다, 2009.

김재만, 『교육철학사』, 형설출판사, 1992.

김현희 외 공저, 『독서치료』, 학지사, 2006.

노명식, 『프랑스혁명에서 파리 코뮌까지』, 책과 함께, 2011.

노봉남 · 김태연 · 김종덕 편저, 『멀티미디어 정보사회』, 생능 출판사, 1997.

동양고전연구회, 『중용』, 민음사, 2016.

민석홍, 나종일, 『서양문화사』, 서울대학교 출판부, 2006.

박경자, 『독서토론과 문학치유』, 역락, 2016.

박경자, 「김현승 시의 내재적 치유성 연구」, 2016.

박남일, 『반역의 세계사』, 계백, 1994.

변학수, 『통합적 문학치료』, 학지사, 2006.

안진태, 『신화학 강의』, 열린책들, 2001.

안효상, 『상식 밖의 세계사』, 새길, 1993.

우태희, 『세계 경제를 뒤흔든 월스트리트 사람들』, 새로운 제안, 2005.

유승준, 『하룻밤에 읽는 유럽사』, 알에이치 코리아, 2012.

유홍준, 『나의 문화유산 답사기』, 창비, 2011.

이영림, 이영석 외 1, 『서양사』, 책세상, 2016.

이영식, 『독서치료 어떻게 할 것인가』, 학지사, 2006.

신영복, 『감옥으로부터의 사색』, 돌베개, 2010.

신영복, 『나무야 나무야』, 돌베개, 2011.

정약용, 『유배지에서 보낸 편지』, 창비, 2009.

한비야, 『1그램의 용기』, 푸른 숲, 2015.

홍성국, 『세계 경쟁의 그림자 미국』, 해냄, 2005.